栄光橋弑王事

魔王都市、ニルガ・タイドで起きた殺害事件。もっとも魔王の後継者に
近いと目される僭主七王の一柱、《世界樹》ソロモン・ラタ・スーウィ
未来さえ予測できる、最強の魔族の一角。彼が栄光橋で『斬殺』されたた
いま魔王都市を震撼させ、かつてない騒乱を呼びつつあった。

かつて魔族との大戦で聖剣を生み出した組織。
現在は法に基づき刑を執行する
権限を与えられた司法機関。
正魔導騎士
アルサリサ・タイデ
ニルガ・タイド派出騎士四課
キード・マーロウ
族

事件
ルドが殺された。
という事件は、
魔王
ニルガラ
全魔族を統べる絶対魔王。
現在、行方不明となっている。
人類連邦司法庁
《不滅工房》
魔王都市
ニルガ・タイド
万魔會《パンデモニウム》
魔王から権限を委譲されている、魔王都市の最高機関。
人類と魔族、両者の議員から
構成される行政組織。

魔族と人類との共存特区、
魔王都市ニルガ・タイド。
人類と魔族による
長い戦いの終焉と、
平和の象徴。
その街にはいくらでも

栄光への手がかりが
あるように思えた。

魔族
月紅會《スカーレット》 女王
イオフィッテ
月紅會《スカーレット》 序列四位
ラズィカ・クルディエラ
白星會《アルブム》 構成員
タリドウ・ロフィニ
僭《せん》主《じゅ》七《しち》王《おう》
魔王に次ぐ力を持った
七柱の魔族の総称。
それぞれの會を持ち、
自らの縄張りを支配する。

魔王都市
勢力図
人類居住区
中央駅
《混沌秘宮》
栄光橋
月紅會
白星會
紫電會
棺桶通り
(旧)
常磐會
玄永會
蒼穹會
居竜区

MAOU TOSHI

都市 01

七柱の偽王一

魔王

―空白の玉座と

ロケット商会

イラスト・Ryota-H

序

魔王ニルガラの恐ろしさはよく知っている。

勤めていた人間牧場が吹き飛ばされ、住んでいた村もろとも焼き尽くされた。仕事も住処もなくなったことに気づいたのは、すべてが終わってからだった。

仕方がないので、獣牙属《ワーウルフ》のカダル・ドンウィックは職を求め、都《みやこ》へ向かうことにした。

もはや残された道はそれしかなかった。人間牧場などという商売が成り立つ時代でないことはわかりきっていた。なにしろ人間との融和を掲げる魔王ニルガラは、カダルの住んでいた村のような、反抗勢力の潜む拠点を片っ端から駆逐し始めていたからだ。

史上最悪にして、暴虐なる《絶対魔王》。それが魔王ニルガラの異名である。すべての魔族は服従か死か。どちらかを選ぶことを強制された。

当然、カダルは服従を選んだ。

(もともと、奴隷《どれい》密売みたいなチンケな商売には嫌気が差してた)

もう七、八年ほども前になる――目指したのは魔王の築いた都だった。魔族と人類との共存特区、魔王都市ニルガ・タイド。人類と魔族による長い戦いの終焉《しゅうえん》と、平和の象徴。

その街にはいくらでも栄光への手がかりがあるように思えた。

(俺は絶対やってやる。大物になってやる)

まずは下っ端からでもいい。カダルも地元ではそこそこに名前の売れた男だった。人間牧場の用心棒。獣牙属《ワーウルフ》であることから恵まれた体力を持ち、魔術を使った喧嘩《けんか》では誰にも負けたことはない。きっと魔王都市でものしあがれる。

──そう考えていた自分を、いまでは殺したくなる。あまりにも甘い考えだった。

(馬鹿だ、俺は)

結局、こうして魔王都市の路地裏で、激しく壁に叩きつけられる羽目《はめ》になっている。それどころか、壁を砕いて半分ほどめり込んでいた。

(死ぬ)

衝撃の中で、カダルは強くそれを意識した。全身に鈍痛。骨も折れている。生体治癒《ちゆ》に長けた獣牙属《ワーウルフ》の魔術演算をもってしても、これ以上は不可能だ。体内の魔力が希薄化していた。

なぜこんな目に遭《あ》うのか。その答えは分かり切っていた。自分が弱いから。上には上がいたから。それから──何よりも、組織を裏切ったから。

「なあ。わかんねえことがあるんだ。教えてくれよ、カダル……」

ひどく憂鬱《ゆううつ》そうな声。一人の男が自分を見下ろしている。白いスーツの魔族だった。額の右側に小さな赤い角が一つ。つまりは浄血属《ヴァンパイア》で、もちろん名前も知っている。ヘリニーロという。カダルの兄貴分で、直属の上司にあたる。

「なんで、こんな真似をしたんだ？　お前はもう少し利口だと思ってたよ」

囁《ささや》くように問いながら、一歩、また一歩と、ヘリニーロが近づいてくる。その緩慢な歩みが、恐怖を与えると知っているからだ。

「なんで『商品』を逃がそうとした？　なんで俺を裏切った？　そんなに俺が嫌いか？　俺が上からどれだけ詰められるかわかってるか？　なあ、それに――」

問いかけながら、ぱきっ、とヘリニーロは指を鳴らした。

「お前自身がどんな目に遭《あ》うのか、考えなかったか？」

それと同時に、カダルは大腿部《だいたいぶ》に痛みを覚えた。何かが突き刺さってくる。激痛に、カダルの喉から悲鳴が漏れる。

「ぎぃっ」

魔術だ。魔族ならば、魔力が世界を侵蝕する感触でわかる。ヘリニーロがなんらかの魔術を演算した。瞬時に理解できたのはそれだけだ。痛んだ足を反射的に抱え込んでしまう。大腿部に突き刺さっているのは、赤い矢のような結晶体だった。

非自立型の攻性呪詛《こうせいじゅそ》ボット――ありふれた魔術だが、この速度で、しかも喋《しゃべ》りながら生成できる者はそう多くない。ヘリニーロが喧嘩《けんか》慣れしている証拠だ。

「ぎぃっ、じゃねえんだよ、カダル……。答えになってねえだろ。なあ？」

ヘリニーロは陰鬱《いんうつ》な目で、カダルの顔を覗《のぞ》き込んでくる。

「迷宮に沈める程度で済むと思うなよ。覚悟できてるよな」

迷宮とは、この魔王都市の地下に広がる、魔王ニルガラの居城のことだ。

あまりにも巨大であるため、支配者が不在となっている現在では、誰もその全貌を把握できていない。この迷宮に眠る財宝を探して、引き上げてくる仕事に強制的に従事させることを、『迷宮に沈める』とか『迷宮送りにする』とか呼んでいた。

迷宮に潜る者は、一般には探索者と呼ばれる。魔族の落とし前としては、最悪の一歩くらい手前の処遇になるだろう。

「言えよ。それだけ覚悟してやったんだよな？　なんで俺の顔に泥を塗った？　お前みたいなバカの面倒を見たのが間違いだったたか？」

「そんなこと……」

思わず、謝罪の言葉が出そうになった。牙の生えそろった顎《あご》を食いしばり、どうにか耐える。

「そんなこと。間違ってんのは、あんたの方じゃないですか……兄貴……」

「ああ？」

「人間の売買はご法度《はっと》っスよね。この魔王都市で、人間を『商品』にするなんてのは」

ヘリニーロの視線を直視しないようにしながら、カダルは言った。

「魔王陛下が許しちゃおかねえ……カタギに手ェ出すなって……掟があるじゃないスか」

ヘリニーロが言う『商品』とは、人間のことだ。臓器売買、あるいは血液売買用の人間。

「よくねえよ、兄貴。クスリ漬けにした人間のガキを、借金のカタに売り飛ばすとかさ……

へへ。いくらなんでも、仁義が通らねえ。そう……魔王様が戻られたら、兄貴なんて……」

そうやって強気に笑った時、同時に、腹部に衝撃があった。蹴られた。魔術でさえない。

「魔王様なんざ、もういねえんだよ」

ヘリニーロは鼻で笑い、まくしたてる。

「いなくなってもう五年だぞ。何が仁義だ。そんなもんで金が稼げるか？　なあ？」

カダルは答えることができない。魔王はもういない。そうなのかもしれない。人間との共存特区であるこの魔王都市を築き、失踪してもう五年。死んでいると言う者もいる。

「お前はもう少し利口だと思ってたが、間違いだったな——だから、なあ」

声がわずかに低くなる。

「お前のせいだぞ、カダル」

「え？」

「お前が逃がそうとしてた人間のガキ。あいつが殺されたのは、お前のせいだって言ってんだ」

声のどこかに優越感が混じっていた。カダルは口を開いたが、何も言葉が出てこなかった。

「生きてる方が、商品価値が高いのはわかってる。ただ、見せしめってのは必要だ」

ヘリニーロの声は、むしろ己の行いを誇るようだった。

「死体でも買い手はいないわけじゃない。不死属《アンデッド》どもに売れたよ。ガキの死体だから、えらく買いたたかれたけどな。これなら錬金術師どもに売った方が、まだ——」

最後までは聞かなかったし、聞く必要もなかった。

カダルは残りの力を振り絞り、即座に魔術を演算していた。強く大腿部《だいたいぶ》を引っ掻くのとほぼ同時、傷が塞がる。仮想霊薬《かそうれいやく》プロトコルが痛みを麻痺させ、速やかに損傷を復元する。動ける。

そして、ヘリニーロへ向けて跳躍《ちょうやく》した。

「ヴぁるゥッ」

狙ったのは首だった。捉えて食いちぎる。それしかない。爪と牙の表面を、装甲結界《そうこうけっかい》のマトリクスで覆った。カダルがもっとも得意とする魔術だ。鉄の板だって引き裂ける。

(俺を甘く見すぎたな。不用意に近づきすぎたぜ、ヘリニーロ……！)

この距離で獣牙属《ワーウルフ》の瞬発力を凌《しの》げるものか。

肩を摑み、首に牙を突き立てる――拍子抜けするほど簡単に――だが、次の瞬間にカダルが感じたのは、ヘリニーロの血の味ではなかった。

激痛。

「まったく、ひでえ勘違い野郎だ。うんざりするほどいるんだよ。お前みたいなやつは」

口の中に血が溢《あふ》れるのを感じる。強化したはずの牙が砕けていた。

それから衝撃。どこかを殴られた。頭か。気づけばまたヘリニーロを見上げている。今度は死体のように地面に倒れながら。

「たかが地元の喧嘩《けんか》自慢ぐらいで、この街でやっていけると思ったか？」

ヘリニーロが首を傾《かし》げた。

その首筋から血液が滴《したた》り、空中で凝固し、茨《いばら》を持つ茎のように変化していた。おそらくは攻性結界フィルタの一種。常駐型の防御魔術だ。

浄血属《ヴァンパイア》は、血を媒介に魔術を生成する。そのことはわかっていたはずだが、牙や爪を砕くほどとは——これほどカダルと、魔術の力量に差があるとは思わなかった。魔族において、魔術の強度はそのまま格の違いだ。

「もうお前は助からない。でもな、その前に」

ヘリニーロの指が、カダルの耳を摑んだ。狼の耳を。

「貸した恩は耳ィ揃えて返せよな」

ぎぢっ、と、いう音を、カダルは鼓膜《こまく》ではなく脳で聞いた。気がする。肺が軋《きし》むほどの悲鳴をあげたことに遅れて気づく。耳が、力ずくで引き千切られたのだ。

「お。いい悲鳴だな。魔王都市の落とし前のつけ方、よーくわかってるじゃねえか？　なあ？」

ヘリニーロが耳を投げ捨てる。

「逆らったやつがどうなるか、教えてやらなきゃならねえ。せいぜい表通りに聞こえるくらい大きな声で叫べよ。次は爪にするか？　さっき俺のスーツを破いた、そのふざけた爪を——」

不意に、ヘリニーロの言葉が途切れた。違和感。カダルは首を捻る。ヘリニーロの顔が、横を向いていた。表通りに続く路地に誰かがいるのか？

猫背の――おそらくは、男。灰色のコートを着て、ひどくゆっくりと歩いている。

こちらへ向かって。

「そこで止まれ。誰だお前？」

風が吹いた気がする。雲が流れて、月がその男の顔を照らし出す。

「おい……まさか人間か？　なあ？」

ヘリニーロの声には侮蔑《ぶべつ》の響きがある。人間と魔族を見分けるのは簡単だ。体のどこかに『角』を持つのが魔族で、そうでないのが人間だ。角なし猿、などという差別的な言葉もある。『角』があるからこそ、魔力を使って魔術を演算できる。それがなければ喋《しゃべ》れるだけの野生の獣と変わらない。それが魔族の認識だった。

「いまならまだ見逃してやる、人間。失せろ。じゃなきゃ殺すぞ」

「いや……さっきから聞いてたけど、きみ、嘘をつくのはよくないよ……」

灰色の男が答えた。

「いくらでも悲鳴をあげていいって、表通りはきみの手下が塞いでたじゃないか。ヤバそうな相手が来たら警告する役目なんだろ」

どことなく眠そうな声だった。欠伸《あくび》交じりに話しているような気さえした。

「つまりきみは、結局あれだ。威勢のいいことを言っておきながら、表通りの誰かに聞こえるのを怖がってたってこと」

「なんだ、てめえ」

ヘリニーロは明らかに苛立《いらだ》っていた。当然だ。カダルにも理解できる。

魔王都市において、『舐《な》められる』のは致命的なことだ。侮辱されたらその恥を雪《すす》がねばならない。そうでなければ搾取《さくしゅ》される側に回る。少なくとも、魔族の間ではそうだった。

「人間ごときが首を突っ込んできやがって。お前、騎士か?」

「そう。当たり、騎士をやってる」

そういう役職がある。この魔王都市において、人間側の治安維持組織。獅子と三つの星を組み合わせた図案を紋章とする。灰色のコートの襟元には、その紋章を刻んだボタンがあった。

「ニルガ・タイド派出騎士局四課。主任代行。一応ね……」

「どうでもいい、面倒くせえ。ただの巡回ならさっさと消えろ」

ヘリニーロは虫を追い払うような手つきをした。

「どうせ執行令状も持ってねえんだろ。いいか、俺は《月紅會《スカーレット》》だ。序列十七位のヘリニーロ・グスパス。手ェ出したらそっちも面倒なことに――」

「ほら、また……組織の名前を出して相手を威嚇《いかく》しようとしてる」

「お前」

「面倒を避けたいならここに来てないよ。この路地、きみの部下が六人も見張ってたから」

「……お前。表にいた連中……」

そこでようやく、ヘリニーロは疑問に至ったようだった。最初にそれを聞くべきだった。

「あいつらをどうした？」

「事故死、ってことで処理するよ。それとも、通り魔に殺されたって方がいいかな……」

この男は、本気で言っているのか。カダルは目の前の男が、得体の知れない怪物のように見えてきた。ヘリニーロの顔色も変わった。額の角が輝き、指先に血が滴《したた》る。

「てめえ、俺らに——《月紅會》《スカーレット》に喧嘩《けんか》売ろうってのか、なあ？　イカれてんのか？」

「さあ……どうなんだろ……きみ、どう思う？」

曖昧で摑みどころのない笑みとともに、灰色の男はコートの内側から何かを引き抜いた。

手のひら程度の大きさの、ただの円盤に見えた。銀色の円盤。中央に穴が開いているという、ひどく原始的に見える器具だ。東方の投擲《とうてき》武器に近いものがある。

（精霊兵装《せいれいへいそう》？　駄目だ。そんなもん、超小型の護身用じゃねえか……！）

カダルはその物体を知っていた。

精霊兵装。人間どもが使う武器だ。液状化した精霊を内部に封入して、疑似的に魔術を演算させるもの。角を持たない人間のための武器。

「舐めてんじゃねえぞ、角なし猿が！」

「舐めてるわけじゃない。きみの手口はさっき見たよ、ヘリニーロ・グスパス。得意技は、非自立性の攻性呪詛《こうせいじゅそ》ボット」

ヘリニーロが指を鳴らすと同時、灰色の男は円盤を放った。

投擲《とうてき》、と呼ぶには、それはあまりにも無造作な仕草に見えた。円盤が空気を震わせて飛ぶ。液状精霊が魔術を演算すれば、ぱん、と乾いた破裂音を響かせる。精霊が引き起こす放電現象。

(無理だ)

と、カダルは思った。

人間の作った精霊兵装《せいれいへいそう》という武器は、基本的には魔族の魔術を凌《しの》げない。人間と魔族では、そもそもの魔力濃度がまるで違うからだ。一対一であればほぼ確実に魔族が勝つ。

「死ねよ」

と、指を鳴らしたヘリニーロの手首から血液が溢《あふ》れ、空中で泡立ち、無数の矢と化す。また同時に血液の一部は、ヘリニーロを守る盾を形作る。呪詛ボットと結界フィルタの同時演算。人間なんかの希薄な魔力では呪詛ボットを防げないし、結界フィルタを貫けるはずがない。蜂の巣のようになって、灰色の男は死ぬ。その未来を確信し、カダルは顔をしかめ、ヘリニーロは笑った——そして、笑ったままヘリニーロは膝を折った。

「ぶ、くぐっ」

ヘリニーロが奇妙な声をあげた。脇腹が裂け、血が溢れている。

何が起きたのか。カダルにかろうじて見えたのは、空中にあった無数の赤い矢尻が、一瞬にしてすべて砕かれたということだ。それどころか盾も砕け、ヘリニーロまで撃ち抜かれている。

だが、どうやって？

「あ、ぎ」

　ヘリニーロは腹部を押さえようとして、絶叫した。

「ぎっ！　ぎ、いいいいいいいい！」

　腹から血が流れ続けていた。その血が茨《いばら》のように変形したかと思うと、爆発的に膨張した。無数の棘《とげ》の刃となって、ヘリニーロ自身の腹部の肉を、内臓を、ぶちぶちと引き裂いている。

「すごい悲鳴だ。心が痛む……でも、きみ自身が言った通りじゃないか。これが魔王都市の、落とし前のつけ方なんだろ？　きみのやり方だ……」

　その言葉は本当なのかもしれない。灰色の男は、どこか気の毒そうな目で見下ろしていた。

「魔術で治そうとしてるなら、やめといた方がいい。治らないし、余計に苦しむから」

　灰色の男の手元に、また円盤が戻る。小鳥か、蝶か。まるでそういう生き物のようだ。

　つまりあれは、自立型の攻性呪詛《こうせいじゅそ》トラッカーか。俗に「使い魔」とも呼ばれるものだ。あれが灰色の男の魔術なのだろうか？　魔族が生成した魔術を破壊できる手段が存在するのか？

　それに、ヘリニーロの傷が塞がらないこと。あれはいったい――。

「てめえ……！」

　ヘリニーロは抵抗しようとした。震える指で流れる血をすくい上げ、魔術を演算する。今度は槍だった。それを掴み、灰色の男に投げつける――直前で、顔面に一撃を食らった。

灰色の男の爪先が鼻骨を砕き、背後の壁に後頭部を叩きつけている。

「がぶっ」

溺れるような声。ヘリニーロは白目を剝《む》いた。

「悪いね、ヘリニーロ」

灰色の男の手が、再び円盤を放った。手首の捻りを使い、軌道も追えない速度で。

放電の破裂音が響くと同時、ヘリニーロの頭部がその角ごと砕けた。崩れ落ちる寸前、うめき声がかすかに聞こえただろうか。地面に血飛沫《ちしぶき》がぶちまけられる。

あとは静寂。ただ、灰色の男が白い息を吐くのが見えた。

そしてカダルを振り返る。

「……それじゃあ、残ったきみ」

近づいてくる。カダルの耳が転がる血だまりに、足を踏み込む。

「どうする？　ひどい怪我だけど、助かりたいかな」

「無理だ。もう治療できるだけの、魔力も、残ってねえ……」

「そりゃひどい。でも、どうにかする方法があったら？」

灰色の男が屈《かが》みこみ、カダルの顔を覗《のぞ》き込んだ。やっぱり眠そうで、おまけになんだか無気力そうな男だった。

「どうする？　きみが本当に助かりたいのなら、助けてやれる」

何を言っていやがる、とカダルは思った。腹が立った。

「無理に決まってんだろ……なんなんだ、お前？　医者か？」

「違う。でも、方法はある」

「……本気で言ってんのか？　助かるのか……」

「当然、本気だ。代わりに約束してくれるなら」

「約束……。どんな約束だ？　もし、俺が……嘘をついて、約束を破ったら？」

「仁義ってやつが通らない。なんとなく、きみはそんなことしない気がする」

仁義、という言葉を口にするとき、その男の目はまったく笑っていなかった。残酷なほどに冷たく、真剣だった。こんな目をした男を見たことがある気がする。いや。そんなはずはない。こいつは人間だ。魔王陛下とは似ても似つかない。そのはずだ。

「約束しろよ、カダル・ドンウィック。助ける代わりに、その命は俺のものだ」

「……あんた、何者だ？　何を考えてる？　こんな無茶なことしやがって、正気なのか？」

「俺か。俺は――まあ、簡単に言うと」

灰色の男は笑った。ひどく不吉な笑い方だった。

「いずれ魔王になる男、だよ」

何を言っていやがる、と、またカダルは思った。

一　栄光橋弑王事件　1

夢を見ていた気がする。

それも、子供の頃の夢だ。まだ自分が路地裏で暮らしていた、黴《かび》と泥と血の匂いに溢《あふ》れていた過去の記憶。《棺桶通り》の崩れかけた街並み。あの頃は、飢えて死ぬ危険と隣り合わせだった。いい思い出はあまりない。

そんな時期のことを思い出すとは。

（完全に寝てたな。熟睡だ）

キード・マーロゥは眉間を押さえて欠伸《あくび》をする。首に巻いていた赤錆《あかさび》色のマフラーが外れかかっていた。それもこれも、ここ数日の寝不足――と、この奇妙な乗り物のせいだ。

（地船《スキーズ》か）

つい半年ほど前に実用化されたばかりの、人類による発明品だった。地上を走る帆のない小型船、とでもいえばいいのか。『馬と車輪のない馬車』の方が近いかもしれない。船体の動力槽に純化させた液状精霊が封入されており、路面を滑るように走ることができる。

平和な時代の乗り物だ、とキードは思う。

人類と魔族が和平条約を結んだからこそ、こんな船を作ることができた。人類と魔族との交流が生んだ技術といってもいい。まだ個人で所有している者は多くないし、この地船《スキーズ》にしても派出騎士局が市内巡回用に保有しているものだが、量産はそう遠い未来の話でもないだろう。キードが見る限り、この地船《スキーズ》という乗り物は乗り心地が良すぎる。後部座席ではほとんど振動も感じない。だからつい眠ってしまうのだ。

「……先輩。キード先輩？」

声が聞こえる。徐々に意識を覚醒させていく——周囲の騒音が鼓膜《こまく》に戻ってくる。

「先輩！　もう着きましたよ！」

運転席の方から声がする。

「ねえ、もう、ホントに。お願いですから、起きてくださいよ」

そこでようやくキードは目を開いた。若い男が、こちらを振り返っている。赤い髪、やたらと鋲が打たれた派手なジャケット。彼の名前は——いまは、『バケツ』。

本当ならキードが所属する派出騎士局四課の人員であり、正式な課員だった。去年までは。しかし度重なる失態と素行不良で降格に降格を重ねた結果、ついには『掃除用具』という扱いになってしまった。そのため、いまはバケツと呼ばれている。

「先輩、聞こえてます？」

「聞こえてるよ。聞こえてるから……バケツくん、もうちょい声の音量落として……」

キードはもう一度、欠伸をした。座席から背中を離し、赤錆色のマフラーを巻きなおす。

「というか……もしかして、もう着いた？」

「もしかしてじゃないですよ！　とっくに着いてます。さっきからずーっと声かけてんのに、先輩、ホントに起きなかったんですからね」

騒がしい男の声を聞きながら、キードは窓の外に目を向ける。

巨大な鋼の駅舎がそこにあった。魔王都市ニルガ・タイドの、中央駅舎だ。

その建物は荘厳といってもいい。漆黒の塔を中心にして、砦が増設されたような構造をしている。それもそのはずで、この施設はかつて魔王ニルガガラの宮殿であったからだ。混沌都市においても最強の、魔王の魔術で防御された建造物。中央駅として使われるにふさわしい。

この駅には、人類と魔族の領域を問わず、どちらの都市群からも大陸縦断軌道に乗って装甲列車がやってくる。いまも、十両編成の装甲列車がその巨大な車体を窮屈《きゅうくつ》そうに駅舎に収めていた。時折、鋭い放電が空に走り、乾いた音が響く。

キードはうなずいた。

「列車がまだ駅舎にいる。ってことは、少し遅れたかと思ったけど……時間通りかな」

「ンなわけないでしょ。もう三十分ちょい遅れてますよ！」

「え、そんなに？」

駅舎の大時計を見る。たしかに。標準時刻が定める正午――約束の時間を大きく超過して、太陽も高く昇っている。魔王都市を覆う分厚い雲でも、その日差しが感じられるほどだ。

「ええ……こんなに遅れるってことは……バケツくん、また道に迷った？」

「違いますよ！　そもそも局を出るのも遅れてたし、先輩がぜんぜん起きねえし」

「眠かったんだから仕方ない。昨日からほとんど寝てないし……」

「そりゃ先輩が巡回サボって夜遊びしてたからじゃないですか！　知ってますよ、また賭場《とば》に顔出してたでしょ！　次はオレも連れてってくださいよ」

「それは無理。バケツくんいつも金ないでしょ。給料入るとすぐ使い果たすんだもんな」

「いやあ、つい女の子のいる店で遊んじゃって……魔王都市ってかわいい魔族の女の子がいっぱいいて、新鮮な体験ができるっていうか……だから、金貸してください！　先輩！」

「絶対やだよ。バケツくんが返せる当てないし」

「ンなことないでしょ！　おれだって大手柄立てりゃいいんでしょ？　たとえばその辺をうろついてるコソ泥とかひったくりとか捕まえて、ボコボコにして感謝状とかもらって！」

「そんなことしたら、感謝状どころかまた減給だよ……」

　この凶暴性が、彼をバケツの身分にまで降格させた原因でもある。あとはその態度の無礼さも加味されているだろう。先輩として連帯責任を取らされるキードとしてはたまったものではないが、自身もあまり堂々と彼を叱責できる立場でもない。

「でも、今日はビシッとしてくださいよ、先輩。なんかヘマしたらオレらまで巻き添えですからね！　特に今日来る本庁の正規魔導騎士の人、めちゃくちゃ大物の超エリートなんですから」

「ああ……本庁の騎士どのか」

キードたち派出騎士が『本庁』と呼ぶとき、それは《不滅工房《ふめつこうぼう》》という司法機関を意味する。人類連邦司法庁、《不滅工房》。かつて魔王を追い詰めた『聖剣』を作り出した組織であることから、その名が与えられた。派出騎士という末端の人員ではあるものの、大きな意味ではキードもそこに所属している。

つまり、そこから直々《じきじき》に派遣されてくる正規魔導騎士こそは、本物の騎士であるといえる。キードのような『派出騎士』という、いわば業務委託されている身分よりはるかに階級が上だ。その目的は、つい先日、この魔王都市で発生したとある重大な事件——『弑王事件《しいおうじけん》』の捜査のためであるという。

「正規魔導騎士どのの名前、なんだっけ?」

「なんで覚えてないんですか。タイディウスですよ、アルサリサ・タイディウス。ほら、あの勇者タイディウスの娘の！　まさに深窓《しんそう》の令嬢って感じの！」

「ああ、そうそう。大丈夫。ちょっと忘れてただけ……」

眠そうに答えながら、キードは座席に深く寄りかかった。

バケツにはあのように言ったが、当然、忘れていたはずがない。

人類と魔族の戦いを終わらせた勇者は、名をヴィンクリフ・タイディウスといった。十年前にその《聖剣》によって魔族の軍勢を薙《な》ぎ払い、魔王との最終決戦を経て、ついには平和条約を成立させた男。すでに故人ではあるが、彼の業績は紛れもない伝説だった。

その血を引くという正規魔導騎士の派遣は、キードにとっても警戒に値する。帝都の《不滅工房》はどこまで疑惑を持っているのだろうか。本当に、例の『弑王事件』の捜査のためだけに送り込まれたのだろうか？

キードが抱える、誰にも言えない秘密を調べに来たわけではない、という確証が欲しい。

「でも、なんで本庁の偉い人の出迎え役が俺らなんだろうね。バケツくん、なんか聞いてる？」

「いやあ、それはもう、他の皆さんが忙しいからでしょ。例の大事件で騎士一課も二課もフル稼働ですし、三課がその日常業務のフォロー。暇なのはオレらだけ！　ひどくないですか？」

「密かに戦力外って言われてる気がするよね」

「密かに、じゃないでしょ……」

バケツは呆れた顔をしたが、キードは大きな欠伸《あくび》で応えた。

「まあいいや。その超エリート捜査官どのを早く迎えに行こうか」

「いえ、それが……どうも厄介事が起きてるみたいですね。列車、緊急停止になってます」

ここは魔王都市だ。厄介事ならばいつも起きている。列車が緊急停止することも、三日に一度はあることだ。とはいえ、よりにもよって、こんな日でなくてもいいのではないか。

「なんか暴動も起きてます。列車が動かないからかな？　魔族のやつら、なんかちょっとでも理由見つけては殺し合ってますよね……こわ……」

事実、駅の周囲では睨《にら》みあう魔族の姿がある。というよりも、すでに魔術を行使した抗争に発展している者もいる。それも当然だろう。彼らは互いに、少しでも、相手の組織の戦力を削ろうとしているからだ。

こういうとき損をするのは、魔族同士の抗争に巻き込まれる人間の方だった。

「死人は出てるかな?」

「さすがにもう人間のみなさんは避難してますけど、まあ、間に合わなかったのが四、五人くらい。ご冥福《めいふく》を祈るって感じですね」

「……死体、不死属《アンデッド》に回収されてないよね?」

「あそこにまだミンチが散らばってるでしょ。誰も拾ってませんよ」

「じゃ、ほっとこう」

キードは声に何の感情も乗せなかった。魔族と人間が持つ、暴力機能の不均衡。この街に住む人間はそれを受け入れてなお、魔族との共存特区での生活を望んだ者たちだ。

技術的な相互発展、それがもたらす繁栄、地下に広がる迷宮の財宝。これらに比べれば金の鉱山さえ霞《かす》んでしまう。街の外では一生かかっても摑めないような、成功のチャンスがここにある。それを望んで、人間の身でありながら彼らはここに移住してきている。

「しかし参ったな。せっかく迎えに来たのに」

キードは苦笑いをした。

「最初から面倒だね……捜査官どのはどこかな? 厄介事に巻き込まれる前に保護しないと」

キードが地船《スキーズ》の窓の外を見た、その瞬間だった。

「え」

と、思わず口が半開きになった。

まずは閃光。駅舎の空に銀の光が走り、精霊兵装《せいれいへいそう》の破裂音が響き渡った。

「なんです、いまの？」

バケツも運転席から身を乗り出し、窓の外を見ようとした。

ただ、わざわざ見なくてもキードにはわかる。あれは人間が精霊兵装を使った証拠だ。魔族ならば道具に頼らず魔術を使う。精霊兵装は、生まれつき魔術を生成できない人間の武器だ。

「まずい感じだな」

キードは小声で呟《つぶや》いた。

大気が渦を巻いている。続いて地鳴り。今度は精霊兵装による現象ではない。かすかな頭痛にも似た不快感で、キードにはそれを判別できた。魔族による魔術演算。この一連の現象が何を意味しているのかは簡単だ。つまり、人間と魔族がなんらかの理由で戦闘している。

駅舎の中央口で、何者かが対峙しているのが見える。二つの影――だが、ちゃんと観察している暇などなかった。振動を感じたからだ。

「あ。これ、まずいな」

駅舎から何かが地中を這って蠢《うごめ》くように、地面が砕けていく。こっちまで被害がくるのは明白だった。魔力による浸食が伝染してきている。速い。

キードは地船《スキーズ》のドアを開けた。強い風が吹いたせいで、赤錆《あかさび》色のマフラーが大きくはためく。

「バケツくん、出た方がいい。退避しよう。急いで!」

「え? あ、やば、うええっ!」

衝撃があった。破壊音と悲鳴。

キードは地船《スキーズ》から飛び出す一瞬で、船体が巨大な蛇のような何かに巻きつかれて破壊され、ついでにバケツがなすすべなく潰《つぶ》れるのが見えた。首がへし折れ、上半身が圧潰する。

さらには、地船《スキーズ》それ自体が火を噴いた。人工精霊を封入していた動力槽が、勢いよく破裂して炎が弾《はじ》ける。なるほど、とキードは思った。地船《スキーズ》に閉じ込められていた人工精霊は、暴走するとこうなるのか。平和な時代の乗り物という印象は変更するべきかもしれない。

自分も少し遅れれば、この爆発に巻き込まれていただろう——背筋が冷える。

「バケツくん、きみの犠牲は忘れない。備品の破損報告として、修理代も請求しとくよ……」

避難が間に合わなかったバケツのことは不憫《ふびん》だが、彼にとってはいつものことだ。

(いまの魔術。半自立型の、攻性物質モーフィング)

船を砕いたのは、蛇のように形成された土だった。路面を砕いて隆起し、触れたものを破壊する指示を与えられた存在。規模からみて、これは魔族による魔術だ。それも、相当破れかぶれになっている。

（仕方ない、仕事するか）

やるしかないが、憂鬱《ゆううつ》になってくる。この事態を引き起こしたのが何者か、キードはすでに予想できてしまっていたからだ。精霊兵装《せいれいへいそう》を携行し、それを行使できる人間。魔族の反撃を引き出すほどの実力者。

つまり彼が出迎えるべき正規魔導騎士が、何か厄介事を引き起こしているに違いない。

◆

駅舎に駆け寄ったキードが見たものは、さらに憂鬱な光景だった。

「動くな。止まれ！」

と、鋭い声が響く。

一人の少女――といってもいいくらいの若い女が、片手でぶら下げるように剣を握っている。

精霊兵装だ。いまや人類の兵器はすべて精霊兵装に淘汰《とうた》されたと言っていい。彼女が手にしているのは、おそらくカヴ＆ケイム社の新型だろう。青白い光を湛《たた》えた刃の刻印、双頭のダチヨウを模した紋章を見ればわかる。

「そこまでだ。両手を頭の上に載せろ。魔術を使おうなどと思うなよ」

警告しながら、ゆっくりと駅の階段を下りてくる。

異様に眼光が鋭い女だ。それ以外は、まったくバケツの言った通りに、『深窓《しんそう》の令嬢』という肩書をつけてもいいだろう。青い制服に身を包んでいるのが異様に思えるほどだった。しかし銀色に輝く髪と、黄金の瞳──それは魔族との戦いを終わらせた、勇者タイディウスの血を引くことを明確に意味していた。

キードも写真で見て知っている。彼女こそが、キードが出迎えに来た相手に外ならなかった。

「私は《不滅工房《ふめつこうぼう》》正規魔導騎士、アルサリサ・タイディウス」

ご丁寧に、彼女は自分から名乗った。それは当然、キードに対してではなく、階段の下にいる相手に対してだろう。

アルサリサは残り数段、というところで足を止め、剣を構えた。切っ先を男に向ける。

「この街で発生する、人間への犯罪行為への介入権を持つ。無駄な抵抗はするな」

毅然《きぜん》とした口調だったが、これに対する答えは単純なものだった。

「ふざけたこと言ってんじゃねえぞ。ああ？　角なし猿が、調子に乗るな！」

地響きのような声で怒鳴ったのは、階段の下にいた男。かなりの巨漢だ。フードつきの外套で身を覆っているものの、その横顔が樹木のように角質化しているのが見えた。

（──魔族。樹王属《トレント》か）

植物のような体を持つ魔族だ。一般に、魔族の中では比較的──あくまでも比較的、穏和な傾向がある。しかし、いまはずいぶん興奮しているようだった。

「差別的な発言だな」

アルサリサは表情を変えない。幼さの残る顔だが、整いすぎているせいか、どこか冷酷な気配さえある。

「言動に気をつけろ。裁判において心証を悪くするぞ」

「何が裁判だ」

樹王属《トレント》は吠えるように怒鳴る。ついでに、拳で地面を叩く。砕けるほどに強く。

「いきなり因縁つけてきやがって！　俺が何したっていうんだよ？」

「自覚がないのか？　お前は列車から降りる際、改札の順番を無視した」

「……ああ？」

「しかもその際、高齢の女性を押しのけ、転倒させているな。怪我がなかったのは幸いだが、さらにお前は転倒した女性の懐《ふところ》から財布を盗んだ」

アルサリサの目つきが鋭くなった。

「記憶にあるな？　孫娘からプレゼントされたという財布だ。キャプテン・ポスコールが刺《し》繍《しゅう》されていた」

「なんだそいつは」

「一般的な雑貨を扱うポスコ社を代表するマスコットのことだ。溶けるペンギンを模している。この供述に間違いはないいな？」

「知るか！　財布なら、とっくに返しただろうが！」

樹王属《トレント》の男は鼻を鳴らした。反省の気配は、当然ながらまったくない。

（まあ、そりゃそうだろうな）

と、キードは思う。

魔族のやることだ。人間相手の窃盗行為など犯罪のうちに入らないと思っている者が多い。人類と魔族が和平条約を結んだいまでも、その認識は強かった。強い者は弱い者から奪う――その反面、身内となった者は手厚く保護する。それが魔族の『普通』の考え方だ。

「盗んだものを返すなど、当然のことだろう」

アルサリサの声には、明らかな怒りが滲《にじ》んでいた。

「その罪を償う必要がある。それに余罪もあるかもしれない。よっていま、その調査のために私の権限で列車を停止させている。速やかに協力しなければ、交通機関にさらなる影響が出るだろう。それは避けたい」

「何を考えてんだ、お前？」

それは樹王属《トレント》の男にとっても驚くべきことであったらしく、彼は口を半開きにした。

「なんでそこまで」

「なんで、も何もない。捜査規定だ。余罪の追及は速やかに行わなければならない」

「……どうかしてやがる」

樹王属《トレント》は舌打ちをしたが、キードもまた同感だった。

（いや……まったくだ。どうかしてるよ）

たしかに騎士の捜査規定では、余罪の追及は速やかに行うことになっている。機動捜査官にはその権限と義務がある。キードたち派出騎士も、正規魔導騎士もそれは変わりがない。

だが、それを正直に守っている騎士がいるだろうか？　特にこの魔王都市では、窃盗などありふれたことだ。そのために列車を止めるなど、後の手続きの面倒さを考えたらまともな騎士のやることではない。

「以上だ。大人しく逮捕されてもらいたい」

「お前みたいなガキに捕まってたまるかよ」

「ガキではない。私は成人だ！」

アルサリサは胸を張った。わずかに踵《かかと》も浮かせている――少しでも背を高く見せようとでもしたのだろうか？

「本当だぞ。ちゃんとした身分証明もあるん……あるのだからな。肉体上の年齢はともかく、法律的には成人していることになっている」

不機嫌そうに言葉遣いを正すその態度は、まるで子供だ。樹王属《トレント》の男もまったく同じ感想を抱いたようで、軽く鼻を鳴らすようにして笑って見せた。

「《不滅工房《ふめつこうぼう》》の騎士とかいったな。こんなガキを使うほど人手不足ってわけか？」

「……また言ったな……。子供ではない！　いまのでさらに心証は悪化したぞ」

「わかってねえみたいだな、クソガキ」

樹王属《トレント》は威嚇《いかく》するように唸った。

「角なし猿の人間が！　おれに手ェ出して、タダで済むと思ってんのか？　おれは《常磐會《ヴェール》》のデーヴィン！　《伏せ葉》のデーヴィンだ！」

ざわざわと両手両足が伸びている。その指先、足の先に、小さな蕾《つぼみ》が形成されていくのも見えた。これは樹王属《トレント》の特徴の一つだ。彼らは『花粉』を媒介に魔術を行使する。

つまり、これは臨戦態勢ということになる。

「おれたち《常盤會《ヴェール》》はまだ終わってねえぞ。そのための資金集めだ。人間相手のスリでも空き巣でもなんだってやってやる。泥水すすって地道に生きるしかねえんだ」

樹王属《トレント》——《伏せ葉》のデーヴィンとやらは胸を張った。

「ばあさんから金を盗むなんてカッコ悪いよな。でもな、どんなにカッコ悪くても一歩ずつ謙虚にコツコツ積み上げる。それが《常盤會《ヴェール》》の誇りってやつよ」

（ああいうのも、すごくよくいるんだよなあ……）

キードは頭痛を感じた。

泥水をすすってカッコ悪く生きることに、一定の価値を見出しているタイプは田舎出身の魔族に多い。その価値観自体は人間にも理解できる——ただ、方向性が圧倒的に問題だ。

彼らにとっての『カッコ悪く生きる』とは、人間のような貧弱で脆い生き物を相手に、盗みや暴力のような行いを働いてまで生きるという意味だ。彼らはそれを『コツコツ地道に、泥水に塗《まみ》れて生きる』ことだと考えている。特に《常盤會《ヴエール》》はそれを『謙虚』という美徳に位置づけて重要視していた。

（これだから、この街は救いようがない）

かつて魔王ニルガラが掲げていた美徳という概念は、決定的に歪められてしまった。七つの會《かい》はあまりにも歪《いびつ》に変化したそれを高らかに宣言し、体現しているようなものだ。

「ボスが殺されて、組織も散り散り。麻薬のシノギも失った。でも、誇りだけは失わねえぞ！」

「何を言っているのかわからない。お前の行為は犯罪だ、私は法を執行する」

アルサリサの態度は強硬すぎる。キードはさらに強い頭痛がやってくるのを感じた。

帝都から派遣されたこの正規魔導騎士は、この街の事情や勢力関係をわかっていないのか。

こういう状況になってしまえば、このデーヴィンという男が選択できる行動は一つしかない。

魔族というのは舐《な》められたらおしまいだ。特に、この魔王都市では。

「私にはその権利と義務がある。私は《不滅工房《ふめつこうぼう》》の正規魔導騎士――ん、いや」

アルサリサは上着のポケットから、小さな小物入れのようなものを引っ張り出した。シルクハットを被ったペンギン、のような図柄が刺繍《ししゆう》された小物入れ。やけに間抜けな顔つき。そういうマスコットだろうか。小さな咳ばらいをして、それを引っ込める。

「失礼、間違えた。こちらだ」

代わりに掲げたのは、星空を見上げる獅子の紋章。それをあしらった手帳だった。

「人類と魔族の条約に基づき、大人しく逮捕されてもらおう」

「舐《な》めんなっ！」

デーヴィンが叫んだとき、両手足の蕾《つぼみ》が開花し、花粉が溢《あふ》れ、地面が鳴動した。

石畳の路面を砕き、大地が隆起する。黒い蛇のようにうねり、階段を破壊しながらアルサリサに迫っている。包囲するように四つ。これは先ほどキードの乗る地船《スキーズ》を破壊した魔術だと、すぐに察しがついた。

（攻性呪詛《こうせいじゅそ》ボット——半自立型だが、規模が大きい。なかなかの喧嘩《けんか》自慢じゃないか）

あるいは、軍属魔術兵だったのか。これをできるレベルの手合いがひったくりみたいな犯罪をする羽目《はめ》になっているとは。

（その理由もわかる）

つい最近に起きた事件のせいだ。《常盤會《ヴエール》》の没落。大量の樹王属《トレント》が所属を失い、路頭に迷った者も多いと聞く。

（だから余計に、あの男は反抗的なんだ）

ともあれ、キードは走り出した。前へ。絶対にろくなことにならないのはわかりきっていた。

駅舎の利用客たちも、一斉に悲鳴をあげて避難を開始している。さすが魔王都市の住民は見切りが早い。

「魔術を行使したな」

アルサリサは、まっすぐ刃を振り下ろした。

「治安維持総則に従い、処分を執行する。クェンジン！」

ばきっ、と、ひび割れるような破裂音。閃光が走る。

それが精霊兵装《せいれいへいそう》の起動音だ。刃に封入された液状精霊が、定められた魔術を演算する。精霊兵装は魔族とは違い、単一の魔術しか演算することができない。威力も弱い。それを誰にでも使えるようにしてあることこそが、人類の強みだ。

――しかし、アルサリサの使った精霊兵装は、キードの知るものとは大きく違っていた。

それは素早く、強力だった。虚空から輝く鎖が生じて、放たれ、無数に散った。襲い来る黒い大地の触手はすべてその鎖に絡めとられる。アルサリサに殺到する直前に、完全に停止してしまっていた。

当然、デーヴィンも同様だ。輝く鎖に巻きつかれ、その場に倒れ伏している。しかも両腕を拘束する形で。

「てめえっ」

「ここまでだ」

アルサリサは刃を真横に振るう。それと同時に、土の触手が鎖に締め上げられ、崩壊した。

（マジかよ、すごいな）

キードは感嘆せざるを得ない。

魔術としては、封印保護プロトコルと呼ばれるものの一種だろう。他の魔術や生物に触れることで、それを拘束する。しかし、魔族の攻性呪詛《こうせいじゅそ》を圧倒する速度と強度で放つことができるとは。勇者の血とはそういうものか。それとも特別な精霊兵装《せいれいへいそう》なのか。

だが、いまこの状況で、これはまずかった。

「お前の身柄を拘束する。あとで弁護士を呼ぶがいい」

「ふざけんな……くそっ！」

デーヴィンの身体《からだ》が震えている。それしかできないのだろう。たしかに、もうこの男は脅威ではなかった。この男自身、それだけでは。

「おれたち《常盤會《ヴェール》》が、人間の騎士なんかにビビると思ってんのか？」

「なるほど、《常盤會《ヴェール》》の所属か。ちょうどいい、詳しい話を聞かせてもらおう。まずはお前の名と住所、それから市民票を提示しなさい」

「何を偉そうに……！」

デーヴィンは地面に伏せたまま、怒りを漲《みなぎ》らせた。全身に蕾《つぼみ》が生じる。次の魔術を演算しようとしているのか。アルサリサは剣を振り上げた。

「抵抗するならば、やむを得ないな」

その刃が振るわれる。もっと強力で、暴力的な魔術が演算されようとしているのがわかった。

だから、ぎりぎりのところだった。

「──あ、ああ！　待った待った！」

走った甲斐があった、といえるだろう。

キードは息を切らせながら、アルサリサとデーヴィンの間に割り込んだ。勢い余ってつんのめり、転びかけてしまったが、どうにか堪《こら》えた。かなり滑稽《こっけい》に見えたかもしれない。

それでも、キードはコートの内側から一枚の円盤を引っ張り出し、それを瞬時の一挙動で投《とう》擲《てき》している。傍目《はため》には、キードの手元から銀の光が走ったようにしか見えなかっただろう。

「剣」

とだけ、キードは囁《ささや》いた。

それと同時に銀色の円盤は高速で宙を走り、振り下ろされかけたアルサリサの剣を阻止している。鋼と鋼がぶつかる、苛烈な金属音が響いた。放電がひときわ強く虚空に弾《はじ》ける。

「いや、どうも……」

「なんだ？」

怪訝《けげん》な顔をしたアルサリサに、キードはどうにか愛想笑いを浮かべることができた。アルサリサの剣を防いだ銀の円盤は、回転しながらキードの手元に戻る。

「すみませんね。邪魔して申し訳ないんですが、そのくらいにしといてくださいよ」

アルサリサは、その剣を弾《はじ》かれたことに驚きを感じているようだった。

「お前は誰だ」

「名乗るほどの者でも……あ、樹王属《トレント》の旦那も失礼。急に割り込んじゃって」

キードは最大限の愛想を維持しながら、ごそごそと銀の円盤をコートの中に突っ込んだ。

「喧嘩《けんか》はよくないですよ。話し合いましょう。ね？　ここはひとつ穏便に」

「質問に答えろ。お前は誰だ。公務執行の妨害に当たる可能性もある」

「いや、それがですね」

キードは一瞬だけ振り返り、デーヴィンを見る。片目を閉じ、人差し指を軽く振った。これは一種の合図だ。相手は怪訝《けげん》そうな顔をしたが、伝わっただろう。おそらく。たぶん。

そう決めつけて、キードは赤いマフラーをくつろげ、襟元にある紋章を示した。

「俺も公務なんですよ。上からの命令でして、どうも遅れてすみません」

三つの星と、それを見上げる獅子の紋章。太古に生息していたとされる、この架空の生き物の図案は、《不滅工房《ふめつこうぼう》》への所属を示すものだった。

「俺はキード・マーロゥ。派遣騎士四課の主任代行やらせてもらってます。正規魔導騎士アルサリサ・タイディウスどの、お迎えにあがりました」

「ふんっ。そうか、お前が案内人か」

アルサリサはいっそう厳めしい顔を作り、胸を張って、わずかに踵《かかと》を浮かせた。背伸びをしている。いくら猫背のキードでも、見下ろす形になってしまっているからだろう。

「出迎えご苦労だが、いまは私も公務中だ。その魔族を逮捕しなければならない」

「いやあ……その、そいつはやめといた方がいいと思いますよ。無茶ってもんです」

「なんだと？　私にはできないと思っているのか。頼りなく見えると言いたいのか？」

アルサリサは眉をひそめた。そういう反応が返ってくるところを見ると、普段からよほど言われているのかもしれない──『子供』だと。

「たしかに私は肉体的には成人していないが、職務遂行能力を疑うならいますぐ見せてやる！」

「そ、そうじゃなくてですね！　こいつ、《常盤會《ヴェール》》の一員ですよ」

伝わるはずだ、とキードは思った。

「御存じですよね？　魔王都市を牛耳《ぎゅうじ》ってる、七つの組織の一つです」

魔王都市は、もともとは魔王ニルガラが君臨していた魔族の王都だった。

人類と魔族との和解が成立して、共存特区となったものの、当の魔王が失踪してもう五年になる。それだけあれば、不在となった魔王の位に挑む者たちも出てくる。

魔王の隠し子を自称する者、弟子を名乗る者、挙句の果てには魔王の転生した姿こそが自分だとか──とにかく、『我こそは正統なる魔王後継者である』と主張する者たちだ。彼らの数は七柱。いまでは俗に『僭主七王《せんじゆしちおう》』と称されて、独自の派閥──自分の『會《かい》』を形成している。

《常盤會《ヴェール》》はそうした會の一つだ。

いや、一つだったというべきだろう。つい最近、魔王の跡目争いから脱落する羽目《はめ》になった。その頭領の死によって。

「《常盤會《ヴェール》》はボスが死んで、かなり荒れてるんです。そりゃ勢力としては弱ってますが、だからなおさら危険ってことですよ」

「危険か。それがどうした」

「迂闊《うかつ》に手を出すと、人類と魔族の戦争がまた始まっちまう。まずはちゃんとした証拠を押さえて、《常盤會《ヴェール》》にきっちり話を通してからじゃないと逮捕なんて無茶ですよ」

「証拠も何も、現行犯だ。私が目撃している」

「そういうことじゃなくてね。あの、たとえ現行犯でも、こういうときは慎重に」

「お前は、法を無視しろと言いたいのか？　逮捕すべき相手を見逃せと？」

その通り。よくわかっているじゃないか。キードはそう言いかけたが、どうにか堪《こら》えた。

「この街は、ちょっと事情が複雑でしてね。御存じでしょう？」

キードは苦笑いを愛想笑いに変換する。ぎりぎり、どうにかそれらしく見えたはずだ。

「俺らはこの街で、人間と魔族が決定的な破綻を起こさないように頑張ってるんです。そこんところの努力を汲んで、ここのところは見逃してもらえませんかね？　ほら、盗んだものも返したみたいだし」

「それはできない」

アルサリサは断固として言った。片手の剣を一振りして、一歩、キードに近づく。身長差のせいで、見上げるような形になった。

「それでは正義を証明できない」

その言葉に、一瞬、キードは喉元に刃を突きつけられたような緊張感を覚えた。なるほど。この少女はたしかに勇者の娘であるらしい。そのことが肌で理解できた。

「……正義の証明、ですか」

「そうだ。法が定める正義だ。それがたしかに存在することは、どれだけの困難が発生しても、常に誰かが証明し続けなければならない。その魔族はいまここで逮捕する」

アルサリサはキードを押しのけた。小柄で華奢に見える割に力は強い。キードがよろめいたほどだった。

（もともと、俺は筋肉に自信があるってタイプじゃない。けど）

それにしても、ちょっと驚くような腕力だった。これも勇者の血なのだろうか。それに樹王属《トレント》の魔術が演算されるよりも早く対処してみせた瞬発力も凄まじい。

ほとんど苦もなくキードが強制的にどかされた後で、しかし、アルサリサは目を瞬《しばた》かせた。

「あの魔族はどこだ？」

「ええと……さあ？」

キードは振り返って、首を傾《かし》げた。光の鎖で拘束されていたはずのデーヴィンは、いまや影も形も見えない。代わりのように、その樹木の枝のような腕が残されていた。

（伝わったな）

人差し指を二回振ったのは、『逃げろ』、という合図だった。魔王都市の裏社会では、この手の符丁がいくつかある。デーヴィンは応じてくれたようだ。キードが作った隙《すき》をついて、見事に逃走した。腕一本を切除すれば、その分だけ鎖の拘束は緩む。そして樹王属《トレント》の四肢は、欠損してもそう時をかけずに生えてくることで知られている。

ただし、完全に納得はいっていないらしい。地面に引っかき傷がある。これは『調停に不満がある』ときの符丁だ。それでもよかった。取引のきっかけにはなる。いまは完全に地下に潜ったような形の、《常磐會《ヴエール》》の残党と交渉の窓口があるということは重要だ。

「……私のクエンジンの『鎖』から逃れたか」

クエンジン。それがこの剣型の精霊兵装《せいれいへいそう》の製品名らしい。キードも聞いたことがない。帝都で開発された最新型なのだろう。

「手配をかけるぞ。あの顔は忘れていない。必ず罰を与えなければ」

「いえいえ、その前に。あのチンピラを捕まえるより重要な仕事がありますよね。ほら――」

アルサリサの目を見て、探りを入れることにする。

「弑王《しいおう》事件のこととか」

「それは当然だ。解決する。しかし、私は目の前で起きた犯罪を見逃すこともしない。だから早急に手配はかける。わかったな！」

アルサリサは鋭い目でキードを睨《にら》んだ。

「覚えておけ。次に邪魔をしたら、お前を処分する。私にはその権限がある」

「ああ。そうでしょうね」

「不服そうだな？」

「そんなことありませんって、俺らの追いかける事件はすごく難解ですからね。迷宮入りしないように協力しましょうぜ、タイディウスどの」

「その呼び名はやめろ。私は家名で呼ばれるのを好まない。アルサリサでいい」

どういうわけか、アルサリサは一瞬だけ不快そうに顔をしかめた。家名に対して嫌な記憶でもあるのかもしれない。

（あり得ない話じゃない）

と、キードは考える。勇者タイディウスの娘。十年前に人類と魔族の戦争を終わらせ、和解を成立させた本物の英雄の血を引く者。そういう肩書が、何かしらの重荷になっていたりするのかもしれない。

「それは失礼しました、アルサリサどの。ええと、改めまして、ようこそ魔王都市へ」

最大限、愛想よく笑えたはずだ。

「ニルガ・タイド派出騎士局を代表しまして、この第一級事件における最大限のご協力を――」

「挨拶《あいさつ》は不要だ。時間が惜しい」

アルサリサはそこでようやく剣を収めた。一瞬、刃に封入された液状精霊が、不満そうに刃を震わせるのが見えた。

「列車の運行を再開させたら、すぐに捜査を開始する」

「了解です。それじゃとりあえず、俺らの捜査本部にご案内しますよ」

「それも不要。事件現場の検証が先だ」

アルサリサは鋭く断言した。

「栄光橋まで案内してもらおう。例の、僭主七王《せんじゅしちおう》の一柱が殺された現場だ。それが最大の問題なんだろう」

その通り。この発言にばかりは、キードもうなずかざるを得ない。まさしくそれこそが目下この街を混乱させている、最大の問題だった。

「捜査資料が色々ありまして――あ、待ってくださいって」

すでに歩き出しているアルサリサを、キードは追うしかなかった。

(せっかちな子だな)

だが、好都合かもしれない。この事件はキードにとっても重大な意味を持つ。アルサリサのこの強引な態度は、もしかしたら調査において極めて強力な手札になるかもしれなかった。

それと同じくらい暴走の不安はあるが、日和見主義の騎士よりはずっとマシだ。

（誰かがなんとかしなきゃいけない）

心の底からそう思う。魔王ニルガラはもういない。この都市は歪んでしまった美徳を掲げる魔族によって混乱し、抗う力のない者は傷つき、弱者は搾取《さくしゅ》される。

（やるしかない。それを考えれば、この子は使える。——うまく制御できれば、の話だけど）

キードは背後を振り返る。完全に潰《つぶ》れた地船《スキーズ》が一艘。

（バケツくんのことは、置いていくしかないか）

もともと心配は不要だ。あの程度で死ぬ男なら、そんなに苦労はしていない。


——栄光橋での『弑王事件《しいおう》』については、いまや魔王都市の誰もが知るところだ。

もっとも魔王の後継者に近いと目される、僭主七王の一柱。魔王ニルガラより偉大なる全知の王冠を継承したと主張する、《世界樹》ソロモン・ラタ・スーウィルド。数ある會《かい》の中でも、もっとも多数の構成員を抱えていた《常盤會《ヴエール》》の長。

未来さえ予測できる、最強の魔族の一角。

彼が栄光橋で『斬殺《ざんさつ》』されたという事件は、いま魔王都市を震撼《しんかん》させ、かつてない騒乱を呼びつつあった。

二 栄光橋弑王事件 2

栄光橋は、魔王都市の西部に位置する。

その名の由来は魔王ニルガラが、当時はまだ服従していなかった西方魔族の征伐を終え、凱《がい》旋《せん》したときに築いた橋であることに由来する。魔王都市を東西に分断するサザリス河を横切って、壮麗な魔王宮殿に続く橋だった。

そうした情報は、すでに知っている。

アルサリサ・タイディウスは、事前に地図を頭に入れていた。広大な魔王都市といえども、地下迷宮を除けばその全貌は明らかになっている。迷うはずがない。たしかに駅から続く大通りは混雑しており、雑多な屋台が所狭しと並んでいるためひどく歩きにくかったが、アルサリサにとってさしたる障害ではない。

だから、本来ならばその『案内人』の派出騎士など不要だった。《不滅工房《ふめつこうぼう》》からの正式な指令でなければ追い返していたところだ。

「ちょっ、と、待ってくださいよ。正規魔導騎士どの」

と、その男は地図を大きく広げながら、困惑しているようだった。

アルサリサの基準からして、どうも冴えない男だ。灰色のコートに、錆びたような鈍い赤色のマフラー。目つきはどこか眠そうで、目の下にくっきりと隈《くま》がある。

この男が、彼女の『案内係』。派出騎士局四課の主任代行、キード・マーロゥというらしい。

「ええと、だいぶ道が混雑してるんで、迂回しないと……あ、違う」

キードは地図をひっくり返した。

「逆でした。はは、この街はいまだに迷いますね」

「何をへらへらと笑っているんだ」

キードを睨《にら》み、アルサリサは不快感を隠さない。このような軽薄な愛想笑いを、アルサリサは嫌っていた。記憶の中の、とある人物を思い出すからだ。つまり父のことを。

「地図も読めないような人間が、なぜそれで案内係を名乗れるのか理解に苦しむ」

「いや、こう見えても街には詳しいんですって。ほら、たとえば……」

キードは両手を広げてみせた。

「この辺の繁華街とか。どこの屋台が美味しいとか、おすすめのお土産とか、なんでも聞いてくださいよ」

「まるで捜査に必要のない情報だ」

「いやいや、地元の情報は細かく知っておいた方が得ですって」

しつこくついて来る。アルサリサが歩く速度を上げても気にしていないようだ。

「ほら、人間向けの屋台があの辺」

人間用、と言うだけあって、香ばしい香りが立ち込める屋台の一角がある。それ以外は――

鉄鉱石のような石の塊《かたまり》やら、巨大なバッタの入った虫籠《むしかご》やら、明らかに人間の飲食に適さないようなものが並んでいる。アルサリサは努めてそちらは見ないようにした。

「白い骨みたいな食べ物があるでしょ？　あれがニルガ・タイド名菓、『魔王の肋骨』。正直、味はいまいちですけど、魔王都市のお土産といったらあれですよ」

魔王都市には様々な珍味があると聞いている。名菓と名乗るのはどのようなお菓子なのか。好奇心から、一瞬だけ動きかけた視線を制する。余計に子供だと思われてしまうだろう。

「私は、お菓子を買いにきたわけではない」

「え、でも、お腹空いてませんか？　ニルガ焼きはどうです？　あの魔王も愛したという伝統の味ですよ。俺が思うに、たぶん嘘ですけど」

次にキードが指差したのは、巨大な肉の塊を削ぎ切りにしている屋台だった。どうやらそれをタマネギや芋と一緒にパンで挟むという食べ物らしい。その手の屋台の店先では、どうやらマスコットと思《おぼ》しき、奇妙な羊のような生き物が看板に書かれている。

アルサリサはそれに目を止めた。片眉が動く。

「……これはあくまでも、事件の捜査においてなんらかの参考になるという可能性があるかもしれないと判断したので念のために聞いておくが」

「はあ。なんか前置き長いですね……」

「別に長くない。普通だ。それはそれとして、あの看板の、羊のような生き物はなんだ？」

「羊のニル坊です。御存じない？　ニルガ・サンドのマスコット。店によって微妙にディテイールが違うんですけど、かわいくないですか？　なんかボケッとしてる感じが」

「……たしかにかわいい……いや。かわいい、が！」

アルサリサは努めて語気を強めた。

「食べている暇はない。いまは仕事だ！　あれを見ろ、何か起きているな？」

栄光橋。そこはいま、無数の野次馬と思しき市民が詰めかけ、包囲されていた。橋の中央で睨《にら》みあう二つの集団を眺めているらしい。濃緑の外套を羽織った集団と、黒いスーツを着込んだ集団が、橋の中央で睨みあっているのがわかる。

一触即発。二つの集団は、そんな気配を纏《まと》っているように思えた。

そして人間の騎士と思しき青い制服姿の連中が数名、両者を遠巻きに眺め、橋を封鎖しているらしい。そうでなくても、魔族が乗ってきたらしい大型の地船《スキーズ》が何台も止められ、簡単には近づけなくなっている。

アルサリサには、その構図はたった一つの事件を意味しているように思えた。

「あれは、魔族同士の抗争か？」

「ですね。《常磐會《ヴエール》》と《月紅會《スカーレット》》かな……」

キードは目の上に手をかざして、その二つの集団を注視した。

「《常磐會《ヴエール》》が圧倒的に不利か、まあ……親分が殺されて、會《かい》も分裂寸前だもんな」

「それは、緑の外套の連中か」

「そうです。《常盤會《ヴエール》》は得意の麻薬取引でかなり儲《もう》けてたんですけど……ソロモンが死んで、その大半が行方知れずになっちまって。いま、ちょっとした宝探し状態ですよ。隠し場所を見つけたら大儲けだ。市内の麻薬流通も品薄で麻痺してるし……」

「では、やつらは麻薬の隠し場所について争っているとでもいうのか？」

「どうですかね？　もう少しで終わりそうなんで、見守っときましょうよ」

たしかにキードの言う通り、緑の外套を羽織った集団——《常盤會《ヴエール》》の方は、圧倒的に数が少ない。減らされたのか、最初から少数だったのかはわからないが、およそ六名。その倍以上の黒いスーツの連中にすっかり囲まれてしまっている。

「魔族同士の抗争には、騎士は介入しない決まりですからね。三年前のグリーシュ動乱のことはさすがに御存じでしょ？」

当然、アルサリサも知っている。魔族同士の大規模な抗争に、人間の騎士が介入した事件のことだ。派出騎士が抗争を止めようとして出動し、およそ百名近くが殉職する結果になった。特に最精鋭であった機動一課——通称《鉄雨《てつさめ》》部隊は最前線に投入され、一人も生きて帰らなかったことから、史上最悪の事件として記憶されている。

それ以来のことだ。魔族同士の抗争には、人類に被害が及ぶまで不干渉。そういう項目が聖《せい》櫃条約《ひつじようやく》に追加された。

「だから要するに、首突っ込んでもいいことないですよ」

魔族の抗争は、もうほとんど決着はついているように見えた。囲まれている《常磐會《ヴエール》》の連中は、明らかにもう戦意が残っていない。しかし、黒いスーツの集団はわざと時間をかけるように魔術を使わず彼らを殴り、痛めつけ、まるで拷問《ごうもん》でもしているようだった。

あまりにも時間の無駄だ。それに、悪趣味でもある。

「……もういい。行くぞ。速やかに現場検証をする」

「え。いまの俺の話、聞いてました？」

「時間が惜しい。魔族の抗争に介入するのはたしかに違法だが、向こうが我々の捜査を妨害するのも違法のはずだ」

アルサリサは無造作に歩き出す。

「抗争には介入しない。現場検証を開始する」

「いや、その、ちょっと待ってください。理屈はそうですけど」

「では問題ないな」

「こういうのは事前の根回しをしとかないと、ほら、現場を包囲してる騎士のみなさんがいるじゃないですか。そういうところに外の人間が――」

「黙ってついてこい。それがお前の職務ならばな」

キードが追ってくるが、気にしてはいられない。アルサリサは人混みをかき分け歩き出す。

「失礼。通らせてもらう」

「え」

「おいっ、なんだ、押すな」

「だ、うわ、誰だあんた?」

「正規魔導騎士。アルサリサ・タイディウス」

アルサリサは剣の柄に手をかけたが、さすがにそれを抜くことはない。《不滅工房《ふめつこうぼう》》での開発名称を封鎖拘束演算器《ふうさこうそくえんざんき》クェンジンという。

その仕草で励起《れいき》した精霊の気配を感じ、魔族たちはいち早く後退する。反射的なものだろう。人間の野次馬たちも魔族に少し遅れて道を開けた。結果、栄光橋へは一筋の道が開ける。

(こうあるべきだ)

アルサリサは強い視線を前へ向けた。

(信念をもって覚悟を示し、道を拓く。——そう)

自分は、父とは違う。勇者ヴィンクリフ・タイディウスとは違うのだ。足早に前へと進む。

だが、すぐに行く手を塞がれた。外《ほか》でもない人間の騎士によって。

「ああ。ちょっと待てよ、お嬢さん」

大柄な男だ。青い制服と襟元の紋章は、騎士であることを示している。この街の派出騎士と見て間違いない。岩を刻んだように無骨な顔立ちだが、特に目立つのは顔の傷だろう。鼻梁《びりょう》を横断し、横一文字に傷が走っていた。

彼は両手を広げてアルサリサの行く手を塞いだ。

「いま、橋は封鎖中だ。見りゃわかるだろ？　魔族同士が揉めてんだよ、下手に刺激するな」

「見ればわかる。だが、魔族との揉め事など関係ない」

アルサリサは、剣の柄頭《つかがしら》を指先で叩いた。そこにある刻印を示す。

正規魔導騎士の立場を示す、『銀の瞳』が埋め込まれている柄頭だった。この刻印がなされた精霊兵装《せいれいへいそう》を持つ者は、連邦にもそう多くはない。全員をかき集めても三百に満たないほどだ。正規魔導騎士の役職はそれほど狭き門となっている。

「私はアルサリサ・タイディウス正規魔導騎士。《不滅工房》から派遣され、この事件の捜査を担当することになった。いまから現場検証を行う」

「あ？　ああ、そうか。あんたが、例の……勇者タイディウスの娘ってやつか？」

「そうだ。貴官の名は？」

「ナフォロ・コヴルニー。派出騎士局一課、主任補佐だ」

どこまでも面倒そうに、男は襟元の紋章を指で弾《はじ》いた。

「悪いけど、正規魔導騎士どの。余計な干渉はしないでもらえるか？　いまは現場検証どころじゃねえんだよ。いま囲まれてるあの緑の外套の魔族ども――」

と、コヴルニーは背後に親指を向けた。橋の中央で、すっかり取り囲まれている方の集団。

「あいつらは、殺された《世界樹》ソロモンの派閥だった連中だ。《常盤會《ヴェール》》の構成員――で、それを囲んでるのが《月紅會《スカーレット》》。昔から仲が悪かった」

「抗争には関与しない。私は騎士として現場を検証する」

「それがまずいんだよ。あの二つの會《かい》は、どっちも自分が現場を捜査するってことで揉めてるんだ。ソロモンを殺した相手に興味があるみたいでな」

「やつらにはその権限はない。《万魔會《パンデモニウム》》ならば別だがな」

魔王都市の行政は、魔王から権限を委譲された議会である、《万魔會《パンデモニウム》》が担当することになっている。人類と魔族。双方から選出された議員たちが、魔族と人類の間の利益調整を行う。

そこには警察権の許可も含まれる。

「は！　《万魔會《パンデモニウム》》なんて、もうとっくに機能してねえよ」

コヴルニーの顔を走る傷口が、少し歪んだ。それが彼の笑い方なのだと遅れて気づく。

「魔王が失踪したんだ。人間と混合で作られてる議会の言うことなんて誰が聞くかよ。僭主七王《せんじゆしちおう》の《會》がそれぞれ勝手に治安維持を担当してるってな状況さ。ウチらみたいな騎士としては頭の痛い話だけどな」

「では、何の問題もないな。やつらは法的根拠もなく捜査を主張しているだけだ。私は正当な資格に基づいて現場を検証する」

アルサリサはコヴルニーの広げた腕を無視して、傍らをすり抜けようとする。

「待てよ。余計なことすんなって！」

「職務を妨害するつもりか？　理解していないようだな。コヴルニー主任補佐。規則に基づき、私は貴官に対して強制──」

「ああ、待った待った待った！　そこまでにしてくださいよ、アルサリサどの！」

再び剣の柄に手をかけたアルサリサと、片眉を吊り上げたコヴルニーの間に強引に割り込んできた者がいる。キード・マーロゥ。眠そうな顔に愛想笑いを浮かべた男。

「悪いね、コヴルニー。アルサリサどのはまだこの街に詳しくない。大目に見てもらえないか？」

「ああ？　なんだ、キード・マーロゥ。お前か」

コヴルニーの顔の傷が、また少し歪んだ。何かを値踏みするように、キードとアルサリサを交互に眺めた。

「まさか、お前が案内役を担当してんのか？」

「実はそうなんだ。他の課が忙しいらしくて、俺たち四課が抜擢《ばってき》されたってわけ」

「当たり前だろ、派出騎士局で一番の暇人ども。今度はそのお嬢さまのお守りってことか」

「……お守りだと？」

その単語が、アルサリサの逆鱗《げきりん》を刺激した。そのような言われ方をする理由はない。自分は正規魔導騎士の資格を手に入れた。もう子供ではないのだから。

「この街の者は失礼すぎる！　私は子供じゃ──子供ではない！」

「そうかい？　どう見ても未成年って感じだけどな」

コヴルニーは喉を鳴らす。これもやはり、彼の笑い方なのだろう。不愉快だった。だから、アルサリサは断固として言い切る。

「未成年かどうかは、事件の捜査に関係がない。一切ない！」

「え、ちょっと待ってください、ホントですか？　アルサリサどの、未成年なんです？」

「関係がないと言っている！」

ぽかんと口を開けたキードを、いっそう強く睨《にら》む。この街へ来てからというもの、アルサリサが出会うのは無礼な相手ばかりだ。

「見た目で人を判断するなど愚かなことだ。これでも私は《不滅工房《ふめつこうぼう》》と連邦の規定に従い、成人していることになっている。法律がそうなっているのだからそうなのだ！」

「はあ」

キードは間の抜けた返事をした。それはそれで不愉快だったが、無視することにする。

そう。自分はもう子供ではない。正規魔導騎士であり、その権限と力がある。何よりも果たすべき義務がある。いまはそれを証明するときだ。

「とにかく、現場検証は決定事項だ。例外はない！」

「だから、いまそれどころじゃねえって。殺気立ってる魔族どもを大人しくさせるのが先だろうよ。キード！　このお嬢さまをどうにかしろ！」

「はい、はいはい。了解。とにかく話し合いで解決すりゃいいんですよね？」

キードがまた慌てて割って入ってくる。中途半端な愛想笑いを浮かべて、コヴルニーとアルサリサの顔色を窺《うかが》う。

（気に入らない）

と、アルサリサは思う。この態度には、思い出す相手がいる。人の顔色ばかり窺い、へらへらと笑ってばかりいる。

父のことだ。世間はアルサリサの父を『勇者』として崇めているが、その真実を知らない。魔族との和解を果たした男は、アルサリサから見て、到底英雄などと呼べる人物ではなかった。

「……だったらさ、コヴルニー。魔族側から文句つけられても、俺らが説得すればいいわけだ。それで引き下がれば万事問題なし！　でしょう？　ね？」

「あ？　マジで言ってんのか？」

コヴルニーは思い切り疑わしげな顔をした。いままで以上に顔の傷が歪む。

「無理だろ。キードだし。殺されると死体の始末が面倒だからやめろ」

「なんだ？　この男、まったく信用されていないのか」

「そりゃそうだろ。信用するわけねえからな」

アルサリサが呆れると、コヴルニーは鼻で笑った。

「お嬢さま、こいつのことまだ知らねえな？　雑用係の騎士四課の中でも、唯一の正規職員で一番の暇人。サボりは多いし、ろくな仕事は任されねえし、任された仕事は確実に失敗する。コソ泥を捕まえようとして、転んで頭打って気絶したのは十日前だったか？」

「……十一日前だよ」

「ふうん。どっちでもいいな。つまりこいつは人呼んで《なまくら》キード」

「不名誉すぎると思うな。騎士につける異名じゃないよ」

「名づけ親は局長だ。文句言わんで、ありがたく拝命しとけ。同期のウチらまで舐《な》めた目で見られるから迷惑してんだ」

「えっ。ひどいな……そりゃ一課の主力のきみほどじゃないけど、頑張ってはいるよ」

「結果に繋《つな》がらない努力は努力じゃねえ。オレに言わせりゃな」

二人の会話を聞きながら、アルサリサにはわかってきたことがある。このキードという男は相当な『外れくじ』であるらしい。派出騎士の中でもよほど立場が低いようだ。実力の程度も知れるというものだ。

（――だとすれば）

アルサリサは結論づける。自分がどれほど期待されていないのか。こんな役立たずを案内人として押しつけられたということは、積極的にではないにせよ、捜査を妨害しようとしているとしか思えない。

理由も推測できる――魔王都市の派出騎士たちにしてみれば、帝都から派遣された『外部の人間』に捜査を掻きまわされることを警戒しているのだろう。当然のことだ。そうした場合、相応の実力があることを示さなければ、円滑な捜査協力は望めない。

（いいだろう。上等ではないか）

この程度の状況を打破できなければ、アルサリサの望むものには近づけない。このまま押し通るだけだ。そう決めて、拳を固めたときだった。

「……コヴルニー。何をしているの」

不意に、横から声が聞こえた。アルサリサは視線をそちらに移す。

短い赤毛の、長身の女——もしかするとキードよりも少し大きいかもしれない。明らかに異様な雰囲気がある。黒いコートは喪服のようで、目つきは冷えた鋼を連想させる。鋭さと冷たさが同居しているように感じられた。

彼女もまた派出騎士、で間違いない。その肩にある獅子の紋章が身分を主張している。

「説明して」

と、長身の女は言った。

「何を揉めているの？　そんな暇はないはずだけど」

「すみません、ジリカ主任」

と、コヴルニーが困ったような顔で敬礼した。

「こちらは中央からお越しになったお嬢さま——あ、いや、正規魔導騎士どのでして。どうも例の事件の現場を検証したいとのことでしたので、丁重にお断りを」

「……そう」

ジリカ主任、というのだろう。どうやらコヴルニーにとっての上司に当たるらしい。彼女は氷のような目をキードに向けた。

「キード・マーロゥ。あなたが、彼女の担当？　それとも、この事件の？」

「あ、いや……はい」

キードは髪の毛を掻きむしり、どことなく気まずそうに肯定した。明らかにジリカの怜悧《れいり》な眼光によって、気圧《けお》されているように見えた。

「両方です。っていうかどっちも四課に回ってきた仕事で、四課は俺だけなんで」

「なら、構わない」

ほとんど考えた様子もなく、ジリカはつまらなさそうに告げた。

「現場検証でも、好きにするといい」

「いやいや！」

ジリカの言葉には、コヴルニーが慌てたようだった。キードの胸を指先で強く押す。

「待ってくださいよ主任。いま魔族の連中同士が揉めてるところじゃないですか、何もこんなときに外のやつに――」

「承知した。許諾、感謝する」

アルサリサは片手をあげて、さっさと歩き出す。これ以上の時間の無駄は避けたかった。

「現場検証をさせてもらおう」

「あ！　待ってください、アルサリサどの。俺が案内係なんですから！」

「ちっ」

キードは慌てて追ってくるが、コヴルニーは舌打ちをしただけだ。

「どんな目にあってもウチらは助けねえからな！」

望むところだ、と思う。

自分はもう子供ではない。なんだって一人でできる。それを証明するつもりだった。この、歪《いびつ》な契約が生み出した、人類と魔族が共存する魔王都市で。

そうして橋の中央へと歩みを進めれば、すぐにわかった。事件現場だ。黄色と黒のまだらのロープが、その一角を区切っている。

「これか」

アルサリサは無視してその場に屈《かが》みこむ。

倒れていた被害者の輪郭を、白いチョークが描き出している。かなり大きい。それがつまり、ソロモン・ラタ・スーウィルド。

「いやあ——ずいぶんデカい魔族だったんですね、ソロモンって人は」

キードが呑気《のんき》な感想を漏らした。少なくとも、キードより頭二つ分ほど大きいだろう。

「たしか樹王属《トレント》でしたっけ?」

「なぜお前が疑問形なんだ。そのくらいは知っているだろうが」

アルサリサはひどく呆れた。現地の派出騎士なのだから、当然知っているはずだ。

魔王ニルガラから後継者の証《あかし》である王冠を受け継いだと主張し、《世界樹》を名乗った男。《常盤會《ヴエール》》を組織して、主に違法薬物の売買や、食品関係の卸問屋に勢力基盤を持っていたと聞く。当然のように、その配下も樹王属《トレント》が多かった。

噂によれば、ソロモンのその強さの根源は、遠く離れた物事を知覚する千里眼《せんりがん》──それどころか、未来さえ見通す独自の魔術にあったらしい。極めて強力な占術検索アルゴリズムの一種だろう。それこそは魔王ニルガラから受け継いだ『全知の王冠』の力であると、彼自身は主張していたという。

その真偽のほどはともかく、疑う余地なく強大な魔族だった、といえる。

(だが、その末路が、これだ)

殺されてしまっては、もはや白いチョークで描き出される等身大の輪郭にすぎない。うつ伏せに倒れていた状態で発見されたと聞いている。

「ソロモンの死因についてだが、斬殺《ざんさつ》だったそうだな」

「え? あ、ええ。そう……みたいですね」

問いかけられたことに遅れて気づき、キードはずいぶん使い込まれた手帳をめくった。

「死亡推定時刻は、ああ……どこに書いたっけ……」

「深夜から明け方にかけてだ」

アルサリサは面倒になり、キードの代わりにその先を続けた。

「正面から、たった一太刀。左肩から腰のあたりまで深々と切り裂かれ、それがそのまま致命傷になっていたと報告されている。遺体の確認には、派出騎士局の検死部門も加わった。おそらく偽装はない」

殺害者は、剣士としても相当な手練《てだ》れなのだろう。並みの腕力でできることではない。だが、ただの剣士というだけではないはずだ。それではソロモンの未来予知に対処できない。

「おお、すごい。さすが正規魔導騎士どの。もうそこまで」

「何を言っている」

これには、アルサリサも呆れた。思わず声も大きくなる。

「事前捜査資料だ、そのくらい読んでいるだろう。いや、読んでおけ！」

「あ、はい……じゃあその、通り魔的な犯行ですかね……」

「いや。それは考えづらい。そもそもソロモンは暗殺に対して常に警戒していたはずだ。護衛もつけずにこんな場所を深夜にうろつくというのは理解しがたい」

僭主七王《せんじゆしちおう》の一柱が、どんな理由でたった一人、この橋を歩くことにしたのか。

「それに、いったいどれだけ強力な魔術なら、ソロモンを通り魔的な犯行で殺すなどということができる？　仮にも僭主七王《せんじゅしちおう》だ、相応の結界防御は常駐させていただろう」

「ええ、まあ……たしかに……ソロモンって、未来さえ見通す魔術を使うって話だったし」

ソロモン・ラタ・スーウィルドという魔族は、たしかにそうした魔術を行使できると豪語していた。たとえ未来を見通すという力が大げさな誇張であったとしても、接近する刺客に気づかずに、攻撃を事前に察知できないなどということがあるだろうか。

その点も踏まえて考えると、このようにたやすく一撃を受けた事実は奇妙というしかない。

ソロモンのものであろう赤黒い体液は、橋の下にしたたるほど溢《あふ》れていたと見える。それほど派手な一撃だったということだ。アルサリサは地を這うようにして睨《にら》みつけた。

「足跡の判別は難しいな」

「だったら……追ってみますか？」

「追うことができるのか？」

「そういうの、じつは得意なんですよね。俺の精霊兵装《せいれいへいそう》は、ほら……」

キードは灰色のコートの内側から、手のひらほどの円盤を引っ張り出してみせた。銀色に光る円盤。中心には穴が開いている。平たい鉄のドーナツのようだ、とアルサリサは思った。

「捜査に特化した魔術を使えます。そういう精霊を組み込んであるんです。名前はフロナッジ……探し物なら、こいつが役に立ちますよ」

キードは手首のスナップで、円盤を——フロナッジと呼んだ精霊兵装を投げ上げた。

「ソロモンを殺したやつの足跡。探してくれ」

フロナッジは、かすかに爆《は》ぜるような乾いた音をたてた。精霊兵装特有の放電現象。そのまま浮遊し、足元を這う。

「お。反応したってことは、足跡が残ってるってことです」

フロナッジは浮遊しながら、ゆっくりと動いていく。たしかに目を凝らせば、そこにわずかな汚れがあることがわかる。変色した路面。あるいは血液か。

「少なくとも犯人は地上を移動して逃げたみたいですね。空を飛べる魔族とか、海に潜れる魔族とかって線は薄くなりますかね？」

「この魔術は、自立型の占術探知トラッカーか。これを使って、どこまで追える？」

「……足跡が完全に消えるまで。射程距離は無限大ってわけじゃなくて、だいたい五十歩ぐらいが限界なんですけど……あれ、ここで途切れてる？　なんでいきなり足跡が――うわっ」

どん、と、キードが何かにぶつかった。大柄な影。

そこには、黒々とした熊のような体毛を持つ男が立っていた。魔族。獣牙属《ワーウルフ》だ。さっきから手下を率いて《常盤會《ヴエール》》を包囲し、拷問《ごうもん》のような暴力を振るっていた男。

「何をしてやがる、猿ども」

熊の獣牙属《ワーウルフ》は、不機嫌そうにキードの襟首を摑んでいた。

「いま取り込み中だ。勝手に嗅ぎまわってんじゃねえぞ」

「あ、どうも。すみませんね」

キードは片手をあげて、軽薄な、いっそだらしのないとすらいえる笑みを浮かべた。間違いなく愛想笑いだ。

「こちらも仕事なもんで、申し訳ない」

「そんなもん知るかよ」

熊の獣牙属《ワーウルフ》は腕に力をこめたようで、キードの襟首を引っ張ってついに持ち上げてしまった。キードはまるで猫のように背中を丸めた。明らかに怯えている、とアルサリサには見えた。

「猿は引っ込んでろ。そこの枯れ木どもと同じ目に遭《あ》いたいか?」

「いえいえそんな。仲良くやっていきましょうよ。ねえ、旦那らもソロモンさんを殺した相手を探してるんじゃないですか? それなら目的は同じですし、一つ協力して――」

「……何を軟弱なことを言っている。そこをどけ!」

あまりにも腹が立ち、気がつけばアルサリサは口を挟んでしまっていた。キードのその態度と口調は、相手に媚《こ》びているとしか思えない。

そういう人間を、アルサリサはもっとも嫌っていた。

「お、落ち着いて! アルサリサ捜査官、ここは穏便に!」

「ああ? お前」

熊の獣牙属《ワーウルフ》は低く唸るように言って、キードを傍らに放り投げた。ぐえ、という悲鳴が聞こえたが、アルサリサにそちらを気にしてやっている暇はない。

「お前、例の勇者の娘か。タイディウス」

「知っているのか」

「当たり前だろ。よくもまあ、俺らの前に顔を見せられたもんだ」

わずかに身を屈《かが》めて、熊の獣牙属《ワーウルフ》はアルサリサの顔を覗《のぞ》き込む。その目が、はっきりと怒りを湛《たた》えているのがわかった。

「薄汚ぇ殺し屋め。何が勇者だ。あのクソが、魔族をどれだけ殺したか知ってんのか？」

「お前たちの——父に対する個人的な感情など、この事件には何も関係がない」

父、と呼ぶとき、声が少し揺れたかもしれない。はっきり父と認めることには抵抗がある。しかしそれも自分の個人的な感情にすぎない。アルサリサは、努めて己を抑制した。

「捜査の邪魔をするな。お前の名前は？」

「ベルゴだ。《肝裂き》のベルゴ・オブロンズ。《月紅會《スカーレット》》の序列九位。『斧組』の若頭《わかがしら》だ」

若頭というのは、魔族の社会で一つの集団の長であることを意味している。魔族が形成する『會《かい》』は、その内部で部門ごとに細分化されている。賭場《とば》を仕切る部門、迷宮で発掘された品物を売りさばく部門——それに禁止薬物を売る部門、暴力を振るう部門。

斧組というのは、たしか、暴力に関する部門の名前だったはずだ。このベルゴという熊の獣牙属《ワーウルフ》が若頭だとしたら、それなりの地位にある魔族らしい。

「では、捜査に協力してもらおう」

アルサリサは一歩も譲る気はなかった。正面から見上げて宣言する。

「聖櫃条約《せいひつじようやく》が定める法に基づき、要請する」

「法？　法っつったか？」

ベルゴが牙を剝《む》きだした。そのように見えたが、顔を歪めただけだとわかった。嘲笑《あざわら》うような表情を作ったのか、それとも威嚇《いかく》の一種だったのか、それはわからないが。

「この街での法ってのは、力のことだ。強いやつがルール。当たり前だろ」

「ならば、私が真の法を執行する」

アルサリサは冷酷に告げた。腰のクェンジンの柄に、すでに手を添えている。

（これが、私のやるべきことだ）

同僚の中には、アルサリサのことを『狂犬』と呼ぶ者もいる。強引な捜査、潔癖すぎる態度、職務に対する『過剰な没入』がその理由だという。が、それでも構わない、とアルサリサは思っていた。法に従って法を執行する。それを徹底することが、揶揄《やゆ》や侮蔑《ぶべつ》の対象となるならば、それは世の中こそが間違っているのだ。

誰か一人くらいは、そう、正しいことを正しいと宣言しなければならない。アルサリサはそう信じている。だから彼女はこうして、真正面からベルゴを睨《にら》むことができる。

「生意気な猿だな。勇者の娘だからか？　あの殺し屋の亡霊が、てめえを守ってるとか言いたいのか？　ああ？」

「……父は関係がないだろう」

アルサリサは、冷たい汗を首筋に感じている。だが、緊張を表には出さない。抑える。

（やれるか。いや——やる）

このベルゴという魔族だけならば、おそらく退けることができるだろう。クェンジンの封印保護プロトコルならば、僭主七王《せんじゆしちおう》クラスでもない限り、魔族の魔術が相手でも撃ち負けない。そのように鍛え上げられた特別な精霊だ。

問題は、他の魔族たちだ。

《月紅會《スカーレット》》の構成員は、明らかにこちらを注視していた。ベルゴの合図があれば襲ってくるだろう。二十名ほどはいるか。彼ら全員を相手にするとなると話が別になる。瞬間的な出力を増強したクェンジンは、演算のために莫大な量の魔力を消費する。常人よりもはるかに大きな魔力濃度を持つアルサリサでも、長期の戦闘は困難だ。

しかし、困難だからといって、ここで退くことはできない。彼女の正規魔導騎士としての在り方の問題だった。

だからアルサリサは断固として宣言する。

「そこをどけ、ベルゴ。もう一度言う。捜査の邪魔だ」

「——ははははは！」

哄笑に近い。ベルゴは笑いながら両手を広げた。その爪がみしみしと音を立てている。魔術が演算される。

「人間。しかも勇者の娘。俺たちがもっとも疑っているのが誰か、わかってねえな!」

来る、とアルサリサは感じた。相手が演算しているのはおそらく自己強化の魔術。神経加速アクセラレータと、装甲結界《そうこうけっかい》マトリクスだろう。接近戦になる。アルサリサはクェンジンの柄を握りしめた。

が、結局それが抜剣されることはなかった。

ベルゴの背後から、慌てた声が飛んできたからだ。

「若頭《わかがしら》!　ベルゴの旦那!」

部下の一人らしい。また別の獣牙属《ワーウルフ》が叫んでいた。

「ヤバいです、俺らの船が!」

「なに?」

ベルゴが振り返るのに合わせて、アルサリサも視線を移す。そして眉をひそめた。

(……なんだ?)

がぼん、と、間の抜けた音が炸裂《さくれつ》していた。巨大な炎の塊《かたまり》が飛んでいる。

それはちょうど地船《スキーズ》が燃え上がり、爆音とともに吹き飛ぶ瞬間だった。獣牙属《ワーウルフ》たちが橋を封鎖するように並べていた地船《スキーズ》――しかも一つだけでは終わらない。爆発は連鎖して、立て続けに地船《スキーズ》が炎上し、中には橋から落下するものもあった。

「だあっ、あっ、旦那ぁっ」

地船《スキーズ》から脱出し損ねた獣牙属《ワーウルフ》は、毛皮ごと火あぶりにされていた。もう少し賢い者は、地船《スキーズ》の扉を破壊しながら川へ飛び込んでいく。それは結局、後から落ちてくる地船《スキーズ》によって水底に沈められる末路を辿るため、大差はなかったかもしれないが。

「なんだ、おい！　こら！」

ベルゴが走り出す。もはやアルサリサになど構っていられない、というように。

「何が起きた！　事故か？　誰がやった！」

「わかりません！　いきなり後ろの一艘が火を噴いて――」

魔族たちの間では、ひどい混乱が起きていた。

この隙《すき》を幸いと、《常盤會《ヴエール》》の連中は逃げ出している。強行突破を図るのを、獣牙属《ワーウルフ》たちには止める余裕もない。人間の騎士たちも動き出している。警笛を吹き鳴らしつつ、こちらに駆け寄ってくるのが見える。先ほどのコヴルニーという男が騎士たちを指揮している。

その上司であるはずのジリカ主任は、氷のような目で、ただこちらを見つめていた。

（なんだ？　あの女は）

そうした状況を把握するため、アルサリサもまた注意が散漫になっていたといえるだろう。彼の気配に気づくのが遅れたのも、そのせいに違いない。

「……いまのうちですね、アルサリサどの」

キードだ。声をかけられて初めて気づいた。アルサリサの肩を引っ張っているのは、存在感のぼやけたような男だった。

「大爆発が起きたんで、退散しましょう。たぶん事故です。人工精霊を封入してる動力槽に強い衝撃を与えたりして破壊すると、混乱状態に陥った精霊がああいうことするんですよね……いや、便利な文明の利器ってのもまだ危ないなあ」

キードは眠そうな声で説明しながら、足早に歩きだしていく。錆びた赤色のマフラーを巻きなおしながら、白い息で欠伸《あくび》を一つ。

「現場検証はこんなもんで十分でしょう、あとは周辺の聞き込み資料とか見に行きませんか。局に戻ればあるはずなんで」

「待て」

違和感があった。何か奇妙だ。

「お前、やけに落ち着いているな」

アルサリサはキードを睨《にら》んだ。動揺した様子が見られない。この寝ぼけたような男が、それほど図太い神経を持っているだろうか？

（それに、いま、一瞬見えたこいつの目だ）

何か不吉な気配のする目だった。アルサリサが嫌う非合理的な直感ではあるが、どうにもここまでキードが見せてきた、どこか間の抜けた態度と噛み合わない。

「……あの爆発、まさか、お前が関係していないか？」

「え？」

と、振り返ったキードの目つきからは、不吉な気配は消えてなくなっていた。

再び爆音。

「いや……とんでもない。偶然ですって。こんな無茶なこと――おわっ！　あれ！」

どうやら地船《スキーズ》同士が連鎖して爆発しているようだ。しかもあろうことか、その一台が勢いよく弾《はじ》けて飛んできていた。巨大な木と鉄の塊《かたまり》が飛んでくるようなものだ。背後を固めていた騎士たちの悲鳴が上がる。

「やばっ」

キードはその場に伏せたが、アルサリサは躊躇《ためら》わずクェンジンを抜いていた。それは同時に精霊兵装《せいれいへいそう》の起動を意味する。速やかな魔術の演算。

「守れ！」

輝く鎖が刃から放たれ、地船《スキーズ》を絡めとった。そのまま地面に叩きつける。轟音《ごうおん》。炎と衝撃が爆《は》ぜると、今度はそこに亀裂《きれつ》が走った。というより――橋全体に、亀裂が入り始めていた。

「橋が！　まずい、崩れるぞ！」

誰かが叫んだ。コヴルニーだったかもしれない。実際、十数台におよぶ地船《スキーズ》の炎上と爆発、それによる人工精霊の暴走は、橋に致命的な損害を発生させ始めていた。すでに何人かの魔族が崩落に巻き込まれ、落下している。それはまだマシな方で、爆発に飲まれて火に包まれる獣牙属《ワーウルフ》もいた。

　ひどい悲鳴があがっている。燃え上がる体で同胞に救いをもとめる獣牙属《ワーウルフ》の末路は悲惨だ。触れられて燃え移ることを嫌った同胞により、吹き飛ばされてのたうちまわるしかない。

（すでに遅いか）

　アルサリサは足元に手を触れた。クェンジンの鎖で橋の補強を――いや。無理だろう。

「さっさと逃げましょう」

　一方で、キードは素早い。アルサリサの腕を引っ張った。

「栄光橋、観光名所だったんですけどね……こりゃ無理だ。まあ、たまにあることです」

「た、たまに？　たまには……あるのか、こんなことが！」

「よくあるかも。特に今年に入ってから、犯罪率は前年比で五百パーセント増し。死亡者数も三倍です。行方不明者数は十四倍」

「治安が悪すぎる……！」

　やはりこの街は、よほどひどい状態らしい。《不滅工房《ふめつこうぼう》》の危惧していた通りだ。ここで歯止めをかけられなければ、共存特区はその体裁を保てないだろう。

「とりあえず、現場検証はもういいでしょう。物理的に無理ですし」

「お前、なんだか……やはり、やたらと落ち着いていないか？」

「とんでもない！　とりあえず、ここはヤバいんで引き上げましょうぜ。後始末は一課のやつらがやりますよ。さっさと行かないと――」

「――ああっ！　そうだ、あいつだよ！」

獣牙属《ワーウルフ》の誰かが、崩れる橋の向こうで怒鳴っていた。

「オレはあの男が近づいてきたのを見たぞ！　あいつがやったんだ、あの灰色の！」

「キード。あれはお前のことじゃないのか」

「勘違いですって！　ほら、もう限界ですよ、橋が持たない。走って！」

橋の崩壊が連鎖している。アルサリサもキードの後を追うしかない。こういうときだけは動きが機敏だ。しかし、この落ち着きようはどうしたことか。

（なんだ、こいつは）

どうも異質な男だった。

「わかった」

納得はいくものではないが、アルサリサはうなずくしかない。

「たしかに、この場で現場検証する価値はもうなさそうだ。ただ――もうひとつ、案内してほしい場所がある」

「おっ。どこです？　魔王都市ニルガ・タイドの観光ガイドなら任せてくださいよ。魔王塔でも見に行きます？　それとも竜の秘封庭園？」

「観光は不要だ。食事ができるところを頼む」

「え、メシですか？」

「そうだ」

アルサリサは努めて厳めしい顔を作った。そうしなければ、次の台詞《せりふ》で笑われてしまいかねないと思った——よくあることだからだ。

「……私はお腹が空いた」

「はい？」

「お腹が空いた、と言ったのだ！」

噛みつくような物言いになった。しかし、そうせざるを得ない事情があった。

「食事が必要だ。それも早急かつ大量に。このままでは深刻な問題になりかねない」

腹の虫が鳴るのを、アルサリサは抑えきれなかった。

「頼む。限界が近い」

◆

栄光橋から北へ、およそ十分。

大通りから外れて、曲がりくねった細い路地の、片隅にある食堂だった。店の名を『マガラ・

ムプル』。幸運の華、という意味らしい。看板には人域西方風の文字が使われていた。

清潔感のある、なかなか悪くない店構えではある。だが、店の前に横たわっている人間——

いや、魔族がいるのが気になった。おそらく鬼腕属《オーガー》。ぴくりとも動かない。

死んでいるのか。アルサリサは低く唸る。

「キード。これはなんだ？　死体のように見えるが……」

「え？　ああ。……行き倒れか、魔族の抗争で死んだのか。どっちかでしょうね」

キードはアルサリサに指摘されて、初めてそこに横たわる魔族を認識したようだ。つまりそれほどありふれた光景ということか。

「額に穴が開いてる。殺されたな、つまり抗争の方か」

キードは爪先で鬼腕属《オーガー》の頭をつついた。たしかに、指先ほどの穴が開いている。

「たまにあるんですよ。どっちにしろ魔族同士の揉め事なら、人間の騎士は介入禁止ですから《万魔會》《パンデモニウム》主催の葬儀委員会に任せましょうぜ。次の巡回で回収するでしょ——やたらと不死属《アンデッド》に増えられても困るんで、その辺だけはちゃんとしてますよ」

「そうか……しかし、何があったのか気にならないのか」

「気にしてたらキリがないですよ。とりあえずメシを先に済ませましょうぜ」

キードは喋《しゃべ》りながら店のドアを開けた。ドアに備えつけられた、かすかな鐘の音。

そこはどうやら人間が経営している食堂らしい。やはり西方出身とおぼしき、よく日に焼け

た浅黒い女将《おかみ》はまだずいぶんと若く見える。だが、この魔王都市で一店舗を切り盛りしている
あたり、よほどの度胸の持ち主に違いない。

その証拠に、彼女はキードを見るなり強く睨《にら》みつけ、片手のお玉の先端までこちらに突きつけてきた。しかもそのお玉の柄の部分は、どうやら棘《とげ》のついたハンマーになっている。

「言っとくけどね。ツケはもう利かないよ、キード・マーロゥ」

開口一番、接客の台詞《せりふ》がそれだった。

「現金で払ってもらうからね。あんたの四課のろくでなしどもに言っておきな。次に無銭飲食したら、そっちが食材になる番だってね。あたしはマジだよ」

「わかってるって」

キードは降参を意味するように、両手をあげた。

「今日は安心だ。帝都から出張に来た正規魔導騎士どのが一緒なんだから」

「だといいけどね」

と、女将は軽く鼻を鳴らし、二人の着席したテーブルに乱暴にメニューを置いた。

どうやらよほどキードは歓迎されない客らしい。とはいえ、いまさらこの男の素行に驚くのは無意味かつ無駄なことだ。気にせず、アルサリサは注文をする。とはいっても人域西方の文字はほとんど読めないので、キードにいくつか質問することになったが。

そしてアルサリサの注文したものがテーブルに並ぶにつれて、彼は目を丸くしていった。

「あの。アルサリサどの」

「……いいか。なんだか私のことをものすごい食いしん坊だと思っているのかもしれないが、それは事情があってのことだ。予《あらかじ》め、誤解のないように言っておく」

アルサリサは丼を手にして、厳かに告げた。

「私は常人の十倍以上の魔力濃度を内包しているが、その分、多量の補給が必要になる」

巨大な鳥のロースト、紫がかった色合いの奇妙なシチュー、蒸かした芋と、なぜか角のある大きな魚のソテー。正体不明のひき肉と豆をまとめて炒めた米。パンとチーズ。大量のサラダ。何かの動物の水かきのついた手。

いずれも独特な香辛料の香る料理だった。

「……よって、魔術を演算した後などは、これだけの食事を必要とする。ただの食いしん坊ではないのだ。理解しておくように！」

「文句なんてないですよ。というか、よくそんなに勢いよく食べられますね」

「食べられるときに食べる。休めるときに休む。眠れるときに眠る。これは先輩の教えだ」

「そりゃ名言だ。面白い先輩ですね」

アルサリサは何も答えなかった。面白い先輩。思えば自分を『食いしん坊』だとからかったのも先輩だった。その話は誰にもしたくないし、する必要もなかった。ただパンとチーズを口に放り込む。

「……ここの食事はなかなか美味しい」

「でしょ。人間がやってる人間向けの店だけあって、けっこう安全な食材を使ってるんですよ」

キードは串に刺して焼いた、何かの生き物の内臓のようなものを齧《かじ》り取っている。

「魔族向けのメシ屋だと、俺らが食べると危ないものありますからね。……ちなみに、アルサリサどの、その角がある魚、頭は食べちゃ駄目ですよ。死ぬかもしれないんで」

「なに？」

物騒なことを聞かされた。アルサリサは改めて、角のある魚を観察する。

「そういえば、この魚はなんという魚だ」

「さあ……。名前とかあるのかな。地下迷宮で発見された新種って話なんで、詳しいことは誰も知らないんじゃないかな……頭に猛毒があって人を襲うことは確実なんですけど」

「か、怪物じゃないか！」

「そう言われるとそんな気がしますね……」

「……だとすると……この、水かきのついた生き物の腕は？」

「あ、そっちは本格的に謎なんで大丈夫です。怪物じゃないかも。意外と美味しいですよ」

「何が大丈夫なんだ……。たしかに美味しい、のは間違いないが……」

釈然としないものを感じたが、それでも味は悪くない。もとより、アルサリサはこうしたことを気にしないよう備えてきた。

（そうだ。目的を果たすため、この程度は覚悟してきただろう。しっかりしろ）

癖の強い香辛料が素材と合っているのかもしれない。アルサリサは次から次へと料理を口に放り込んでいく。どんな料理であれ、いまは食べなければ。魔力の枯渇は、捜査上の問題に直結する。

「では、改めて整理しておく。この街の状況についてだ」

アルサリサは食べる手は止めず、操作手帳を片手で器用に開いてみせる。

「僭主七王《せんじゅしちおう》。この街では七名の魔族が、魔王ニルガラの後継者を名乗って抗争を続けてきた」

「まあ、俗に言う跡目争いってやつですね」

「彼らは独自の會《かい》を組織し、縄張りを持ち、常に勢力の拡大を図っている。そのうち、《世界樹》ソロモンが殺害され、残りは六名」

手帳には、その六名の名前が記されている。

「《夜の君》イオフィッテ。《鋼帝《こうてい》》ミゼ。《絶嘯者《ぜっしょうしゃ》》ギダン。《天輪《てんりん》》ハドラインに、《冥府《めいふ》の貌《かお》》のロフノース――それから、《さまよえる》クルルヴォ」

最後のソロモンの名前は、赤い棒線で抹消済みだった。いずれも強力無比な魔族であることは間違いない。真の魔王ニルガラの跡を継ぐ、と名乗れるだけの力はあるのだろう。

「ここまでは合っているな？」

「ですね。正確には、最後の一人は縄張りなんて持ってないんですが、まあ、はい」

「この街に住む魔族は、大半が彼らの勢力の——會のいずれかに所属している」

「中には無所属のはぐれ者、なんてのもいますけどね」

「そうだ。ソロモンの會にいた者たちが、いま大量にそのはぐれ者になっているだろう。非常に危険な状態と考えられる。彼らが徒党を組む可能性はあるか？　どの程度の脅威になる？《不滅工房《ふめつこうぼう》》では、新たな勢力の誕生を憂慮《ゆうりよ》している。この状況下では捜査にも影響が——」

食堂の入口のドアが吹き飛んだのは、アルサリサが言い終える前のことだった。ぐぢゅ、と奇妙に濡れた音とともに、何者かが踏み込んでくる。

「全員、大人しくしろ！」

それは這いずるナメクジのような、巨大な暗灰色の塊《かたまり》に見えた。粘つく全身を蠕動《ぜんどう》させて移動する、肉の塊といったところだろうか。どこから声を出しているものか——そいつは妙に反響するような声で怒鳴った。

「手を頭の上にのせて這いつくばれ！　いいか、動くなよ！　動いたら殺す！　俺の魔術で一人残らずひき肉に変えてやるからな！」

「む」

と、アルサリサは振り返った。口に巨大な鳥のローストを頬張りながら。

「あれは凝膠属《スライム》か」

「ですね。しかも典型的な『はぐれ者』だ。人間の店なんか襲うくらい食い詰めてるし、さてはどこかから追放されたな？」

「わかった。現行犯だな、自らの過ちを牢獄で――」

「あ、ちょっと待った。もうちょい見といた方がいいですよ」

クェンジンの柄に手をかけ、立ち上がろうとしたアルサリサを、キードが制した。

「會《かい》に所属してない魔族なんてのは、みんなもう限界なんですよね。こんな犯罪やろうとする時点で、三流どころの話じゃない」

「え。なに？」

「はぐれ者がどれくらいの脅威になるかって言ってましたね。ちょうどいい見本になりますよ――ほら」

凝膠属《スライム》のはぐれ者は、どろりとした触腕のような部位を掲げて威嚇《いかく》していた。

それはある意味で、引き絞られた弓を向けているような状況だ。凝膠属《スライム》は己の『肉体』を媒介に魔術を使う。

影響範囲は限定的だが、その肉体特性を活かした呪詛や結界を得意とする。粘性のある己の肉体そのものを、武器として射出することもある。種族によっては体内に強力な酸性の液体を充塡《じゅうてん》していたり、猛毒を持っていたりする者もいる。

だが――。

「ね。あんな風に魔術を使う素振りを見せても、みんな動じてないでしょ」

キードの指摘通り、店内は静かなものだ。騒動にもなっていない。

やや迷惑そうな顔で平然と食事を続けている者もいれば、テーブルの下に隠れた者もいる。

店の奥では、女将《おかみ》がカウンターの下から何かを引っ張り出していた。槍に似ている。おそらくは精霊兵装《せいれいへいそう》。そこまで考えて、アルサリサはキードを振り返った。

「おい、女将のあれは！　精霊兵装じゃないか。民間人の所有は禁止されているのに！」

「それはこの街の外での話でしょ。迷宮探索用の冒険者免許取れば合法ですよ。っつっても、免許試験なんて名前書くだけなんで、誰でも取得可能ですけど……」

「なんだと。それでは法というものが」

アルサリサは何か文句をつけようとした。だが、その前に強盗らしき凝膠属《スライム》が怒鳴った。

「どいつもこいつも、無視するんじゃねえ！　金だ。全員、財布出せ！　さもなけりゃァこのチンケな店ごと吹っ飛ばすぞ！」

「……ああ、いいね」

不意に、店の奥で声がした。そちらのテーブルで、一人で食事を取っていた男だった。

どことなく笑っているような目つきの男だが、魔族と見て間違いない。額に細く長い角が生えている。背中に黒い翼があるところを見ると、唱翼属《ハーピー》だろうか。細身であり、いっそ少年のような気配さえある。

「久しぶりにイキがいいのがやってきた。期待してもいいかな」

そうして唱翼属《ハーピー》の男は立ち上がり、笑いかける。どこか暗い笑顔だった。

「どうだろう？　きみがぼくの死に場所を用意してくれるのかな？」

「……な、んだ、てめぇ」

凝膠属《スライム》のはぐれ者は、一瞬怯んだ素振りを見せたが、結局は踏みとどまった。傍目《はため》にもそうとわかる精一杯の虚勢を張《みなぎ》らせ、一歩這いずって前進する。

さすがに彼もわかっているのだ。この魔王都市では、舐《な》められたら終わりだ。

「どこのモンだ？　あ？　わかってねえな。俺はこれでも、あの《冥府《めいふ》の貌《かお》》ロフノースの親父の傘下《さんか》にいたんだ！」

怒鳴る凝膠属《スライム》の、体内に輝くものがある。角だ。凝膠属《スライム》は体の表面ではなく、粘液状の体組織の内側に角を持ち、保護することができるらしい。その体表面にかすかに波が走ると、全身に鋼のような刃が生えた。

「はは」

唱翼属《ハーピー》の男の笑顔が、苦笑いに変わった。

「その程度ってのは……笑っちゃうから、やめときな。きみじゃ無理だ。ぼくの死に場所にならない。よその店に行きなよ」

「俺は《破れる断崖》のアロンだ！　唱翼属《ハーピー》ごときが。お望み通りぶっ殺して――」

「しっ。静かに。もういいよ」

凝膠属《スライム》のはぐれ者は、最後まで言葉を発することができなかった。その全身が一瞬にして崩れ落ち、泥のようになって床に飛び散ったからだ。崩壊した、という言葉がしっくりくる。砕けた破片は痙攣《けいれん》するだけで、それ以上は動かない。

唱翼属《ハーピー》の男の角が輝くのをアルサリサは見た。きん、と、鋭く鼓膜《こまく》を引っ掻くような音が聞こえた気がする。

（これは、唱翼属《ハーピー》の魔術か）

と、アルサリサは気づいていた。

唱翼属《ハーピー》は自らの声を魔術の媒介とする。人間の可聴域ぎりぎりか、それを超えるような高い音だった。演算された魔術は、おそらく攻性クラッカーだろう。直接相手の肉体、あるいは精神に作用し、破壊をもたらす。

「く、くそっ」

泡立つような声が、四方から聞こえた。天井。床、椅子の下。アルサリサの足元。凝膠属《スライム》の体が薄く広がる。唱翼属《ハーピー》の男を包囲し、何かの魔術で反撃しようとしたのかもしれない。だが、そこまでだった。

「無理だって」

唱翼属《ハーピー》の男がため息をついたからだ。その角が輝いている。

「きみね、その程度で喧嘩《けんか》を売るんじゃないよ」

崩れ落ちた凝膠属《スライム》のはぐれ者に向けて、唱翼属《ハーピー》は笑いかけた。それと同時に、暗灰色の肉の破片がさらに細かく弾《はじ》けた。粉砕された、といってもいいだろう。

「はぐれ者が、元の會《かい》の看板を使って威張るなんて、もうおしまいだよ。ロフノースさんの傘《さん》下《か》を離れたんだよね？　それとも追い出された？　ま、どっちでもいい。……結局、ここはきみの死に場所だったな」

唱翼属《ハーピー》はゆっくり立ち上がる。すでに食事は平らげたようだ。テーブルの上に紙幣を置き、残っていた泥の欠片《かけら》を革靴の爪先で蹴り飛ばす。

「この店は毎月売り上げ払ってるウチの一家だ。家族に手を出すやつは容赦しない。文句があれば、《白星會《アルブム》》のタリドゥのところまで来なよ――って感じで」

唱翼属《ハーピー》は女将《おかみ》を振り返り、笑った。

「悪いね、散らかして。でも、今月のミカジメ料金ぐらいは働いただろ？」

「……もうちょっと早く始末してくれるとありがたいんですけどね」

女将は少し口ごもった。それでも人間にしては大いに気丈であると言えるだろう。魔族にこまでの文句は、普通は言えない。唱翼属《ハーピー》の男もそれに不愉快を表明したりはしなかった。

「そりゃ悪かった。迷惑料は払わせとくよ、大事な家族に迷惑かけたらボスに怒られる」

彼はただ肩をすくめて、瓶に残ったビールを飲みほした。

「じゃ、また今度」

それだけ言って、店を出ていく――店の中には、明らかな安堵《あんど》の気配が広がった。女将が文句をぶつぶつと言いながら、散らばった凝膠属《スライム》の肉片を箒《ほうき》で片づけ始めている。

「ええと……まあ、こういう風に、魔族間の抗争とかが頻繁にあるんですが」

キードは何事もなかったように水を飲みほした。

「みんなこの店みたいにどっかの會にミカジメ料払って守ってもらってるんで、よほどのことがない限り大丈夫。ここは《白星會《アルブム》》だったっけな」

「いや――待て！　いまのは、いくら凝膠属《スライム》といえども、そこまで破壊されては再生できないだろう。体内の真核を傷つけられたんじゃないか？」

「ええ、再生は無理ですね。不死属《アンデッド》になるのが限界じゃないかな」

「ならばいまの男を、殺害容疑で逮捕――」

「無理ですって。魔族同士の抗争は不介入。でしょ？」

「それはそう、だが」

「はぐれ者ってのは、つまりそういう立場なんですよ。組織を抜けたら後ろ盾がなくなるし、殺されても文句は言えない。この街に存在しないも同然だから。魔王陛下がいたころは、《万魔會《バンデモニウム》》が治安維持とかきっちり仕切ってたんですけどね」

キードは軽薄に笑った。少なくとも、アルサリサからはそう見えた。

「それにアルサリサどの。あなたはこんなチンケないざこざを片づけるために来たんですか？

やらなきゃいけないことがあるでしょう」

アルサリサはその言葉に、沈黙するしかなかった。

たしかにそうだ。やるべきことはある。《不滅工房《ふめつこうぼう》》から与えられた猶予《ゆうよ》を考えると、もう時間はほとんどない。刃の上を歩くような綱渡りだ。震えそうになる手は、クェンジンの柄を握ることで押さえつける。

(見つけ出すべき相手がいる)

だからこそ、ここにいる。

「しかし、あの唱翼属《ハーピー》は凄いな。かなりの手練《てだ》れって感じですね……はぐれの凝膠属《スライム》も呪詛を展開してたのに、軽々と貫通してましたよ」

「……もういい。捜査を進める」

アルサリサは絞り出すように告げた。

「聞き取り調査の結果を保有していると言っていたな。キード。お前たちの事務所に案内してもらおうか」

一　栄光橋弑王事件　3

派出騎士局第四課は、アルサリサにとって予想外の場所に存在していた。

街の北区画――外縁部。魔王都市においても魔族よりも人間が多く暮らす、比較的治安のいい一帯である。派出騎士局本部は要塞のような威容をもって、その中心に聳《そび》え立っている。

(噂通りだな)

魔王都市に駐留する派出騎士は、常に発生し得る魔族との戦争に備えて、このような施設を築き上げてきた。常に緊張状態にある街の、唯一にして最大の人類の砦である。

(僭主七王《せんじゅしちおう》に対抗する以上、ここまで徹底する必要があったのだろうが――)

強固な城壁で囲まれ、さらには人工精霊が封入されて、強力な魔術が励起《れいき》されているのがアルサリサにはわかった。幾重にも連なり、互いに強度を高め合う結界フィルタ。それは空にも地中にも張り巡らされ、侵入を試みる者がいれば、少なくとも重傷は免れないだろう。

だが、キードの案内した派出騎士局第四課はまるで様子が違っていた。

「あ、こっちですよ、アルサリサどの」

彼が指差したのは、その黒々とした要塞の傍ら。しかも外壁の外だった。

「あれが俺たちの第四課の事務所です」

どう見ても、物置小屋の類いにしか見えない。

外壁にへばりつくように、あるいは寄りかかるようにして存在しており、魔術結界でも守られていないのは一目瞭然だった。一応は、共通語で『第四課』と手書きされた木の板が看板のように立てかけられている。それがなければ取り壊し間近の仮設小屋のような有り様だった。

「……あれは、物置小屋じゃないのか？」

「よく言われます。俺ら、なんか扱い悪いんですよね」

キードは本当に憂鬱《ゆううつ》そうに呟《つぶや》いた。

「アルサリサどの、どうかお口添えしていただけません？　もうちょいまともな建物……は、無理としても、せめて冬は人工精霊式のストーブ入れてほしいんですよね……」

「どういう集団だ。なんでそんな扱いを受けている」

「いや、その、俺ら……騎士局に対する貢献度があんまりよくなくて……」

「こんな建物に押し込められるほど劣悪なのか」

「へへへ」

「笑ってごまかすな。言ってみろ。何をどうすればこんな——」

「——ああっ！　キード先輩！」

アルサリサが問い詰めようとしたとき、素《す》っ頓狂《とんきょう》な声が響き渡った。

第四課の『事務所』の裏から、一人の若い男が顔を出している。アルサリサから見れば、ずいぶん薄汚い格好だ。全身赤黒い汚れに塗《まみ》れていて、衣服はあちこち破れ、千切れてもいる。

彼はなにやら木材の残骸のようなものを、斧で強引に解体しているところだった。

「ああ、バケツくん」

キードは片手を振って挨拶《あいさつ》をした。

「再生したみたいだね。よかった、無事で。きみもなかなか死なないね」

「よかった、じゃないっスよ。ホントに！　ひどいじゃないですか！　大怪我したオレを置き去りにしていくとか、信じらんねえ！」

「悪いね。でも仕事だった」

「仕事よりもかわいい後輩への優しさを優先させてくださいよ！　地船《スキーズ》の解体までやらされてるんですから！」

どうやら、彼が斧で破壊しているのは地船《スキーズ》の残骸のようだった。あちこちが焼け焦げている。

「ありがとう。ごめんね、雑用いつも助かるよ」

「助かるよ、じゃなくて！　兄貴も手伝ってください！　ほら、いますぐ！」

若い男は斧を振り上げ、いまにも投げつけてきそうな勢いだった。憤慨している。

「……あの男は？」

半ば信じられない思いではあったが、アルサリサはキードに尋ねることにする。

「四課の職員か？　とても派出騎士の一員とは思えない態度だな」

「ああ、いや。それは……ちょっといろいろあるんですけど、バケツくんは職員じゃないんですよね。扱いとしては課の備品です」

「なに？　備品……？」

「素行不良とか、失敗続きで降格処分を何回も食らってまして」

　キードは頼りなく笑った。

「ついに『備品』っていう身分になっちゃったんですよね。正式に職員名簿からも除名されて、いまは『バケツ』です。先月まではまだ『モップ』だったかな」

「……なんだって？」

「実はですね、ウチの課は正規職員が俺一人しかいないんですよ。あとはみんな、その、バケツくんみたいにいろいろあって……」

　アルサリサはどのように返答したものか、完全に言葉を見失った。自分の眉間に皺《しわ》が寄っているのを自覚する。意味がわからない。

「じゃあ、とりあえず事務所へ。めちゃくちゃ狭いですけど、挨拶《あいさつ》できる課員に挨拶させますから。ええと、課長とセンセイならいるかな」

「いますけど、キード先輩、後で絶対手伝ってくださいよ！　ちゃんと解体して捨てないとまた局長から文句言われるんですから！」

　バケツが騒いでいる。

（なんだこいつらは）

と、アルサリサは思った。

◆

思った以上に、騎士局第四課の『事務所』は狭かった。

いや、狭く感じると言った方がいいだろうか。はっきり言うと片づけられていない。アルサリサが見たところ、子供が手当たり次第に遊んで散らかして、最低限の形式だけの掃除をしたかのようだった。

（ひどい有り様だな）

あちこちにガラクタのような機材が無造作に転がされているし、作業用の家具といえば古ぼけたデスクが二つあるだけだ。窓際には小さな祭壇。人域東方イウェン自治領風の装飾が施されているところを見ると、誰かの墓であるようだった。

だが、何よりアルサリサを驚愕させたのは、入室して真っ先に飛んできた鋭い声だった。

「遅い！」

という、やや甲高い響き。

デスクの上だ。小さな――手のひらに収まりそうなほど小さな獣がいる。それが二本の後ろ足で立ち上がり、いかにも尊大な態度で、小さな前脚で腕組みのような姿勢までとっている。

（ネズミ型の魔族？　いや、これは……）

どちらかといえば、ハムスターに似ている。純白の毛並みだが、頭部にわずかな赤毛がある。それに片目の傷。そちらが潰《つぶ》れているのも印象的だ。アルサリサは目を凝らし、その生き物の正体を探ろうとした。

おそらく魔族であるのは間違いない。額にささやかな角が生えているのがわかる。ごくわずかに湾曲《わんきょく》が認められる程度の角だが、だとすればこの生き物は獣牙属《ワーウルフ》の一種なのだろう。

「かっ。かわっ」

言いかけて、アルサリサは口を噤《つぐ》む。思わず伸ばした右手を、左手で摑んで引っ込める。

（……危ない……！　撫で回そうとするところだった……！）

己を律さねば。他人に弱みを見せるわけにはいかない。自分はもう子供ではないのだから。

血が出そうなほど唇を噛んで、欲求を殺す。

そう、正規魔導騎士である自分が気にすべきことは一点のみ。

なぜ魔族がこの事務所の内部に？　しかも、このやけに尊大な態度はどういうことか？

「どこで油を売っていた、小僧」

小僧、というのはキードのことだろう。つぶらな瞳を細めて睨《にら》みつける。そこから発せられる声は、どう考えても体軀《たいく》に見合わない堂々としたものだった。

「鍛錬《たんれん》の時間を一時間も過ぎているぞ。それでも俺の直弟子《じきでし》か、この怠け者め！」

「いや、すみません。仕事が忙しくて……」

「言い訳無用。明日の鍛錬は時間を倍にする。遅れを取り戻すのだ」

「勘弁してくださいよ、センセイ。こちらの正規魔導騎士の方をご案内しなきゃいけないんですから……ほら、例の、弑王《しいおう》事件の捜査で」

「知らんな。鍛錬と関係があるのか？　怠けるための言い訳ではないだろうな」

「いやいや、ほんとに。少しは仕事を……してるフリでもしないと、俺なんてすぐ追い出されちゃいますよ」

「だったら、さっさと終わらせろ。俺にとってはどうでもいいことだ」

冷たく言い切って、そのハムスターは——おそらく『センセイ』とやらは、それきりキードにもアルサリサにも興味を失くしたようで、さっさとデスクから飛び降りた。そのまま凄まじい脚力と跳躍《ちょうやく》力で部屋の隅に向かう。

ガラクタにしか見えない木箱が、そのハムスターの住処であるようだった。滑車のような装置まで備えられている。

「すみませんね。いつもあの調子なもんで」

苦笑して、キードはアルサリサを振り返った。

「センセイです。ウチの第四課の……ええっと……武術師範？　というか、特別顧問、みたいなもんです」

「待て。どう考えてもおかしいだろう」

アルサリサは『センセイ』とやらの住処であろう木箱を指差した。

「なぜ魔族を室内に住まわせているのだ。しかもあの態度はなんだ?」

「だって、追い出すこともできませんし……あの態度はセンセイの生まれつきみたいなもんなので、もう仕方ないかなと……。それに、かわいくないですか?」

「……たしかにかわいいが、そういう問題ではない!」

アルサリサとキードの会話を、『センセイ』はまるで聞いていないようだった。我関せず、とばかりに滑車を猛烈な速度で回転させ始めている。

アルサリサは頭痛を感じ始めていた。

「この課には、正規の構成員がお前しかいないと言ったな? いくらなんでも、責任者がいるはずだろう。課長はどこだ?」

「それなんですけど。課長は実は、ずっとそこにいまして。よく見てください。人工精霊を扱えるくらい勘のいい人なら、たぶん見えます」

キードは窓際の、小さな祭壇を親指で示した。アルサリサはそこに目を凝らした。そして、自分でも思っていなかった声が漏れた。

「え?」

『……あ。気づいていただけましたか……?』

妙にくぐもったような陰気な声が響いた。青白い影が目の内側をよぎったような気がして、瞬きをする——いや。気のせいではない。

ぼんやりとした人影が、祭壇に浮かび上がるようにして見えていた。どうやらそれは男の人影であるようだ。容貌はあまり鮮明ではないが、無精髭の生えた顔に、小さな丸眼鏡《めがね》をかけている。らしい。

(魔術だ)

と、アルサリサは即座にそれを理解できた。腰に吊ったクェンジンの柄が、かすかに震えたからだ。幻視テクスチャを投影することで、自らの姿を空間に映し出している。

『お疲れさまです、キードくん。正規魔導騎士どののご案内、ありがとう』

「どうも。課長、お土産です。『魔王の肋骨』の牛乳味」

『え……。また、これですか？　たまには別の……』

「これが一番安いやつなんで。経費で落とせるようにするか、給料上げてください」

キードは小さな包み紙を、祭壇の前に供えるようにして置いた。『魔王都市名菓』と記された干菓子《ひがし》の包みだ。いつの間に買い求めていたのか。

「アルサリサどの、これがウチの課長です」

キードは、半透明の人影、ではなく、祭壇に置かれた小さな壺を指差した。

「ちゃんとした名簿上では元・課長だけど。殉職したから、階級も特別昇進してて……ええと、どうなってたんでしたっけ」

『旅団長補佐ですよ……もうぜんぜん意味ないですけど。どうも、アルサリサ・タイディウス正規魔導騎士どの。私が四課の課長でした』

「あの……理解が追いつかないが。課長、あなたは」

アルサリサは目眩《めまい》を覚えた。この第四課には、正規の人員がキード一人しかいないというのはどうも本当のことらしい。

「不死属《アンデッド》なのか？」

あるいは動く屍《しかばね》。あるいは動く白骨。そうした、死んでもなお動く存在のことを総称して、不死属《アンデッド》と呼ぶ。そういう魔族の中の一種族だ。これは人類が後天的に魔族になる貴重なパターンとされている。死者の身体《からだ》にある種の『菌』のようなものが感染し、魔族に変化するらしい。

生前の肉体の損傷が激しい場合は、魔術を使い、まさに『幽霊』のような形で空間に自らの姿を投影して活動する。おそらく、祭壇の小さな壺に本体である遺骨か何かが収められているのだろう。

『はは。うっかり殉職してしまいました』

課長は朗らかに笑った、ように見えた。

『この事務所をあんまり長く離れられないので、現場は全面的にキードくんに任せています』

「そういうわけです。まあ、いつも事務所に来てる課員はこんな感じですね」

「ひどすぎる」

アルサリサは頭痛を感じ始めていることを自覚する。

「なにがどうなったら、こんな有り様になるというんだ。キード、お前ひとりでどれだけの捜査ができる？　派出騎士四課は存在しないも同然ではないか。局長は何をやっている。こんな課の存在を許容していいのか！」

一気にまくしたてるような形になった。が、キードは眠そうな顔で笑っただけだ。

「すみません。しかしですね、これでも俺らだって捜査の進展に貢献したことが……ええと、二、三回ぐらいはあるはずなんですよ」

「話にならない。そんな騎士がいてたまるものか。我々の組織全体の信頼に関わる」

「ま、まあ、俺らの存在意義についてはちょっと待ってくださいよ。今回の事件で絶対に役に立ちますから……そう、成果！　ちゃんと成果をあげれば何の問題もないですよね？」

「成果なんて、こんな状態であげられるとは思えないが」

「そう決めつけるのはまだ早いでしょう。ほら、まずは資料……えっと、聞き込みの資料。この辺にあったような……」

キードは言いながら、デスクの引き出しを開けてなにやら探し始める。アルサリサにもその引き出しの内部が垣間見えた。およそ『整頓』という言葉とはかけ離れた引き出しだった。

「あー……すみません課長。例の事件の資料、どこでしたっけ」

『え、キードくんが収納したんですよね？　私はわかりませんよ』

「そうでしたっけ。いや、そりゃそうか。俺以外いないもんな……だから……あ、あった！」

驚くべきことに、床だった。そこから紙の束を拾い上げる。『栄光橋事件十三号調査資料』

と題された表紙には、何度か踏まれた痕跡すらあった。ひどすぎる。

「これですよ、アルサリサどの！　現場周辺の聞き込み。目撃情報とかをまとめてます。これはですね、俺もちゃんと調査協力したんですよ」

「仮にも騎士なら、調査に協力するのは当然のことじゃないのか……」

アルサリサはすでに多大な不快感を覚え始めている。この連中は――魔王都市の派出騎士局第四課は、ふざけているとしか思えない。

（やはり私は、よほど歓迎されていないみたいだ）

上層部が手を回したとしか思えない。こんな派出騎士を現地協力員としてあてがうあたり、アルサリサに対する嫌がらせのようなものだろう。

「――で、調査の結果ですけどね。たいしたことはわかってないんですよ。現場から立ち去る黒衣の人影を見たとか、それは巨大な大男だったとか、恐ろしい怪物だったとか――あ、ついに帰還した魔王ニルガラだったなんて話もあります」

「錯綜《さくそう》しているな。これは要するに、何もわからないということだ」

目撃情報が混乱するのはよくあることだ。特に今回の件は、事態が大きすぎる。ありもしない証言をでっちあげた者も相当いるだろう。

アルサリサはキードから資料を受け取り、すばやくめくる。かなり分厚いが、肝心なのは証言者の傾向と、彼らが語る内容の要点だ。それを追えばいい。

「手がかりになりそうな証言は皆無だな。誰もまともな目撃証言を残していない」

「え、いまのでぜんぶ読んだんです？　適当なこと言ってません？」

「無礼なことを言うな。ひと通り読んだ」

アルサリサはキードに資料を突き返した。そして、こめかみを指で押さえる。

「ここからわかるのは、目撃証言がなさすぎるということだ。あってもまるで信用に値しない……意図的に口裏を合わせているように」

「はあ」

「はあ、じゃない」

反応が鈍すぎる。アルサリサはこめかみを押さえる指に力を込めた。頭痛がしてきた。

「特に、魔族だな。彼らの証言は荒唐無稽なものが多い。異形の怪物や、魔王ニルガラの帰還などの証言などが顕著だが、意図的にそのような回答を行っている可能性がある」

「と、いうことは……つまり……」

キードは腕を組んで目を閉じ、何か考えているような素振りをみせたが、最後にはぼんやりとした愛想笑いを浮かべた。

「どういうことです？」

「少しは自分で考えろ！　……魔族は何かを隠している、ということだ」

口調に苛立《いらだ》ちが混じるのを、アルサリサは抑えることができなかった。

「この資料の聞き込み対象は、人間側に偏りすぎている。魔族側に踏み込んで証言を聞きだす必要がある」

危険なことになるかもしれない。だが、やるべきことは決まっている。

「直接、容疑者を当たる」

「うお。さすが、もう容疑者まで割り出せたんですか？」

「当然だろう。僭主七王《せんじゆしちおう》の一人が殺されたということは、それを実行できる可能性がある者は限られる」

アルサリサは努めて冷静に、冷徹に告げた。

動機や犯行の手段などは後回しでいい。確実なことから捜査を進めていくべきだ。つまり、誰が僭主七王を道端で斬殺《ざんさつ》するなどということが可能か、という問題の答えから。

「つまり、僭主七王だ。違うか？」

「たしかに……それはそうかもしれませんがね」

「たとえば、《絶嘯者《ぜつしようしや》》ギダン。真竜属《ドラゴン》である彼は、あらゆる事象を破砕する最強の呪詛をブレスとして吐き出すんだろう？」

「まあ、そうですね……あの旦那が息吹《ブレス》を吐けば、ほぼ街ごと吹っ飛ぶでしょうけど」

「他の僭主七王《せんじゅしちおう》も、そう呼ばれるだけの能力を持っている。ソロモンが死んで残り六名。接触しやすい者から当たっていくぞ」

「いや、接触しやすいっていっても……」

困惑した様子で、キードは頭を掻きむしった。

「そんなやつ、いませんって。ギダン王の旦那は基本的に地上に不干渉だし、《鋼帝《こうてい》》のところはいま誰も近づけないから……ええと、比較的マシなのがいるとしたら……」

「候補は決めてある。まずは《夜の君》イオフィッテ。《月紅會《スカーレット》》の主だ」

アルサリサはすでに歩き出している。やるべきことを決めた以上、時間が惜しい。

「彼女から聴取する。ソロモンとは支配する縄張りが隣接しており、日常的に抗争が発生していたと聞いている。今度こそまともに案内しろ、キード捜査官」

「え。あの、ちょっと待ってください。その人のところはやめた方がいいんじゃないですか？その、風の噂に聞いた話ですが、昨日の夜に幹部が殺されたとかで、だいぶ殺気立ってるらしいですよ」

「捜査とは関係がない話だな。いくぞ」

「ええ……本気ですか？　アルサリサどの、まずいですって」

「嫌ならついてこなくても結構。私は一人でも行く」

「――ああ、くそ！　足が速い！　すみません、課長、行ってきます。センセイもまた後で！」

『うん。命に気をつけてくださいね』

「さっさと事件を片づけろ。これ以上鍛錬《たんれん》を怠るのは許さん」

亡霊と、ハムスターの声。キードは赤いマフラーを巻き直し、慌ただしく追ってくる。この男は動きが鈍すぎはしないか。ひどいお荷物を背負ってしまった気がする。いっそのこと雑踏で撒《ま》いてしまおうかとも思う。

（猶予《ゆうよ》はない。期限は残り一日を切っている）

明日の夜明けまで。それが、《不滅工房《ふめつこうぼう》》との交渉の末に稼ぎ出した時間だった。

（あの人に対する、処分命令が下る前に……接触し、説得することができれば）

救えるかもしれない。

そのために、この街へやってきた。

二 血華楼炎焼事件 1

魔王都市ニルガ・タイドにおいて、僭主七王《せんじゆしちおう》はそれぞれ己の派閥と、領域を持つ。まとめて會《かい》、と呼ばれるものだ。

中でも《月紅會《スカーレット》》を主宰する《夜の君》、浄血属《ヴァンパイア》の女王たるイオフィッテは、決して広い領域を持つ者ではない。むしろ狭い方だとさえいえる。

だが、それは彼女の力が劣っているということを意味しない。魔王ニルガラの『娘』を自称するイオフィッテは、その真偽がどうあれ、あらゆる面で魔族として圧倒的な実力を誇る。

それでも縄張りが広がらない理由は、イオフィッテが己に従う者を徹底して選別するためだった。彼女自身、『弱い者、醜い者、つまらない者は、この世界には必要ない』と公言して憚《はばか》らない。良くも悪くも魔族らしい魔族、という評価が、彼女に対する世間の見方だろう。

キードも世間の評判と、まったく同じ意見を持っていた。

(面倒な相手なんだよな)

大通りの奥に聳《そび》える、真紅の楼閣《ろうかく》を見上げるとため息しか出てこない。煌《きら》びやかに、華美な装飾が施された楼閣の群れ。その中でもひときわ豪奢《ごうしゃ》に飾り立てられた一棟だった。

血華楼《けつかろう》、と呼ばれている。イオフィッテの居城である。

「……あの、アルサリサどの。やめときませんか?」

「何をやめておけと？」

「《夜の君》イオフィッテといえば、マジで面倒な浄血属《ヴァンパイア》ですよ」

「噂には聞いている。あらゆるものを眷属《けんぞく》に変える、史上最強の浄血属《ヴァンパイア》――だそうだな」

通常の浄血属《ヴァンパイア》は、血を分け与えた生物を『眷属』と呼ばれる存在に変える。そういう魔術を得意としている。増殖性の構造侵蝕ワーム。これは血液を通して相手を汚染し、魔術的な抵抗に失敗した者を操り人形のようにしてしまう。

そして《夜の君》イオフィッテは、その力において卓越したものを持っている。

大気や無機物でさえ汚染し、『眷属』とすることができるという。これこそが魔王ニルガラの血を引く娘である証《あかし》、と、彼女は主張する。とにかく厄介な相手だ。

「性格も悪いらしいし、ちょっと関わりたくないんですが」

「お前の個人的な印象は、事件の操作と何の関係もない」

アルサリサは断固として言い切って、さらに足を速める。キードは後を追うしかない。

「イオフィッテと敵対したら、かなり面倒くさいんですよ。執念深いっていうか……」

「それでは、事情聴取をやめろというのか？　我々は真実を暴かねばならない」

やはり聞く耳を持っていない。キードは緩やかに息を吐いた。

（まあ、仕方ないな。最初にイオフィッテってのは避けたかったけど）

遅かれ早かれ、やるつもりだった捜査だ。もう少し慎重に根回しをしておきたかったが――

やったところで無駄かもしれない。それなら、やや強引ではあるが、ここから始めるのも悪くはない。

（どうせやるなら、そう。派手にやろうか）

あとは覚悟を固めるだけだ。目の前をゆく小さな背中を見つめる。

アルサリサは街路を歩いて、迷いなく血華楼《けっかろう》へと近づいていく。その歩みは間違いなく周囲から注目されていたが、気にした様子もない。ただ、顔をしかめて呟《つぶや》いた。

「しかし……この区画は、どうも、あれだ……あの……いかがわしい店が多いようだな」

「まあ、浄血属《ヴァンパイア》たちの街ですからね。もうちょい明るいうちに来た方がよかったな……出直しませんか？」

「出直すつもりはない。この程度の歓楽街には、私も慣れている」

「ホントですか……？」

「本当だ！　何を疑う——むっ」

アルサリサは振り返ろうとして、足を止めた。というより、止めざるを得なかった。

足元に振動。小屋のように大きな影が路地を横切っていく。それは象によく似ていた。ただし全身が鋼でできている。その背中には細長い旗が翻《ひるがえ》り、頭部からは笛を吹き鳴らすような音が鳴り響いていた。

アルサリサはぽかんと口を開けている自分に気づいたらしく、すぐに閉じた。

「何かの祭りか、これは？」

「鋼核属《ゴーレム》の移動店舗ですね」

「ということは、つまり、あの巨大なものが店なのか」

たしかに背中の旗には、『直売』だとか、『焼きたて』『揚げたて』などの文言《もんごん》が見える。さらには胴体に大きく『サブール食堂・移動型五号店』という店舗名らしきものまで書かれていた。

「自分自身が店って感じです。胴体の内側が保温炉になってて、食べ物とか売りに来るんですよね。味はいいんですが移動が雑なんで、近づかない方がいいです」

何人か、踏まれかけた魔族が罵声《ばせい》をあげ、路地の奥に避難していく。中には店先の商品を蹴散らされ、石を投げつける者もいるが、まったく鋼核属《ゴーレム》は意に介していない。気づいてすらいないかもしれない。

ときおり『ご迷惑をおかけします。苦情や抗議のある方、いつでも受けて立ちます』という、やたらと挑戦的なくせに無機質な音声が発されるだけだ。

「危険すぎるのではないか。誰か取り締まらないのか？」

「《紫電會《バルス》》の《鋼帝《こうてい》》ミゼが、いまメンテナンス時期に入ってますからね……あと数日は好き勝手やるでしょう」

《紫電會《バルス》》というのは、主に鋼核属《ゴーレム》たちで構成される會《かい》のことだ。その主がいま、統制を取れる状態にない。鋼核属《ゴーレム》にはそういう時期がたまにある。

「というか、あんまりキョロキョロしてると危ないですよ。観光客だと思われると、絡まれて面倒になるんで」

「……わかっている」

その他にも、いくらでも見慣れないものはある。

この一帯は完全にイオフィッテが取り仕切る、《月紅會《スカーレット》》の縄張りだ。赤を基調にした色が、すべての建物を彩っている。建築様式はほぼ木造で、店先には提灯やランプが並ぶ。一昔前の時代文化を感じさせる街の外観は、イオフィッテの趣味だ。劇場に賭博場、性風俗の類の店舗が軒を連ねて、その従業員はほとんどが魔族――それも浄血属《ヴァンパイア》だが、中には人間もいる。

《月紅會《スカーレット》》は比較的、人間に対して寛容だ。

それは浄血属《ヴァンパイア》たちが血液を啜《すす》ることで、後天的に人間を疑似的な魔族に変化させることができる、という性質によるものかもしれない。そうした犯罪は跡を絶たないし、人間の側が自ら進んで浄血属《ヴァンパイア》に血を吸われることを望むケースもある。

だから、この一帯で人間の――それもアルサリサのような少女が歩いていると、やたらと注目されるし、声もかけられる。

「やあ、お嬢さん」

と、露骨に道を塞いだ黒衣の男もいた。浄血属《ヴァンパイア》特有の雪のように白い頬に、形だけは友好的な笑みを浮かべた男。白に近い髪。鼻と口元に真紅のピアス――額には小さな角。

「なに急いでるの？　ここは迷いやすいから危ないよ、どこ行くの？　案内しようか？」

「不要だ」

アルサリサは鋭い目つきで男を睨《にら》んだ。

「行先は決まっている」

「いやいや、どこへ行くにしても一人じゃ危ないよ。ただでさえ人間がうろついてると、良くない連中に絡まれたりするからさ。きみみたいなお嬢さんはなおさらだ」

この言葉に、一瞬だけアルサリサの足が止まった。

「──お前も、私が子供だと言いたいのか？　そう見えるか？　まったくこの街の連中ときたら誰も彼も……！　会う者は片っ端から私を子供だと言う。失礼にも程がある！」

「あ、いやいやいやいやいや。違うって」

すぐにそれがアルサリサの地雷だと、彼は気づいたようだった。大げさに両手を振る。

「あまりにも綺麗《きれい》なお嬢さんだからさ。悪いやつが放っておかないよ、本当にね」

「それはお前のような輩《やから》のことか？」

「ひどいな──ねえ、待ってよ。いい商売あるんだ。お嬢さんみたいな子の血液なら、いくらでも出すってお客さんもいるんだから。それに、そう、モデルとか興味ない？　邪眼属《バジリスク》のお金持ちが作品のモデルを探してるんだ。石化してもらえば体感だと一瞬で終わるようなもんだし」

「興味がない」

「え、じゃあ何に興味ある？　夢魔属《ナイトメア》の合法トリップとか？　いやあ、最近は気持ちよくなれる葉っぱの流通がめちゃくちゃ渋くなってるから、いまそっちが大人気。ねえ、話くらい聞いてくれても——いってえっ！」

浄血属《ヴァンパイア》の男がやや強引に腕を掴んだとき、アルサリサはそれを捻り上げた。白い顔を歪ませ、男がその場に膝をつく。

「これ以上は公務執行妨害にあたる。それに道案内ならば、すでに……」

と、アルサリサはキードを振り返り、また顔をしかめ、そして不服そうに続ける。

「……一応、仮ではあるが、道案内的な存在がいないこともない」

「肩書の前置きがひどくないですか？」

キードは思わず笑ってしまった。浄血属《ヴァンパイア》の男は彼を見た途端、大きく目を見開いた。

「まさか。……マジで？　キード・マーロゥ……！」

「ん」

その反応には、心当たりがないわけでもない。化け物を見たかのような表情。それは非常に心外だし、何よりアルサリサの前だ。キードはただ、少し戸惑うような表情を浮かべた。

「き……きみ、えっと、誰？　俺のこと知ってる？」

「あ、いや。それは」

「俺、何かした？　ツケのある店じゃなかったと思うんだけど。迷惑かけてるなら謝るし……」

「い、いやいやいや！　そんな。滅相もない！　いや、ないです！」

両手を振り回すように否定する浄血属《ヴァンパイア》の男は、もうアルサリサの方を見てもいない。

「申し訳ないっす！　そちらのお方がキードさんの女だとは露知《つゆし》らず！」

「や、やめてくれよ」

アルサリサの眉がぴくりと動くのを見て、キードは慌てた。非常によくない。

「このお方は俺の上司だよ……あの、申し訳ないと思うなら、もう行っていいかな？　ツケの支払いはまた今度っていう感じで」

「あっ、はい！　そりゃもういつでも遊びに来てください！　賭場《とば》も大歓迎ですし、人間の奴隷《どれい》でもご用意しますよ。いま貴重な葉っぱでもできるだけサービス――あ、いやっ。な、なんでもないです！　俺の方が失礼します！　ええ！　消えますんで！」

そこでやっとキードの目つきに気づいたのか。そのまま踵《きびす》を返して、浄血属《ヴァンパイア》の男は逃げるように雑踏の奥に消えていく。迷惑な男だ。キードはため息をついた。何か弁解が必要だろう。

アルサリサに笑いかける。

「困ったもんですよね。俺を何かと勘違いしてるみたいで」

「あの男――」

アルサリサは訝しげな視線で、逃げた男の背中を見据えていた。

「いまの会話はどういう意味だ？」

「いや、どういう、って——」

懸念を抱かせたかもしれない。キードは努めて間抜けな顔をした。得意分野だった。生まれつきの間抜け面は、しばしば親父から褒められたものだ。

「あの。なにが、どうなんです?」

「あの男の口ぶりでは、お前もこの界隈のいかがわしい店を利用しているように思えた」

アルサリサの声には、露骨な不快感が滲《にじ》んでいる。内心、キードは安堵《あんど》した。

「あ、そっちですか?」

「奴隷《どれい》がどうこう、という言葉も聞こえたぞ」

「あれは、あの男の勘違いですよ。奴隷を扱ってる店なんてこの界隈にはありませんし」

「だったら、賭場《とば》の話は? ずいぶんと頻繁に出入りしているような口ぶりだったな?」

「賭場のことだって、捜査ですよ、捜査。そういう場所でですね、顔を売っておくといろいろやりやすいんですすよ」

「それは問題のある捜査の仕方だ。騎士の賭博行為は認められていない」

「いや、ほんとに効果あるんですって! いまみたいに会話しやすくなる相手もいるし」

「なんの言い訳にもなっていないな」

アルサリサはさらに近寄ってくる客引きを、今度は鋭い眼光だけで退けた。良かった、とキードは思う。どうやらアルサリサは見当違いの方向に怒りを向けてくれたようだ。

「禁止事項は禁止事項だ。私の見ている前で賭博行為をやってみろ、決して許さん」

「と、いうと……あの……始末書とか？」

「そんなもので済むものか。逮捕、拘束、処罰だ」

冷たく言い捨て、アルサリサはついにその塔――『血華楼《けつかろう》』のエントランスに到達する。

昇りかけた月を背景に聳《そび》える、真紅の塔。四十七の階層を持つ、魔王都市でも屈指の巨大建築物だった。その威容は小さな城砦にも似ている。事実、この楼閣《ろうかく》は魔王ニルガラの地底迷宮の一部を、イオフィッテが魔術で地表にせり上がらせたものだという。

大きく開かれたエントランスを守っているのは、合わせて十名。

（今日はずいぶん多いな）

いつもなら、主であるイオフィッテの度量を示すために、もっと見張りは少ない。せいぜい二人か三人というくらいだ。それは《夜の君》イオフィッテが、『この程度で十分、誰がやってきても容易《たやす》く返り討ちにできる』という自信を外向けに主張していることでもある。そのはずだが、今日はやけに物々しい。

（理由なら、わかる）

キードは苦笑いするしかない。

（そりゃ警戒するよな。当然だ。それにしても、少し物騒すぎないか？）

キードの目には、今夜の見張りはいずれも相当な実力者だと映った。すべて魔族――浄血属《ヴァンパイア》。

誰もが赤い角を持っており、アルサリサの接近を察知して行く手を塞いでくる。

そのうちの一人がいかにも恭《うやうや》しく一礼して、朗らかに笑った。

「申し訳ありません。お待ちください、お嬢様」

《月紅會《スカーレット》》におけるイオフィッテ直属の護衛たちの見た目には、初見であればほぼ例外なく面食らうことだろう。アルサリサも少しばかり目を細めた。

進み出た一人が身にまとっているのは、かなり古典的なメイド衣装だった。しかも表面だけは柔和な笑みを浮かべた若い女。《月紅會《スカーレット》》の一員であることを示す真紅の帯を腕に巻いていなければ、そういった嗜好《しこう》の店に勤める者かと誤解する者もいるかもしれない。

実際、これはイオフィッテの趣味だ。この街の住民にとっては有名な話ではある。

「ここから先は、我らが姫君の居城です。関係者以外は立ち入りを禁止しております」

「知っている」

アルサリサは、そのメイド服の女に道を阻まれてもまったく躊躇《ためら》う様子はなかった。

「お前たちの姫君に会いに来た。《夜の君》イオフィッテ。彼女と面会したい」

「残念ですが、いまは少々立て込んでおります。先約があり、姫君は大変にご多忙です」

ここまで丁寧な言葉を人間に対しても使う魔族は、魔王都市でも少数だ。《月紅會《スカーレット》》特有の貴族的な高貴さというやつだろう。彼らの主である《夜の君》イオフィッテがそのような態度と礼節を好んでいるということでもある。

「このところ、物騒ですから。そう簡単に部外者をお通しするわけには参りません」

「ずいぶんと強固な警戒態勢だな。お前たちの主の指示か？」

「いえ。わたくしどもが自発的に。我らの姫君は『好きにせよ』とだけ仰《おお》せでした。なにしろ──あの《常盤會《ヴエール》》の《世界樹》、ソロモン様が殺されたばかりでしょう？」

何かを窺《うかが》うように、メイド服の女はアルサリサを見つめていた。

実際、それは何かを探っていたのかもしれない。相手の顔色の微細な変化から、精神状態を察知する。そういう魔術もある。

「我々も、姫君の御身《おんみ》を守らなければなりません。つい昨日も、我が會《かい》の序列十七位の者が、何者かに護衛ごと殺害されています」

「序列か」

「ええ。我ら《月紅會《スカーレット》》は、その者の力によって序列を定めています」

メイド服の女は自らの腕に巻かれた、真紅の帯を示した。古い魔族たちの文字で、『四』を意味する数が記されている。

（つまり、序列四位。見た目はともかく腕は立つってわけだな）

キードも名前までは知らないが、かなりの大物だといえる。魔王都市でも滅多にはいないレベルの魔族であり、すなわち、魔術使い。単独で軍勢と戦うことができるほどの技術者。あるいは大戦のころには名のある兵士だったのかもしれない。魔族の、特に浄血属《ヴァンパイア》の年齢は見た目通りではない。

そんな女が、入口で警戒に立っているとは——相当に神経を尖らせているという証《あかし》だろう。それも、やや過剰なくらいに。

「たしかに」

と、アルサリサも言った。その金の瞳が、メイド服の女の頭からつま先までを眺めている。

「……かわいい衣装だし、仕草も優雅だ。かなりの使い手のようだな」

「お褒めの言葉、ありがとうございます。姫君に近づく危険を排除することが、私の務め」

物腰だけは柔らかいが、すでに臨戦態勢といえる状態であることがわかる。キードは彼女の左手首に包帯が巻かれていることに気づいている。そこに血が滲《にじ》んでいた。

それはいつでも血を媒介にした魔術を演算できるということだ。浄血属《ヴァンパイア》がこの状態で警戒しているというのは、抜き身の刃を構えているのに等しい。

(想像以上の警備態勢だ)

これは滅多にあることではない。ただでさえ跡目争いが熾烈《しれつ》な僭主七王《せんじゅしちおう》だが、明白な抗争が発生しているときでもなければ、ここまでのことはしない。それこそ三年前のグリーシュ動乱以来かもしれなかった。

「ですから、お通しできかねます。いかにあなたが正規魔導騎士であり、勇者タイディウス様のご令嬢だとしても」

「そうか」

　自分の身分と名前を言い当てられても、アルサリサは動揺を見せなかった。たいしたものだ、とキードは思う。おそらくこれは威嚇《いかく》の一種だ。《月紅會《スカーレット》》はすでに街へ入り込んだ者の素性を調べ上げているぞ、という威嚇。

「ただ……勇者のご令嬢は、我々が噂に聞いていたよりも、ずっと若いようですが」

「ふん。この街の連中は、ことごとく見た目で人間を測る悪い癖があるっ」

　すでに何度も言われ続けて、アルサリサもそろそろ慣れてきたらしい。ただ、わずかに踵《かかと》を浮かせて胸を張るのを忘れなかった。彼女にとってはもう無意識の動きなのかもしれない。

「見た目は関係ない。正規魔導騎士として、お前たちの主から事情聴取を行いたい」

「姫君にお会いになりたいのであれば、後日、面会の予約を取りつけてからお越しください」

「面会の予約は、どうすれば取りつけることができる？」

「さて、それは」

　メイド服の女は、青白い顔に薄い笑みを浮かべた。慇懃《いんぎん》無礼、という言葉がキードの脳裏をよぎる。そういう笑い方だった。

「予約を取りつけることのできた人間などというものは、私の記憶にある限り存在しません。我らが主は気まぐれであらせられますので」

「聖櫃条約《せいひつじょうやく》に基づき、ソロモンが殺害された事件に対して、私は騎士として正式に捜査協力を求めている。それを拒否するつもりか?」

「大変申し訳ございません」

やはり、メイド服の女は動じない。

「お引き取りを。その事件に関しては、我らの問題。人間に介入される必要はありませんし、協力も求めておりません」

「法というものを理解していないらしいな」

「我々にとっての法は、姫君のことです」

「話にならないようだ」

アルサリサの手が、クェンジンに伸びかけて止まった。さすがにこの場を押し通ることの困難性は理解しているのか。それでも唇を嚙み締め、踏み出そうとする。

「待ってください、アルサリサどの」

一歩、踏み出される前に、キードはアルサリサの腕を摑んだ。間に合った。

「一旦、ここは引きましょう。無理ですよ。全員殴り倒してイオフィッテのところに辿り着くわけにもいきませんし」

キードはもともと、魔族と人間の交渉が成立するとは思っていない。人間をクズ扱いするのが魔族にとっての美徳の一つなのだ。向こうがそう扱うのなら、こちらからも相応の回答が必要になってくる。

「……ならば、どうするというのだ」

「ちょっと考えがあるので、ついてきてください。なんとかしてみます」

「……お前が？」

アルサリサは思い切り顔をしかめた。

「どうやってだ？　どうにかできるとは思えないが」

「まあ、そう言わずに」

キードは強いて眠そうに笑った。そろそろ始めるときだった。

「ああいう大物に会うには、別のやり方があるんです。俺に任せてください、この方法で他の僭主七王《せんじゆしちおう》に会ったこともあるんですから」

「まったくそうは思えないのだが」

「信用ないなあ」

キードにはそれ以上の返答はできなかった――アルサリサが思ったより正確に状況を把握していたからだ。

（頼もしいじゃないか。そろそろ始めよう）

そびえる血華楼《けつかろう》を見上げて、キードは少し笑った。宣戦布告の代わりだった。

二━血華楼炎焼事件　2

「たぶん……この辺りが良さそうですね」

キードの手のひらの上に、銀色の円盤が回転しながら浮いている。

「俺の精霊もそう言ってます」

その精霊兵装《せいれいへいそう》が導いたのは、路地裏を縫って辿り着いた一角であった。ちょうど血華楼《けつかろう》の裏側にあたる場所だろうか。人気《ひとけ》は少なく、表通りよりもさらに暗い。

この地点を、キードは己の精霊兵装を用いて探り出した。『人気のない場所』。そのように指定すれば、もっともその条件に近い場所を割り出せる。あとは道を辿るだけだ。血華楼の正面口やら裏口やらは警戒が固められていたが、ここまで来れば人目はまるでない。

「中々に便利な精霊のようだが――キード。ここから、どうするつもりだ？」

アルサリサはもはや露骨に疑わしげにキードを睨《にら》んでいた。

「この壁を登って侵入するとでも言いたいのか？」

目の前には、どす黒い血のような血華楼が聳《そび》えている。壁があるだけだ。この位置からでは窓一つ見当たらない。だからこそ手薄なのだろう。あるのはゴミ箱と、そこから溢《あふ》れて散乱したゴミの数々だけだ。

長らく清掃もされていないに違いない。壁には恐れ知らずにも《月紅會《スカーレット》》への呪詛や罵倒が落書きされているし、異臭もする。下水の出入り口が近いのかもしれない。

「私の見立てでは、この壁にも防御の結界魔術が施されている」

アルサリサはクェンジンの柄に手を添えている。その剣が、かすかに震えたのがわかった。

「登ろうと試みれば警報が作動するだろう。それ以前に、窓もない」

「まあ、そうでしょうね……俺だってこんなところ登れませんよ」

灰色のコートの内側に手を突っ込む。いつも携行している小道具はいくつかあるが、これはもっとも頻繁に使っているかもしれない。小さな瓶と、指先ほどの大きさの金属ケースだ。

「これを使ってみます」

アルサリサは首を傾《かし》げた。

「なんだその瓶は?」

「え?　ああ……これはただの油です。あの、近所で買った燃料油」

「それをどうする」

「えっと、まずは……こう……」

キードは瓶の蓋をへし折るように開けると、その中身をゴミ箱に振りかけた。それから小さな金属ケースを指先で弄《もてあそ》ぶ。

「こっちは一応……精霊兵装かな。使い捨てですけど。見た目はこんな小さくても、結構威力はあるんですよ。なので、下がって」

「なんだって？　下がる？」

「あ、もうちょっとです。そう。そんな感じ」

五歩。六歩。アルサリサを下がらせて、キードは金属ケースの蓋をこじ開けた。着火装置のピンを素早く引き抜く。投げる。

「待て。それはどういう精霊兵装《せいれいへいそう》だ」

「ええと……これはですね。『ダンド』って製品です。魔王都市で開発されたから、あんまり外の人は知らないかも。効果は」

金属ケースがゴミ箱に放り込まれる——と見えた瞬間、それは爆音を響かせている。

「この通り」

キードは片耳を塞いで呟《つぶや》いた。

かぶっ、と、想像以上に軽い破裂音だった。瞬時に炎が噴き上がり、燃え上がって、ゴミ箱は砕けて吹き飛ぶ。キードは頭を下げてゴミ箱の破片を避ける。ついでにアルサリサの頭も摑んで下げてやる。

「あぶね」

背後の壁に、金属片が突き刺さる音がした。

「あ、アルサリサどのも大丈夫ですか？」

「な——」

アルサリサの瞳孔が広がって、数秒は口が開閉するだけで言葉が出てこなかった。

「何をしている！　いま、お前、ゴミ箱が！　あのっ、あれじゃないかっ、火が！」

「それは放火したからですね。あ……違う。爆破の方が正確かも……」

キードは念のために、血華楼《けつかろう》の壁を一瞥《いちべつ》した。亀裂《きれつ》は入っているが、砕けるほどではない。

これで侵入経路を作ることができればそれが最善だったのだが、そう上手くはいかない。

だが、警報魔術の作動は速やかに実施された。

けたたましい絶叫――とでも言うべきか。まるで巨大な鶏の断末魔《だんまつま》のように、鼓膜《こまく》を突き刺す音が響き渡っている。さらには炎と衝撃に反応して、攻性結界フィルタまでもが作動し始めているのがわかる。壁が水面のようにざわめいていた。

「これでよし。行きましょう、アルサリサどの。すぐに警備員が来ますし、ぐずぐずしてると攻性結界フィルタの標的になりそうだ」

「当たり前だ！　お前がいま、何をしたのか、何を考えているのか！　答えろ！」

アルサリサは剣を抜いていた。クェンジンの切っ先がキードの首に突きつけられている。

「これは犯罪だぞ、放火は重大な――」

アルサリサは何か抗議しようとしたらしいが、最後まで口にすることはできない。駆けつけてきた《月紅會《スカーレット》》の構成員たちが怒鳴っていたからだ。

「いたぞ！　あいつらか？」

「燃えてやがる、ちくしょう！　なんだよ、どこの會《かい》のカチコミだ？　また《白星會《アルブム》》のやつらか、それとも《紫電會《パルス》》か？」

「どっちでもいい、逃がすな！」

叫びながら、誰かが魔術を演算したのがわかった。水の弾《はじ》けるような音。血飛沫《ちしぶき》だ。浄血属《ヴァンパイア》はその血を媒介にして魔術を行使する。

地面を何かが走る。血液が矢のようになって飛び出してくる。

「く……！」

アルサリサは顔を歪めてクェンジンを振るった。輝く鎖が矢を防ぐ。たちまちのうちに絡みつき、同時に破壊している。

「さすが、アルサリサどの」

キードは心からの賞賛を贈った。魔族の魔術に対して、この速度での完全な迎撃をこなせるというのは、並みの人間には不可能だ。

「行きましょう。たぶん手薄になってる裏口がありますよ。消火は彼らに任せて。いい避難訓練になるんじゃないですかね……意外と善行かも」

「そんな理屈があるか！」

「ないですかねえ」

キードはもう一つ、灰色のコートから小さな金属ケースを引っ張り出す。こちらは先ほどとはまた別の精霊兵装《せいれいへいそう》だ。放り投げると、軽い破裂音とともに白い煙を吹き出す。ごく単純な防性呪詛ジャマー。視界だけでなく、魔術演算に対する撹乱《かくらん》効果も発揮する。

　この手の精霊兵装の小型化と量産化は、人類の技術者が得意とするところだ。威力は魔族に及ぶべくもないが、誰が使っても同じような効果を発揮する。それに高度な演算能力や魔力も必要としない。使い捨てではあるが、強力な武器となる。

　事実、追っ手の放った次の魔術——血液が生み出した巨大な槍は、煙に触れた途端に崩れ、ほとんど霧散してしまっている。細い棒切れが一本、キードの足元に転がっただけだ。

「うおっ！　おい、見えねえぞ！」

「魔術が通らねえっ」

「誰か！　角を貸せ、同調しろ。煙を吹っ飛ばす」

「ああ？　命令すんな、てめえが合わせろ！」

　同調、とは、複数の魔族が一つの魔術を演算することを意味する。複数の角が集まれば演算能力が上がり、魔力も増幅することができる——妨害用の呪詛も突破することは容易だろう。ただし、いま揉め始めたように、魔族の間ではあまり頻繁に行われることではない。誰が魔術を使うにしても、協力する者はそれに従属するような立場になってしまうからだ。

　だから、いまのうちだ。キードはすでに走り出し、精霊兵装を投擲《とうてき》している。フロナッジ。銀色に輝く円盤状の使い魔。

「いちばん……手薄な、侵入経路。頼むよ」

かすかな放電と、破裂音が響いた。浮き上がって飛翔する。アルサリサが足音も荒く追ってくる気配がする。

「待て、キード。話は終わっていない！」

「待てる状況じゃなさそうですよ。俺は先に行きますけど……」

キードは頼りなく笑った。我ながら、間違いなくそう見える笑顔だったと思う。

「アルサリサどの、どうします？」

アルサリサはひどく不愉快そうな顔で、何か罵倒のような言葉をまくしたてる——が、足を止めることはなかった。

◆

「逃がした？」

メイド服の女は、その報告を受けた時は眉一つ動かさなかった。

ただ、部下にその続きを促しただけだ。

「では、彼女たちは？」

周囲は騒然としている。路地裏から火の手が上がり、止まっていない。

「アルサリサ・タイディウスと、派出騎士は、どこへ？」

「わかりません！　煙幕を張られてしまい、魔術が届かなくなりました。いま、他の連中に追わせています」

部下の浄血属《ヴァンパイア》は汗にまみれていた。呼吸が速い。魔術を行使したことで血液が失われ、ふらついている。浄血属《ヴァンパイア》の弱みはこれだ。強力な魔術を行使できるが、消耗が大きい。

「精霊兵装《せいれいへいそう》。呪詛ジャマーです、あれは人間どもの道具で――う、あつっ？」

部下の言葉は途中で止まった。慌てて一歩後退する。

「……これはたぶん陽動。目的は姫様以外にあり得ない。だとすると……角なし猿どもに、侵入を許したのか……？」

引きつったような呟《つぶや》き。メイド服の女は祈りを捧げるように両手を組み合わせた。その結んだ手が震えると、じゅう、と異様な音がした。

手のひらが焦げている。異様な熱が発生しているのがわかる。

「ラ、ラズィカ姐さん！　落ち着いて！　魔術、魔術が勝手に」

部下の訴えも、いまの彼女には届かない。周囲に陽炎《かげろう》が揺らめいている。

「いいえ、私の責任。姫様に、ここの警備を任されたというのに」

イオフィッテこそは、彼女のすべてだ。この混沌とした世界を統べるにふさわしい主。イオフィッテに出会うまで、彼女はさんざんな人生だった。

ただ、誠実であろうと努めてきただけだったのに、過剰な暴力でしばしば排斥された。子供のころから弱い者を虐める相手が許せず、口から血を侵入させて、同級生の内臓を焼いて殺した。それを咎めた教師も消し炭にした。それだけで退学処分になった。

繁華街にある娼館の用心棒として就職したときも、無礼な客や醜い客を焼き殺しただけで解雇されそうになった。店の娘たちを守るためだった。そのために全力を尽くして職務にあたっただけで、あまりにも理不尽な仕打ちだと感じた。

イオフィッテが現れたのはそんなときだ。彼女は娼館それ自体を『商売のルールに違反している』と笑って、建物ごと粉々に吹き飛ばした。

そして彼女は部下として、誠実なメイドを求めていると言ってくれた。優秀さよりも、忠誠心と誠実さこそが重要なのだと。それこそ自分のことだ、とラズィカは確信した。

「これでは、メイド失格──姫様の御傍に侍《はべ》る資格もない……！」

メイド服の女の、食いしばった歯の隙間から吐息が漏れる。熱い蒸気のような呼吸。口内を強く食い破ってしまったのか、唇の端から血が滴《したた》る。

「私が追います」

「待ってくださいよ、俺らも」

「必要ありません、邪魔になります。ここから先はもう誰も近づけないように」

「ですけど……うぇっ！　ヤバい、姐さんの制御が外れてる！」

部下が追おうとしても、立ち込める陽炎《かげろう》がそれを阻んだ。熱すぎる。彼女の周囲の空間が加熱されている。彼女の部下は、この状態をよく知っていた。いまの彼女を止めることができるのは、主である《夜の君》イオフィッテ以外にはいないだろう。

血華楼《けつかろう》へと歩き出しながら、メイド服の女は結んでいた両手を解いた。

「邪魔をしたら焼き殺すので、死にたい方は遠慮なく」

一度だけ、両手を握ってまた開く。手のひらから血が滴っていた。浄血属《ヴァンパイア》としての基本的な心得の一つだ。魔術をいつでも使えるように常に傷をつけている。

そこから滴る血は、ごぼごぼと音を立てて沸騰していた。

「《月紅會《スカーレット》》に喧嘩《けんか》を売ったこと。後悔してもらわなくては、示しがつきませんよね？」

その問いかけに対し、首を横に振れる者は、この場には誰もいない。

◆

血華楼に侵入するのは、こうなってしまえばそう難しいことではなかった。

ただでさえ巨大な建物で、出入り口はいくつもある。魔王ニルガラの居城の一部を地中から引きずり出して使用している、という売り文句は伊達《だて》ではない。それはすなわちニルガ・タイドの地下に広がる迷宮の一部ということだ。隠し通路や隠し扉は至る所にある。

キードの人工精霊――フロナッジは、その出入口を速やかに突き止めることができた。それも、もっとも警戒の手薄な箇所を。

もっともアルサリサは、その手段にいまだに不満があるようだったが。

「何を考えている！」

広い廊下を駆けながら、アルサリサはキードの背中に文句を投げつけてくる。

「これは不法侵入だぞ。しかも、建造物の放火は重罪だ！　刑罰は厳しいものになる。いいか、放火は周囲に被害を拡大させる恐れがある、極めて深刻な――」

「大丈夫ですよ、どうせ。そんなに燃え広がることありませんから」

「なぜそんなことが言い切れる」

「ここは僭主七王《せんじゆしちおう》、《夜の君》イオフィッテの居城ですよ。あの女がどんな魔術を使うか知ってますよね？」

「当然、把握している」

アルサリサはそれを挑発と受け取ったらしく、不機嫌そうに唇を曲げた。

「血液を介した魔術により、あらゆるものを支配する。その対象は通常の浄血属《ヴァンパイア》と違って生物だけにとどまらない。無機物でさえ支配し、己のしもべとするらしいな」

「この建物自体がそうですよ」

「なに？」

「っていうか、この地区、縄張り一帯に、イオフィッテは血液を浸透させてます」

これは秘密でもなんでもない。イオフィッテ自身が明かしている、有名な話だ。この街で仕事をする魔族や騎士ならば誰でも知っている。

「どこで何が起きているのか、知ろうと思えば、自分の体の一部みたいに知ることができる。燃える建物だって、消火するのもたいした手間じゃないってわけです」

「だとしたら、我々は」

アルサリサの目つきが鋭くなった。

「いわば、イオフィッテの体内に入り込んでいるも同然なのではないか」

その言葉を証明するように、足音が響いてきた。正面からだ。浄血属《ヴァンパイア》たちが駆けてくる。口々に何かを叫び、こちらを指差す。その手首、あるいは手のひらから、血液が滴《したた》るのも見えた。

アルサリサの顔が引きつった。

「ほら！　我々の行動は予想されているどころじゃない、完全に把握されている！」

「ええ。まあ……ちょうどいいじゃないですか」

キードは手のひらで銀の円盤を――彼の精霊兵装《せいれいへいそう》フロナッジを弄《もてあそ》ぶように撫でた。円盤は回転しながら、一定の方向を指し示している。

フロナッジの有効射程は、キードの体調によって多少の上下はある。だが、この建物の中ぐらいであれば、いくつかの条件が重なって十分に全体を射程内に収めることができる。指示したものを探り当てるフロナッジが性能を発揮してくれる。

これだけの探知が可能になる条件は三つ——対象の指定が正確であること。キードがその対象をイメージできること。密閉された建造物の内部であり、魔力が反射増幅されること。

「イオフィッテの居場所はわかります。階段もすぐそこなんで、吹っ飛ばして駆け上がりましょう。そう遠くないですよ……たぶん……おそらく」

「お前」

アルサリサは腰の剣を抜く。

「その態度！　さては、いつもこういう捜査をしているな?」

「いつもというわけでは……たまにです。たまに」

キードが言い終える前に、浄血属《ヴァンパイア》たちの魔術が行使される。あるいは血液が自ら跳ね回る蛇のようになって迫り、またあるいは無数の弓矢と化す。

それを、アルサリサが迎え撃った。刃で壁を擦《こす》る。破裂音と放電が連続して響く。

「クエンジン。打ち据えろ！」

輝く鎖が、幾条も壁から放たれた。それは跳ねまわる蛇を粉砕し、弓矢を弾《はじ》いて、最終的に浄血属《ヴァンパイア》たちの体を拘束する。それだけでなく、床に叩き伏せている。

「行きましょう、そっちです」

キードは足を速め、フロナッジに先導させる。アルサリサを連れてきて正解だった。これはずいぶんと楽ができる。

「てめぇらっ、こんなことしてタダで済むと――」

うめき声をあげ、倒れた浄血属《ヴァンパイア》の一人がキードの足を摑もうとする――それを踏みつけて、軽快に階段を上る。めき、と、指を砕いた感触が残った。

「キード。何度も……何度でも言うが、これは違法行為だ」

わずかに息を切らせているが、アルサリサが追随してくる。

「法的根拠のない暴力だ。断じて許されない」

「アルサリサどのだって、やってたじゃないですか。ほら、駅でコソ泥相手に……」

「あれはあくまでも自衛行為だ！　我々の精霊兵装《せいれいへいそう》は――相手の魔術演算を確認した場合に、防衛目的のために使うことが許されている」

「似たようなものでしょうよ」

「まったく違う！　お前は積極的に放火して爆破し、強引に不法侵入を果たした！」

「手っ取り早かったので……よし。フロナッジ。危険なやつはいるか？」

階段を上りきった。キードは銀色に輝くフロナッジを緩やかに投擲《とうてき》して、通路の状況を確認する。反応なし。行けそうだ。

ただ、アルサリサはまだ違法行為に関する話題にこだわるつもりのようだった。

「話を聞け！」

「……アルサリサどの、さすが正義感が強いですね。それはあれですか。父上から受け継いだ勇者の血ってやつですか」

「ふざけるな」

軽口のつもりだったが、これはまずかったかもしれない。

思ったより圧力の強い言葉が返ってきた次の瞬間、キードの首筋にはクェンジンの白い刃が突きつけられている。彼女の精霊兵装《せいれいへいそう》は、どうやら本物の剣に人工精霊を封入しているようだった。そのまま普通に両刃の剣として使えるということだ。

こうなっては、キードも足を止めざるを得ない。

「私の前で父の話をするな。あの男から継いだものは何もない」

「そりゃずいぶん過激ですね……」

今度は慎重に言葉を選んだ。この《不滅工房《ふめつこうぼう》》が派遣した騎士には、まだよくわからない部分が多い。

彼女が妙に捜査を焦っている理由はなにか。なぜ勇者の娘という、その存在だけで魔族の神経を逆撫でするような少女が送り込まれたのか。それもたった一人で。こんな状況で派遣するべき人材とは思えない。

「父上のこと、そんなに嫌いなんですか？　立派な人だって聞いてますけどね」

嘘ではない。十年以上前の逸話は、まだ子供だったキードもよく知っている。もうすでに伝説と化した話だった。

「少なくとも俺はそう聞いてますよ。単身、魔王城に乗り込んで――魔王と和解して、平和条約を結んだ偉人でしょ」

「……和解など、妥協にすぎなかった」

アルサリサは喉の奥から絞り出すように答えた。

「いまの状況を見ろ。魔族は勢力争いを繰り返し、軍備増強は進むばかりだ。やつらは人間に対して暴力を振るうこと、犯罪の餌食《えじき》にすることをなんとも思っていない」

それはまあ――事実ではある。キードもそれは認めるしかない。

魔王都市ニルガ・タイドは人間と魔族の共存特区であり、互いに争いを禁止する法もある。人類と魔族の共同議会である《万魔會《パンデモニウム》》はその象徴だ。だが、魔王ニルガラが失踪してからというもの、魔族はその法を順守しなくなってきている。もともと魔族は圧倒的に人間より個体としての力が強いからだ。

これには、人間の間でも不満が募っている。共存特区に住む人間は、魔族との交流による技術発展の利益が大きいから耐えてきた。それと、ニルガ・タイドの地下に広がる迷宮の共同採掘権。かろうじてその二つが、魔族の脅威と天秤のバランスをとってきた。

だが、それも限界に近づきつつある。

「中途半端な和解などするべきではなかった。あともう少し父が《聖剣》を振るって戦っていれば、人類の戦力を示していれば——より対等な形で、人類と魔族の和平条約を締結できた」

そうかもしれない。人類は勇者という、極めて特別な個人の活躍で劣勢を覆した。魔王の命にまで迫ったのだから。——しかし。

「……《聖剣》を使う人間には、相当な負荷があるって聞いてます」

有名な話だ。《聖剣》の圧倒的な力を扱うことは、たとえ勇者でも無理があった。肉体と命を蝕む精霊兵装《せいれいへいそう》であったという。結局、勇者ヴィンクリフは魔王との戦いと会談から戻って、二年ほどで死去している。

「死ぬか生きるかって限界のところで、生きる方を取った。そいつは責められませんよ」

「保身のために父は戦うことをやめたということだ。己一人。その命を賭した行為で、魔族と人類の関係は変化する可能性があった。私はそれが許せない」

「それって、本当に自分一人の命の問題ですかね。なんで戦いをやめることにしたかっていうと、たぶん、それはきっと——」

忌々《いまいま》しげなアルサリサの言葉に、キードは何を言うべきかわからなくなった。結局、凡庸なことしか口に出せない。

「アルサリサどのとか、家族の下に帰るため、じゃないですかね」

「……それが、もっとも許せない」

一瞬、アルサリサは唇を噛んだ。

「だから私は、父のできなかったことをする。その不始末の責任を取る」

キードは何か言うべき言葉を探した。何か言うべきだった。だが、何を？

他人の心を詮索するようなことは、キードがもっとも嫌いなことの一つだった。自分は他人の心をどうにかできるような、そんなまっとうな人間ではない。それに――。

「あ」

キードはそこで思考を停止するしかなかった。手のひらの中で、フロナッジが強く回転するのがわかった。キードの手を引っ張るように、一方向を指し示そうとしている。

「やば。お喋《しゃべ》りしすぎたかも……」

「なんだと？」

「危険なやつが来たぞって、俺のフロナッジが言ってます」

「む」

アルサリサは唸り、さすがに剣を引いた。彼女もまた、クェンジンの震えでそれを察知したのだろう。通路の奥から、足音を隠すこともなく、誰かが近づいてくる。

それはどこからどう見ても、メイド服の女だった。

「……先ほどは面会を丁重にお断りしましたが」

メイド服の女はやはり優雅に微笑んだが、開いた瞳孔は隠し切れない。

「どうやらご理解いただけなかったようで。虫けら同然の角なし猿には、少々難しかったでしようか？　つまりは——」

彼女は大きく右手を振った。血が迸《ほとばし》り、それは瞬時に青白い炎と化した。

「土足で踏み込んだ罪は、消し炭になって償え」

炎が通路を満たし、暴風のように吹き荒れる。

二　血華楼炎焼事件　3

迸《ほとばし》った血は炎と化した。

キードもよく知っている。攻性呪詛《こうせいじゅそ》ボットの一種。焼却型ワーム。魔力を炎に転換する。それも、超高温の炎だ。青白い火炎は解き放たれた無数の蛇のように跳ねまわり、キードとアルサリサを襲っている。攻撃力はたしかに高く、防御も難しい魔術ではある。しかし、こんな建物の中で使うものではない。

「申し遅れました。私は《月紅會《スカーレット》》序列第四位」

どこまでも丁寧に——しかしどこか陶然とした笑顔で、メイド服の女は名乗った。

「偉大なるイオフィッテ様のしもべ、ラズィカ・クルディエラと申します。以後、灰になるまで宜しくお願い致します」

ひどい台詞《せりふ》だ。ラズィカ・クルディエラ。

この女は間違いなく自分に酔っている、とキードは判断した。だが強い。押し寄せる熱気の量がその本気の度合いを告げている。彼女が腕を打ち振るうと、その手のひらから血が溢《あふ》れ出し、さらなる炎の蛇となって跳ねる。

（こいつも相当、正気じゃねえな……！）

キードは咄嗟《とっさ》にその場に伏せた。かなり無様な動きだったが、とりあえず頭上をかすめる炎の蛇をやり過ごすことはできる。

だが、その次が問題だ。いまや炎の蛇は無数にいる。

「クェンジン！」

アルサリサが叫び、精霊兵装《せいれいへいそう》を振るった。渦を描くように刃を動かすと、破裂音が連鎖して、魔術が演算される。生じる鎖も渦を作り出す。風が生まれる。密度の高い鎖の奔流《ほんりゅう》が炎を防ぐ。それはいくつもの炎の蛇を吹き散らした。しかし、かろうじて、といったところだ。

「よくないな」

アルサリサは顔をしかめた。

「物理実体のないボットを相手にするのは、クェンジンの苦手とするところだ……！」

炎や光、振動やエネルギーの投射を相手にするのは、たしかに難しい。本来なら対非実体向けのプロトコルを持つ、専用の結界フィルタが必要だ。鎖で対抗してみせたアルサリサの魔術が異常なのかもしれない。

アルサリサは極端に姿勢を低くした。床にクェンジンの切っ先を触れさせる。

「キード！　もっと頭を下げて這いつくばれ。業務規則でお前を罰するまで死んでは困る」

「あ、処罰されるのは確実なんですね……」

キードは改めて感心した。この期に及んで業務規則などというものを持ち出す。信じられない少女だった。

「行け。止めろ」

アルサリサが剣を払うように動かす。鎖が蠢《うごめ》き、今度はラズィカの足元に殺到した。まずは動きを拘束するつもりらしい。

「まったく。アルサリサ・タイディウス……勇者の娘、と仰《おっしゃ》っていましたね」

彼女はスカートの裾を摘《つま》んで、一礼する余裕さえ発揮していた。

「この程度では、どうも……」

すでに彼女は、指先から流れる血を滴《したた》らせていた。ほんの数滴。それだけで十分だった。

「我らが姫君、偉大なるイオフィッテ様に拝謁《はいえつ》できると考えておられるのでしたら。それは侮辱が過ぎるというものです」

血液が炎となって、破裂した。

爆発。それはアルサリサの放つ鎖を吹き飛ばし、まるで寄せつけていなかった。キードは鼓《こ》膜《まく》が痺れるほどの衝撃と轟音《ごうおん》を聞いている。

（こいつはヤバいな。たった数滴の血で、この威力か）

普通の浄血属《ヴァンパイア》なら、もっと血を流す必要があっただろう。このラズィカという女は徹底的に武闘派だ。序列四位ということは、《月紅會《スカーレット》》の中でもトップクラスに暴力行為を得意とするタイプに違いない。思考も好戦的すぎる。

そして、それはアルサリサもよく似ていた。大きな深呼吸。柄を握り直す。

「受けて立つ。僭主七王《せんじゆしちおう》のしもべごときに後れを取るようでは――」

彼女は床を、壁を、クェンジンで擦《こす》った。ぎぃっ、と耳障りな音に続き、雷の破裂音。

「私は正義を証明できない。どいてもらう」

こちらもこちらで規格外だ。太く強靭《きょうじん》な鎖が輝き、炎の爆発をものともせず走る。壁を砕いて、床に亀裂《きれつ》を走らせれば、ラズィカも跳躍《ちょうやく》して後退せざるを得ない。単純な魔術の力比べで負けたということだ。

ラズィカの顔色もわずかに変わった。口元の笑みが消える。

「なるほど。人間の割には……お見事ですね。どうやって、こんな魔術を？」

キードも同じ思いだった。

どんな仕掛けがあるのだろう。人間の使う精霊兵装《せいれいへいそう》に、これだけの魔術を演算させることができるとは。内包する魔力濃度が、人間の基準をはるかに超えているのではないか。もしかしたら、このまま正面からの戦いではラズィカを凌《しの》ぐかもしれない。

ただ、それでも劣勢は否めない。というより、もともと状況はこちらに大きな不利がある。正面から戦ってラズィカに勝てたとしても、その後は？　いまもこの場に駆けつけてこようとしている、ほかの魔族たちもいる。時間をかけるほど不利だ。

それはラズィカもよくわかっていた。

「ますます、姫様に謁見《えっけん》させるわけにはいきませんね。特にいまは、なんとしても――」

ラズィカはさらに手のひらから血を溢《あふ》れさせた。今度は先ほどよりも本気だ。魔力が凝集されているのが、キードにもわかった。

強力な攻性呪詛《こうせいじゅそ》。ボットではなく、手動操作のクラッキング・ツール。

「お守りしなければ」

青白い炎が一閃《いっせん》、矢のように迸《ほとばし》り、アルサリサの鎖を断ち切って飛んだ。

アルサリサの展開する、鎖による装甲結界《そうこうけっかい》。それ自体に焦点を合わせた、破壊の魔術だった。

「ち」

舌打ち。これはアルサリサも避けるしかない。大きな隙《すき》。鎖は破壊されて防御できない――

その間隙を縫うように、ラズィカはさらに重ねて魔術を演算する。再び青白い炎が輝く。今度は明白に、アルサリサを狙った殺傷目的の炎だった。

アルサリサは顔をしかめてクェンジンを握り直した。もしかしたら、なんらかの対抗手段があったかもしれない。

だが、キードの打った手が効果を発揮する方が早かった。

「お。見つけたな」

すでに手元から、彼は彼の人工精霊を投擲《とうてき》していた。フロナッジ。それは廊下の壁面を砕き、内部にあるものを破壊している。

「――これでよし」

直後、水が奔流《ほんりゅう》となって噴き出した。ビルの内部を走る水道管。キードのフロナッジなら、それを探し当てることができた。破壊し、噴出させることも。

「あ」

と、ラズィカも中途半端な声をあげた。

炎が溢《あふ》れる水に遮られ、濛々《もうもう》たる水蒸気に変わる。ラズィカの魔術がいかに高温の炎でも、こうなるだろうと思っていた。ラズィカのような魔族が警備担当の序列四位として君臨しているとしたら、血華楼《けつかろう》からしてみれば当然の備えだった。魔術的な消火システム。少しでも防災という概念を理解できる者なら、備えていないはずがない。

要するに、ラズィカの攻性呪詛《こうせいじゅそ》の消火に特化した、解呪浄化プロトコルだ。

(間に合ったな)

これでラズィカはほぼ無力化できた。忌々《いまいま》しげに顔を歪め、両手を握りしめて大きく後退している。問題は、もう一人の方だ。後ろ姿だけで怒っているのがわかる。

「キード……何をしている……!」

噴出する水のせいで、アルサリサはすでに全身がずぶ濡れになってしまっていた。クェンジンの先端から水が滴《したた》る。

「援護《えんご》された、ということは理解しているが」

彼女は水を吸った銀色の髪をかきあげて、キードを睨《にら》んだ。

「こういうことをするなら、一言くらい声をかけろ……！　なんで勝手に次から次へと乱暴な手を打つのだ」

「それはアルサリサどのには言われたくないですけどね……」

キードは戻ってきたフロナッジを手に取り、指先で回転させた。ラズィカに向かって笑う。頼りない笑いに見えてくれればいいと思った。

「このくらいにしておこうぜ、ラズィカ」

できるだけ友好的に発言したはずだ。

「俺たちは、あんたらの姫君に危害を加えるつもりはないんだよ。信じてくれないか？」

「信じられる理由を一つでも挙げられますか？」

ラズィカの視線は冷たい。それどころか、戦意はまるで衰えていないようだ。流れる水に、彼女の血液が混じっている。立ち上る水蒸気が強い熱を持ち始めていた。

「少なくとも、姫君の居城に火をつけるような輩《やから》を、御前にお通しするわけにはいきません」

「あっ、そういうこと？　あれが良くなかったかあ」

「当然だろう！　なぜ交渉がうまくいくと思ったのだ、お前は」

アルサリサはひどく呆れていた。彼女も彼女で、クェンジンを構え直している。好戦的な二人だ、とキードは思った。もしかすると気が合うのかもしれない。

「交渉がうまくいくとは思ってませんでしたよ、俺は。ただ、その」

キードは大きく息を吐いた。これで一安心だ。

「時間稼ぎは成功しましたね。マジでよかった。このままじゃあ《月紅會《スカーレット》》の凶暴なやつらに囲まれて、ひどい目に遭《あ》わされるところだった……」

「何を言っている。援軍が来たとでもいうのか？」

「いえ。俺らが探してた標的の方です。つまり、やつらのボスが」

キードは通路の奥を指差した。ラズィカはもっと早く気づいていただろう。弾《はじ》かれたように振り返り、その場で跪《ひざまず》いた。ほとんど平伏に近い。

「姫君！」

と、ラズィカが喉から絞り出した声は、悲痛な響きさえあった。

「申し訳……ありません……！　ここまで侵入者に狼藉《ろうぜき》を許した挙句、姫君がお越しになるまでにやつらを焼却できないという不始末。この首、この血、すべて姫君にお捧げします！」

「あは」

と、どこか気の抜けたような笑い声が、ラズィカの言葉に答えた。

「いいよ、別に。気にしなくて」

そこにいたのは、小柄な女だった。下手をするとアルサリサと同年代にさえ見えるかもしれない。金色の髪に真紅の瞳――額に小さな角。中性的で少年のような容貌。黒いジャケットを羽織っているところは、一見したところ家出した不良少女のようだ。

だが、キードは彼女の正体を知っていた。

「イオフィッテ。あれが《夜の君》ですよ、アルサリサどの」

「彼女が？」

アルサリサは眉をひそめた。気持ちはわかる。意表をつくような見た目だろう。

「そちらからご足労いただけるとは、光栄だね。アルサリサ・タイディウス」

イオフィッテは笑った。屈託のない笑顔だった。

だが、たったそれだけで立ち込めていた水蒸気が消え失せた。彼女にとっては簡単なことだ。この建物の内部を流れる水も、すでに彼女の支配下にある。

「勇者の娘が自らお出ましとあっては、このぼくも、礼節を尽くして迎えるしかないだろう。聖櫃条約《せいひつじょうやく》に従ってね」

アルサリサは不愉快そうな顔をしたが、イオフィッテは気にした様子もなく、ただ指を鳴らした。今度は水の流出そのものが止まり、炎も掻き消える。

「ようこそ、人間の騎士たち。ぼくの城へ！」

両手を広げたイオフィッテとは対照的に、ラズィカは最後まで憎悪——というより殺意に満ちた眼光を、キードとアルサリサに向けていた。

◆

案内されたのは、見るからに豪華な一室だった。

調度や装飾も一流のものばかりなのだろう。落ち着いた赤色の絨毯はやたらと分厚く、キードは足が埋まってしまいそうに感じた。年季を感じさせる柱時計も、椅子もテーブルも、何もかもが完璧に整えられている。

（……ちょっと神経質なくらいに。本来の性格は、そっちなんじゃないか？）

キードはそんな印象を受けた。

多少、古めかしい趣《おもむき》があるのは、たぶんイオフィッテの趣味だろう。かつて魔王ニルガラが君臨するよりも以前に、浄血属《ヴァンパイア》が独自の王国と領土を持っていた時代の様式か。いずれも、壊したら洒落《しゃれ》にならないほど高価なものであることは確実だ。

だが、もっとも目立つ存在は、そんな家具の類ではない。部屋に入った時点から、アルサリサはそこに注目していた。

「あれは」

彼女が見上げていたのは、天井近くに浮かぶ、巨大な熊のような魔族だった。獣牙属《ワーウルフ》。キードにも見覚えがある。

「ベルゴ」

と、アルサリサは呟《つぶや》いた。そうだ。あの栄光橋で文句をつけてきた、熊の獣牙属《ワーウルフ》。いまや彼は全身にびっしりと真紅の槍を突き刺されている。それでも、かろうじて生きていることはわかった。かすかに呼吸をしている——胸と喉、口元が動いている。

「ああ。知り合いだったかな？」

「……知り合い、というほどのことではない。だが、この男は」

「気になる？　別に、たいしたことないよ」

イオフィッテは本当につまらなさそうに言った。

「彼にはちょっとした不手際があったから、罰を受けてもらっているんだ。一晩以上苦しめる気はない、大丈夫」

もはや明白に、朝までに『殺す』と言っている。そういう相手だ。アルサリサは見るからに顔をこわばらせた。魔族同士の抗争には不介入。その規則が、かろうじて彼女を留めている。

「……この魔族が、お前に何をしたと？」

「何も。それが良くなかったね」

イオフィッテはため息をつく。何かと、芝居がかった仕草をする女だ。

「《常盤會《ヴエール》》のソロモンが殺された件。私は彼に——序列九位の彼に、人数と資金を与えて、犯人の手がかりを摑むよう頼んだんだ。ところが！　これだけ日数が経っても、成果はゼロだ。とても悲しかったよ」

アルサリサは黙り込んだが、イオフィッテは気にした様子もなく、快活に両手を広げた。

「さあ、二人とも！　そんなところで遠慮していなくてもいい。入ってきてよ」

「ご参考までに申し上げておきますが、この部屋にあるものは、第一期モーリッツ王朝の高価な家具ばかりです」

　背後から追随してきたラズィカは、ひどく冷たい声音で告げた。警告に近い。

「くれぐれも慎重に。カップの一つでさえ、小さな城の一つと交換できるほどです」

「そんなこと、あんまり気にしなくていいよ。ラズィカは心配性でさ」

「姫」

　イオフィッテは冗談めかして言ったが、ラズィカは泣きそうな顔をした。

「姫のためにご用意させていただいた品々です。お気に召さないようでしたら、すぐにでも交換させます」

「いいや。気に入ってるよ。だけど、うっかり壊す心配なんていうのは必要ない」

　イオフィッテは笑った。圧倒的な自信、の類を感じさせる笑顔で。

「すぐに直せる。完全にね。この城のものは、すべてぼくのもの。ぼくの眷属《けんぞく》だから。大事に使ってるんだ。とはいっても」

　イオフィッテは頭上に浮かぶベルゴを指差した。すると、その体が捻れるように蠢《うごめ》き、めきめきと音をたてた。かすれた悲鳴が響く。

「彼は除くけど——おっと、失礼」

ベルゴの顔から、何かがアルサリサの足元に落ちてきた。

眼球だった。いまの拷問《ごうもん》めいた処置で抉《えぐ》り取られたのか。しかし、イオフィッテが指を鳴らした瞬間、眼球は足元の絨毯に飲み込まれて消えた。

「やりすぎちゃったね。あ、もう落ちてこないから大丈夫、いまので最後だ」

「……なるほど」

アルサリサは低く呟《つぶや》いた。嫌悪が声に滲《にじ》んでいる。

「噂通りだな。己の領域を意のままに操る、《夜の君》イオフィッテ」

「ありがとう。勇者の娘に知られているとは光栄だね」

イオフィッテは微笑みながら、ひときわ豪華な椅子に座る。魔王の玉座《ぎょくざ》のような椅子。

「どうぞ、座って。くつろいでいいよ」

彼女が手のひらを差し伸べると、椅子が二つ、『座れ』とばかりに自ら動いた。この部屋にある品物のすべて、あるいは漂う空気でさえも、彼女の支配下にあるということだ。

「実は、お茶の用意もできているんだ」

イオフィッテが指を鳴らすと、今度はテーブルの上の茶器が動く。いっそ優雅ですらある挙動で、三人分のカップに茶を注いでいく。真紅の液体。紅茶、のように見えるが、少し色合いが鮮やかすぎる。

（趣味が悪すぎるな、こいつ）

キードは苦笑した。あえて血液を連想させる色合いを選んでいるに違いない。だが、アルサリサの見解は異なるようだった。

「これはまさか、コイェル・ランザルチア……なのか？」

と、彼女は呪文のような言葉を発した。キードにはほとんどその意味がわからない。

「え、なんです？　コエル……なに？」

「コイェル。コイェル・ランザルチアだ。なんで知らない？　東西王朝時代から続く鋼核属《ゴーレム》の名工が手掛ける、完全受注生産の陶器セットだ」

「はあ。高いんですか？」

「馬鹿め。そういう問題じゃない。『霞《かすみ》の水晶』と称される、この独特の色合いと質感を見ればわかるだろう！　まるで天上界の聖なる霞を結晶化させたような……！」

キードの目からは、それは濁った白色にしか見えなかったが、どうやらそういうものであるようだ。アルサリサは食い入るようにカップを見つめていた。

「それに、茶葉も……。この華やかな香りは、紛れもなく瀉血樹《しゃけつじゅ》の『ディンゼルト』だ！」

「わかってくれて嬉《うれ》しいな。人間の舌にも合うと思うよ。どうぞ、遠慮なく飲んでほしい」

どこまでも朗らかに笑いかけてくる。その言葉で、アルサリサが見るからに警戒するのがわかった。当然だ。僭主七王《せんじゅしちおう》から飲食を薦められて、言葉通りに受け取る者はいない。

「勇者、ヴィンクリフ・タイディウスの娘。きみの器量を見せてほしい」

イオフィッテは真紅の瞳を、まっすぐアルサリサに据えていた。何かを窺《うかが》い探るように——あるいは品物の価値を値踏みするように。

「私の父——魔王ニルガラは言っていた。人の上に立つ者は、物事の真実を正確に見極めることができねばならない。定かではない選択肢を前に、己の覚悟、確信に身を委ねられるかどうかが重要なのだと。……どうかな、アルサリサ」

イオフィッテは重ねて問いかける。

「きみは、ぼくの差し出す紅茶を飲めるかな？　友好の証《あかし》として」

イオフィッテとアルサリサの視線が交わるのが、キードには見えた。

「きみの父、勇者ヴィンクリフは、和平交渉の席において魔王ニルガラの差し出す酒を一息で飲み干したという。その娘同士、逸話に倣《なら》って友好を結ぶのは面白いだろう？」

父、という単語が出たとき、アルサリサの目つきが変わった。覚悟が決まった、とでもいうべき表情。キードは顔をしかめた。

「やめといた方がいいですって。アルサリサどの、どう考えてもこんなもん——」

「黙っていろ、キード。この女が、私の器量を見たいというのなら見せてやる」

アルサリサは明らかに緊張しながらうなずいた。椅子に腰かける。

「いただこう」

そして、カップに手を伸ばす——それと同時に、キードは自らの精霊兵装《せいれいへいそう》を、ポケットの内から解き放った。フロナッジが回転して、銀色の軌跡を描く。

「毒入りの紅茶。それと……」

キードの呟《つぶや》きに、フロナッジは適切に答えた。びぃっ、という小さな振動。それはアルサリサが手を伸ばした先にあるカップと、キードの方のそれを同時に破壊している。鮮やかな茶が流れ出て、テーブルを濡らす。

「キード、お前」

アルサリサが目を丸くしたが、キードは動きを止めていない。まだ終わっていない。速やかに手元へと戻ってきたフロナッジを、その勢いのまま投擲《とうてき》する。呟く。

「……俺の敵」

「貴様！」

ラズィカは憎悪に満ちた声をあげていた。彼女が拳を握ると、血液が滴《したた》る――だが、それが魔術を演算する前に、ラズィカの首が唐突に裂けた。よろめく。血が噴き出て、絨毯に溢《あふ》れる。

フロナッジがラズィカの喉元に食い込み、抉《えぐ》っていた。

キードの命じた『敵』という単語を、その人工精霊は正確に探知したということだ。

「はは！　自分で高級な家具だって言ってたのに。メイド失格だな？」

ラズィカは喉の肉を押さえ、忌まわしげにキードを睨《にら》みつけた。仮にも序列四位の大物は、この程度で死ぬ相手ではない。流れる血が煙を上げて、傷口を焼きながら塞いでいる。

反撃が来る——それを封じたのは、再び飛来したフロナッジだった。ラズィカが掲げた左の手首を、銀の円盤が砕いて止めている。血飛沫《ちしぶき》は魔術を演算できずに絨毯を汚す。

「きさ、まっ」

四つん這いになって、跳びかかろうとした足の腱。それもフロナッジは引き裂いた。ラズィカが歯を食いしばってうずくまる。戻ってきた円盤を、キードは指先にひっかけて回転させる。

「遅ぇよ。俺に先手を取らせたらそうなる。雑魚《ざこ》はしばらく黙ってろ——ってことで」

キードは己に可能な限り、最大限に軽薄な笑みを浮かべた。

「毒入りの紅茶とはな。客人に対してそういう仕打ちは、仁義ってやつが通らねえだろうよ。これがあんたの歓迎か？　どうなんだ、イオフィッテ？」

「ふうん。なるほど？」

イオフィッテは目を細め、感心したように唸った。

「珍しい言葉を使うね。仁義か。……それに、その精霊兵装《せいれいへいそう》。面白いね。きみが指示した通りに動くのか……それも、自動的な真偽判定を成立させている……どうやって？」

今度は、彼女はキードの方に興味を移したようだった。一瞬、真紅の瞳が輝いて見えた。

（見せなきゃよかった）

と、キードは思った。面倒なやつに見られた気がする。これこそが、彼の切り札の一つに外《ほか》ならないからだ。

「……キード。済まない」

ひどく真剣な表情で、アルサリサが小声で囁《ささや》いた。

「お前に助けられるとは思っていなかった。一応、感謝する。私は冷静さを欠いていた」

「あ、そりゃよかった。冷静になるつもりはあったんですね」

「……感謝を撤回したくなってきた」

キードとアルサリサが交わす囁きをよそに、イオフィッテの視線は、ただひたすらキードの手中にあるフロナッジに注がれていた。滑らかな銀の円盤。

「勇者の娘の、単なる付き人か案内人だと思ったけど。なかなか興味深いじゃないか。それ、自立型のトラッカー？　いったいどういう――」

「待て。我々はそんな話をしに来たわけではないし、いまのはどういうことだ」

アルサリサは、すでにクェンジンを抜いていた。刃が輝いている。

「貴様、いまの紅茶に毒を入れていたのか」

「毒とはひどいな。ぼくの血だよ」

「同じことだろう……！」

浄血属《ヴァンパイア》の魔術の媒介である血を体内に入れることは、すでに魔術にかけられたも同然だ。

ほとんどの防御結界も体内には作用させられない。イオフィッテがその気になれば、いま、頭上で浮いている熊男のようにできるだろう。

「大変失礼したね……なんていう風に、ぼくは一切謝罪する気はないよ」

イオフィッテは平然と言い切って、自分の紅茶を口に含んだ。

「偉そうな割に、臆病なんだな」

キードは喉の奥で笑った。あえてそうした。ラズィカが睨《にら》んでいるが、構わない。

「大物ぶって、対等の付き合いを主張しておきながら、毒を飲ませようとするとかさ。あんた、この街で一番の臆病者なんじゃないか？」

「見解の相違だね。ぼくは『誠実さ』というものを非常に大事にしている」

薄く笑って、イオフィッテは椅子に深く腰掛けた。

「いいかい――自分自身に正直でいることが一番難しく、そして尊いことなんだ」

イオフィッテの目はふざけてはいない。少なくとも、キードはそう思った。

「自分に嘘をつくくらいなら、他者に嘘をつくことを選ぶ。たとえその結果としてこの世界のすべてを敵に回しても、ありのままの自分を貫く。それが誠実であるということだ」

「……何が『誠実さ』だ。都合のいい解釈だな。そんなもんが美徳としてまかりとおったら、誰もお互いを信じられなくなる」

「いいさ。他人からどう罵られようと構わない。見返りを求めず、自分自身に嘘をつかない。これは誠実さそのものだよ」

古き良き、魔族の美徳。

はるか昔に存在したそれを、ニルガラは法の精神の根幹に定めた。魔族の高貴なる者が備えるべき、七つの徳目だと説いた。イオフィッテの言う誠実さというのは、その一つだ。自分を騙《だま》したり、ごまかしたりしたりせず、ありのままで他人と向かい合うこと。

弱肉強食が横行する魔族にとって、重要な規範の一つとなるはずだった。

「ぼくは、どんな手を使ってでもソロモン殺しの犯人を見つけ出したい。魔族みんなの平穏な日々を乱す者は許しておけないんだ」

「舐《な》めてんじゃねえぞ」

思ったより低い声が出た。アルサリサが少し驚いたようにキードを横目に見た。これはよくない——感情的になりすぎている。キードは努めて冷静に自分を抑制する。

「あんたの言うことが本気なら、犯人を捜すのに協力するのが筋だろうよ。うちの正規魔導騎士を騙し討ちする必要がどこにある」

「あるんだよ。なぜなら、ぼくが——」

イオフィッテは、アルサリサを指差した。

「というより、ぼくたち魔族が、もっとも疑っているのはきみだからだ」

イオフィッテの視線と、空気がわずかに強張った気がする。

「勇者の娘、アルサリサ・タイディウス」

沈黙があった。

キードは横目にアルサリサを見た。彼女は無表情を保っているように見えた——が、完全にはうまくいっていない。その唇を強く嚙み締めているのがわかった。

「……不当な容疑だな。私はこの街に赴任してきたばかりで、ソロモンを殺す動機もない」

「たしかに、動機はないかもしれない。けど、方法はあるんじゃないかな？」

イオフィッテの笑みが変化していることに、キードは気づく。どこか面白がっているような笑みから、挑むような笑みに。キードはその笑みから、肉食獣を連想した。

「魔王の跡目を継ぐと豪語する、僭主七王《せんじゆしちおう》の一人が死んだ。《世界樹》ソロモン。いったい誰が彼を殺せるだろうね」

「当然、それは他の僭主七王。貴様のような者たちだと、私は推測している」

「有力な容疑者は他にもいる。いや、僕ら以上に有力な者がね。たとえば——」

その名前を口にするとき、イオフィッテの声にはわずかな緊張がこもるらしい。

「魔王ニルガラ、とかね」

「それは——可能性のある者としては、そうかもしれないが」

「うん。たしかに我が父は失踪した。だがもう一人、あの御方と同等に渡り合えた者がかつて存在した。そうだろう？　きみならよく知っているはずだ」

魔王と同等の力を持ち、アルサリサがよく知る人物。

それはつまり、

「勇者タイディウス。魔王と互角の戦いを繰り広げ、ついには講和に持ち込んだ男なら、僭主七王を名乗ったソロモンを殺すこともできる。いや、正確には……」

一瞬、イオフィッテは言葉を切った。窺《うかが》うようにアルサリサを見る。

「勇者タイディウスの《聖剣》ならば、だ。《聖剣》さえあれば——そう。ソロモンが、我が父から受け継いだと主張していた『全知の王冠』は知っているだろう？　《聖剣》は、あの王冠の未来予知に近い占術検索アルゴリズムさえ無効にできる」

一つ一つ、やけにゆっくりと言葉を並べる。アルサリサの反応を試すように。

「我が父、魔王ニルガラの魔術には謎が多い。あの強力無比な、どんな魔族ですら及ばない魔術を成立させた方法。そして、それを物体に付与する能力」

イオフィッテの言う通り、魔族の間でも魔王ニルガラの力は最大の謎と呼ばれている。あらゆる魔族の頂点に君臨する力はどこから来たのか。それを解明しようと試みている者もいる。

「どちらも、我が父だけが可能だった。特に全知の王冠は最高傑作だったと言っていいね。それを無力化する手段は、僭主七王ですら持ち合わせていない」

そのとき、キードは気づいた。イオフィッテが見ているものはアルサリサではない。彼女が握っている精霊兵装《せいれいへいそう》、クェンジンの刃こそを、凝視《ぎょうし》しているのだ。

（そうか。勇者タイディウスの《聖剣》）

その存在は、キードも知っている。

勇者ヴィンクリフ・タイディウスの切り札。その《聖剣》は極めて強力な精霊兵装《せいれいへいそう》であり、あらゆる魔術を無力化し、魔族に致命傷を与えることができたという。大戦時代において猛威を振るった、極めて俗人的なものではあるが、最強の兵器の一つだ。

ヴィンクリフ・タイディウスが死去した現在では、《不滅工房《ふめつこうぼう》》が封印保管している。そういうことになっていた。

(まさか)

キードはアルサリサの顔を見た。微動だにせずクェンジンを構えたまま、冷たい刃物のような無表情。強いてその顔を保っているとしたら、見事なものだ。

(勇者の娘。《聖剣》は密かに彼女に預けられた、とか？　そんなことがあるのか？)

話によれば、《聖剣》は勇者にしか使えない精霊兵装だったはずだ。《聖剣》の精霊は自我のようなものを持ち、自ら担い手を選ぶと聞いている。ならば、その担い手は、やはり勇者の血を引く者でしかありえないのではないか。

「何柱の魔族が、《聖剣》によって斬り捨てられたか――大戦の記録では、実に一個師団が勇者ヴィンクリフによって壊滅《かいめつ》させられている。当然だね。魔術が一切通じないのだから」

イオフィッテは紅茶のカップを置いた。かすかに澄んだ音。

「だから、このように噂している者もいるんだ。勇者ヴィンクリフが冥府から蘇って、魔族を殺して回っているとかね。まさに殺戮者《さつりくしゃ》の亡霊だ」

どうやら、魔族の間では、勇者ヴィンクリフは殺人鬼のようなものとして伝わっているようだった。たしかに彼らからすれば、その通りなのかもしれない。《聖剣》を手に、数多《あまた》の魔族を殺戮した男。人間の形をした兵器。あるいは怪物か。

「さすがにバカバカしいとは思うんだが、もっとも有力な候補者を考えたとき、ぼくとしてはきみを疑うしかないんだよ。アルサリサ・タイディウス」

イオフィッテの笑みは、すでに別の意味を持っていた。真紅の瞳から、一滴の涙がこぼれている――赤い涙。血涙。それは僭主七王《せんじゆしちおう》、《夜の君》のイオフィッテにとっては、鞘から剣を抜き放っているに等しい。

「僭主七王の一柱、《世界樹》ソロモンの殺害者」

イオフィッテが低く呟《つぶや》くと、それにはどこか厳かな響きが伴う。

「それを捕らえた者こそが、もっとも魔王の後継にふさわしいと思わないか？　ぼくだけじゃなくて、どこも必死さ」

イオフィッテが頭上を指し示す。熊のような獣牙属《ワーウルフ》の、ベルゴ。結果を出せなかった者に制裁を加え、引き締めを図らざるを得ないほどに必死ということだろう。

ソロモンを殺せる者を捕縛《ほばく》し、それを証明できれば、他の僭主七王に対して圧倒的な有利な立場になるといえる。イオフィッテがこの好機を逃すはずもない。

「答えてくれないか？　アルサリサ。その剣は、《聖剣》ではないのかな？　ラズィカとの戦いを見ていたよ。魔族の魔術を、人間の精霊兵装《せいれいへいそう》が破るなんて、およそあり得ない」

たしかに。と、キードも思う。それは常識、というより法則のようなものだ。魔族の魔術と、人工精霊の魔術は出力が違う。

そもそも人間が魔族より優れているところは、繁殖力――つまり、数の力だ。繁殖力に勝る人間は、圧倒的に魔族よりも数が多い。そうして人工精霊を大量に生産し、大量の兵士に持たせることができたから、前の大戦ではどうにか互角に戦えていたのだ。

アルサリサのクェンジンは、その常識を明らかに破壊している。

「これは《不滅工房《ふめつこうぼう》》の兵器で、機密事項だ」

アルサリサは無表情に答えた。感情を押し殺そうとしているような、極端な無表情だった。

「その秘密を明かすことはできない」

「うん。それは残念だな」

イオフィッテは顔を曇らせた。キードから見れば、わざとらしいほどだった。

「答える気はないということかな。自分の容疑を晴らす努力を放棄する、と？」

「いや。そうではない。貴様らはみんな誤解しているようだ。そもそも、あの男が――勇者と呼ばれている、ヴィンクリフ・タイディウスが」

アルサリサは呟《つぶや》くように言った。その声には、隠し切れない嫌悪が満ちている。

「殺戮《さつりく》者の亡霊か。あり得ない。あの男にそんな気概はない」

「へえ？　面白い見解だね。娘ならでは、というところかな。どういう意味だい？」

「そのままの意味だ。気弱で、臆病で……常に物事を茶化すようなことばかり口にし、現実を直視しようとしなかった。勇者に祭り上げられたのも……あれには、自分というものがなかったからだ。だから、魔王と妥協し、平和条約などを結んだ」

クェンジンの柄を握る、アルサリサの手に力がこもった。

「私はあの男が嫌いだ」

「――なるほど。それが本当だとしたら。いや、本当だとしても――」

イオフィッテが黙り込むと、重苦しい沈黙が周囲を満たしたように感じられた。彼女の真紅の瞳がキードを見て、それからアルサリサを見る。ぎり、と、アルサリサがクェンジンを握りしめる音さえ大きく感じた。

（いまならフロナッジが届く。やるか。いま、ここで？　……やれるか？）

しかし、いまこの場でフロナッジを放つことは、決定的な決裂をもたらすだろう。不意を討ったとしても、生きて帰れる可能性は低い。かといって後手に回ったらもっと不利だ。

アルサリサと同時に打って出て、この場を凌《しの》げるか。打ち合わせの余裕はない。やはり先手を取って仕掛ける。それしかない。

アルサリサも同様の結論に至ったのかもしれない。一瞬、アルサリサはその瞳だけを動かしてキードを見た。

つまり、覚悟を決めたか。キードも動こうとしたが、それはあまりにも遅すぎた。

「よし。決めた」

イオフィッテは笑みを深めた。涙を拭うように、指を己のまぶたに触れさせる。

まずい、と、キードは思った。しかし間に合わない。止めようもなかった。

「本当か嘘か。きみに真実を語らせるとしよう。その方法が、ぼくにはある」

ぎっ、と、空気が強張った。そんな感覚があった——全身が締めつけられるような、あるいは押さえつけられるような圧力。水の中にいるようだ。それも、相当な深海の奥底だろう。

動けない。フロナッジを放とうとした右手が上がらない。

(マジかよ)

と、言葉をあげようとして、声すら出ないことに気づく。横目にアルサリサを見る。彼女も顔を歪めていた。クェンジンを握る手に、ありったけの力がこもっているにも拘《かかわ》らず、身動きができない。

「ぼくの魔術は空気さえ眷属《けんぞく》と化す」

イオフィッテが立ち上がる。

「この血華楼《けつかろう》に踏み入った時点で、きみたちはすでに囚われたも同然ということだよ。潜入は失敗だったね。だから」

友人に挨拶《あいさつ》でもするように、イオフィッテはひらひらと手を動かした。

「二人とも、剝製《はくせい》には興味があるかな？」

キードは奥歯を嚙み締めた。

（しくじった。死ぬ）

確信的にそう思うのと、それが起きるのは同時だった。

かっ、と、鋭く乾いた音が、部屋を切り取った。ちょうどキードたちとイオフィッテを遮るように、輝く閃光が空間を分かつ。崩れ落ちる。そして炎だ。目もくらむような青い火炎が、虚空に生じるのが見えた。魔術が演算されている。攻撃用の魔術。キードはこんな魔術を見たことがなかった。強力な呪詛には違いない。

しかし、イオフィッテが支配する血華楼を切り裂き、炎上させるほどの呪詛である。それは異常というしかない。

「ん」

と、片眉を持ち上げたイオフィッテは、防御を行おうとしたのかもしれない。なんらかの結界魔術。だが、それも無意味だった。まとめて吹き飛ばされたのは次の瞬間だ――いや。

実際に吹き飛んだのは自分たちの方だったかもしれない。それとも、両方が。部屋のすべてが一斉に破裂したようで、わけがわからない。何が起きたのか理解しようとするよりも、こういうときは、まずは動くに限る。

「アルサリサどの」

ほとんど反射的に、キードは彼女を抱え込んだ。それとほぼ同時に衝撃。強烈な痛みと光が弾《はじ》けて、キードは転がり落ちていく自分を認識していた。

最後に見たのは、アルサリサが悪態をつきながらクェンジンを振るう瞬間。

黄金色に輝く鎖が放たれて、意識が暗転した。

◆

青白い炎が渦を巻いていた。

右足が痛む。落下した時に捻ったのだろうか。

それでも負傷は軽い方だ。落下する直前に対策を打てていた。クェンジンの鎖を血華楼《けつかろう》の壁面に打ち込み、落下速度を軽減した。それから、キード・マーロウ。あの男が――まさしく、信じられないほどに愚かな行動を――。

（……頭痛がする）

アルサリサは頭を振った。頭部にダメージがある。深刻なものではないといいのだが。

（何が起きた？）

疑問に思いながらも、アルサリサはほとんど意識せずに起き上がった。そういう訓練はできている。自分には寝ている暇などない。状況を把握できていないなら、まずは臨戦態勢を取れ。

そんな風に教わった。

苦痛を耐えながら見上げる。血華楼。その一角が吹き飛び、燃えていた。先ほどまで自分たちがいた部屋だ。イオフィッテとラズィカはどうなったかわからない。少なくとも、周囲にはいない。瓦礫《がれき》が散らばっているだけだ。

（いまの一撃は誰かの襲撃なのか。しかし、これは）

血華楼を、何者かが攻撃した。しかも《夜の君》イオフィッテを狙った攻撃だ。普通に考えたらあまりにも無謀すぎる。

だが、もしもこの襲撃者が、《世界樹》ソロモンを殺した者と同一人物だとすれば。その無謀もあり得ない話ではなかった。

視線を移していく――血華楼の屋上へ。そして見えた。

（あれは）

アルサリサの目は、そこに立つ細身の人影を見ていた。やや痩《や》せすぎているが、その体の曲線がよくわかる。片手に長剣をぶら下げた女だった。顔の下半分は、黒い仮面に隠されて見えない。だが、その瞳。紫色に輝く目が、やけに鮮明に見えた。

その瞬間、アルサリサは一つの可能性に思い至っていた。そのためにこの街にやってきた。

（あの剣……！）

この距離でも、刃が青く輝いているのがわかる。アルサリサもよく知っている剣だ。

あれが使われたというのなら、たったいま血華楼《けっかろう》で起きた破壊も納得できる。イオフィッテさえ防御できず、察知もできなかった。

だから、気づけばアルサリサは叫んでいた。

「ヴェル……ネ……！　ヴェルネ・カルサリエ！」

屋上の人影は、アルサリサのその言葉を聞くことができただろうか。いずれにせよ、その人影は反応することはなかった。立ち上る血華楼の粉塵《ふんじん》に紛れた、と思った次の瞬間には、煙のように消えている。

追うか。アルサリサはクェンジンを手に立ち上がりかけて、どうにか自制した。

（……いや。違う、そうじゃない……！）

助けなければならない相手がいる。信じられないほど愚かな行動をとった男。あの状況で、おそらく半ば反射的にアルサリサを庇《かば》おうとした。信じられない。

（なんなんだ、この男は）

驚くほど無茶なことをやり、躊躇《ちゅうちょ》なく人を助けるようなこともする。そんなことをする必要はなかった。アルサリサはクェンジンの鎖で自らを助けることができた。むしろいまの落下で助けられたのはキードの方ではないか。

それでも、爆発の衝撃そのものはキードが受け止めた形になった。

（想像以上に変なやつなのかもしれない）

アルサリサは路上に落下した、もう一人の騎士を助け起こす。

「キード！　無事か？　どうなんだ？」

キード・マーロゥ。どうやらこの男は、自分を庇ったようだった。ひどい傷だ。灰色のコートはかなり焦げてしまっているし、火傷もある。骨が折れているかどうか。それ以上の深刻なダメージもあるかもしれない。

「キード。生きているなら返事くらいしろ！」

怒鳴ると、赤い錆色のマフラーの奥で呻《うめ》くような声が返ってきた。言葉にはなっていない。

「もっとちゃんと返事をしろ。キード・マーロゥ。あんな形で——私に貸しを押しつけておいて死ぬなど、決して許さないからな！」

「へへ……ひでえな」

キードは薄く目を開いた。表情を崩す。あまりにも頼りない笑い。

「横暴ですね、アルサリサどの」

「当然だ。一方的に貸しを押しつけるなんて、そんな行為は、……そう。仁義が通らない」

キードが口にしていた台詞《せりふ》だ。それを使っただけだったが、キードは少し驚いたように表情を硬直させた。初めて見るような、真剣な顔つきだった。

「アルサリサどの。そいつは」

キードが何かを言おうとしたところで、アルサリサは足音を聞いた。背後からだった。ひどく乱雑なものが、複数。

「いたぞ！　ここだ！」

「やっぱりだ、勇者の娘じゃねえか！」

「あの騎士も一緒だ。逃がすな。野郎ども、角を貸せ！　同調して援護《えんご》を――」

怒鳴り声。アルサリサは振り返るまでもなくわかっていた。

《月紅會《スカーレット》》の連中だ。建物が吹き飛んだことで、恐ろしく気が立っている。間違いなく臨戦態勢。だから、振り返りざまにクェンジンを振るった。

「捕らえろ」

クェンジンの刃が地を擦《こす》ると、そこから何本もの鎖が放たれる。蛇のようにうねり、寄ってきた者たちを捕縛《ほばく》する。何人かは対抗するための魔術を演算しようとしたようだが、結局は無意味だった。

発生した炎の渦も、青白い光の盾も、鎖はそれらを粉砕して命中する。

精霊兵装《せいれいへいそう》クェンジンは、そのように調整された魔術だった。直接的な殺傷力を皆無にする代わりに、魔術に対する突破力を高めてある。魔族といえどもそう簡単に防げはしない。

「おぁぁっ？」

絡めとられ、叩きつけられると、咆哮《ほうこう》のような叫び声が響いた。

「くそっ！　あれか？　あれが《聖剣》かよ！　あれが姫君をやりやがったのか！」

（そんなはずがない）

と、アルサリサは反論したかった。

この精霊兵装が《聖剣》ではないことは確実だ。クェンジンは、たしかに《聖剣》を模して造られた試作品ではある。だが、その目的はまったく異なっている。

勇者の《聖剣》は、勇者にしか扱えないものだった。まず人工精霊が使い手を選ぶ。さらには適合する人間の生命を奪い取るようにして強大な力を発揮する。むしろ魔剣と呼ぶべきものだとアルサリサは思う。

その苛烈な代償をいくらかでも緩和し、より多くの者が扱えるように調整しようとする試みがあった。それらの試行錯誤の末に生まれたのが、クェンジンである。殺傷力を持たない代わりに、魔術に対する高いクラッキング性能を持つ剣。

だから、こんなに多数の相手との戦闘は向いていない武器だった。ラズィカとの交戦の影響が響いている。アルサリサは、すぐにキードを引き起こした。

「逃げるぞ。キード、立てるな？　いや、立て！」

「ひでえなあ。まあ、立てます……よ」

中途半端な笑みを浮かべて、キードはどうにか己の足で立ち上がる。肩を貸して支えてやる必要はなさそうだ。そもそも身長差が大きすぎる。

ともあれ、最大限の速度で走り出す。

「北区へ向かう。派出騎士局にまで戻れば――」

「いやいや、まずいですって。そんな経路、真っ先に押さえられてますよ」

キードの正論は、ひどく神経に障る気がする。不機嫌な顔になるのを抑えることができない。

「では、どこへ逃げるというんだ」

「よその魔族の縄張り」

キードはおよそ信じられないことを口にした。

「他の僭主七王《せんじゆしちおう》の領域に突っ込みましょう。《月紅會《スカーレット》》のやつらには、そこで暴れてもらう」

「さらに大きな騒ぎになるのではないか」

「それでいいんです。なんなら俺らも爆破とか放火とかで騒ぎを広げてやりましょうよ……」

キードは笑う。アルサリサはもう気づいている。この頼りない笑みは、まったくの偽装だ。生来のものだとしたら、天性の偽装工作というところか。

「僭主七王の、部下同士をぶつける。街中を巻き込んだ抗争になるかも。そうしたら俺らも逃げやすくなるってわけです」

「お前、本気か?」

「ここから一番近いのは――《白星會《アルブム》》ですね」

キードの目は、路地のさらに奥を見ていた。

「あれのボスも気に食わない野郎だが、仕方ない。利用させてもらいましょうぜ」

「無茶なことを……」

「たまに言われます」

「いや」

束の間、アルサリサは沈黙するしかなかった。唸る。

「……私もよく言われる台詞《せりふ》だった。それ以上の解決策を出してみせろ、とその都度応じていたが……いまは、たしかに。認めよう。お前の提案以上の策はない……」

「意見が一致して何よりですね。それじゃあ、決まりってことで」

キードは足を速めた。いかにも複雑で細い路地を曲がり、さらなる路地裏へと入り込む。

「この道で正しいのか？　本当か？　暗すぎないか？」

アルサリサはそう問いかけざるを得ない。

「土地勘は、《月紅會《スカーレット》》のやつらの方があるだろう。この道を抜けて逃げられるのか」

「大丈夫ですって。俺を信じて」

「いままでの経緯を考えると、それはものすごく難しい」

「そんなことないでしょ！　アルサリサどのの方針に従って、解決策を用意してきたじゃないですか。今回もちゃんと増援を呼んどきました。――ほら」

「なんだそれは」

「通信用の人工精霊です。俺が作った試作品」

小さなカード状の人工精霊だ。キードがそれを指で弾《はじ》くと、カードの縁を赤い光が走った。

アルサリサは少し驚いた顔をしてみせた。

「通話ができるのか？　《不滅工房《ふめつこうぼう》》でもそんな小型化はできていないぞ。私が見たのは大砲のような代物だった」

「もちろん、通話は無理です。複雑なことはできないんですけど、受信用の人工精霊に信号を送ることはできる。位置もわかる。赤い光の点滅パターンで合図を決めておけばやり取りできるって感じで——ほら」

キードは先を指差した。

路地の奥には一人の男が立っている。浄血属《ヴァンパイア》だ。白髪。鼻と口元に真紅のピアス。見覚えがあった。ひどく迷惑そうな顔をしていたが、たしかにそれは、先ほどアルサリサに強引な客引きをしようとし、キードの顔を見て逃げ出した男だ。

片手には、やはり縁が赤く光るカードを持っている。それが受信用の人工精霊なのだろう。

「キードさん。もう本当に、これっきりで勘弁してくださいよ」

と、浄血属《ヴァンパイア》の男は言った。やはりキードと顔見知りだったようだ。彼は地下に続くらしい扉を引き上げた。梯子《はしご》が続いている。

「お前たちは、どういう関係だ」

「え？　へへへ。前の事件でちょっと、いろいろと……違法な営業やってる店だったんで、厳しく取り締まり、みたいなことを」

「厳しく取り締まりっていうか、店に火ィつけたでしょ！　店長の首へし折るし！」

「おかげできみが店長になれたんじゃないか。あいつからひどい目に遭《あ》ってただろ」

「そりゃまあ。だからこうして恩返しに手伝ってるじゃないですか」

「仁義を通してくれて助かるよ」

「でも、あの……こういうの！　他の連中に気づかれたら、オレ、マジで終わりなんスからね！」

「うん。ありがとう、ジョフリュス」

キードが呼んだのが、彼の名前らしい。彼の手に紙幣を何枚か握らせる。

「次の取り締まりがあったら声かけるよ。ただ、人間と麻薬を商品にするのは、もうやめた方がいいね。一課が本腰入れようとしてるから、危ないよ」

「わかってますよ。っつーか麻薬の方は《常盤會《ヴエール》》が潰《つぶ》れたせいで、ここんとこぜんぜん流通しなくなりましたからね。商売あがったり——うおっ。お嬢さん、目つきこわっ！」

「……キード。いまのは違法な商売に関する、癒着《ゆちゃく》の話のように聞こえるが」

「えっ。いや、まさか。単に違法取引するなっていう警告——ってわけで、アルサリサどの」

キードはジョフリュスが開いた、足元の扉を指差した。梯子が続く先は、どうやら地下道になっているらしかった。

「こっから行きましょう。いいですよね？」

「質問されたところで、選択肢がないだろう！　……だが、これだけは言っておこう。その行いを恩に着る。ジョフリュス」

キードとジョフリュスの会話で、何か、意外なものを見た気がする。魔族と人間にもこういう関係性があり得るのか。仁義という言葉が交わされるのも予想外だった。仁義。それは魔王ニルガラが口にしていた、魔族の間の倫理観であったはずだ。

「ところで、その……一応聞いておくが、キード。お前もついてくるつもりか？」

「え。俺がついていったらマズいんです？」

「狙われているのは、おそらく私だ。お前が私と別れて逃げるならば、それほど面倒なことにはならないと思う」

「そりゃあ仁義が通らない。この街じゃあ、それを曲解してるやつが多すぎる」

キードはあまりにも軽薄に笑い、地下への扉に身を躍らせる。

「なんていうか……誰かがなんとかしなきゃいけない。そう思ってるだけです」

「変なやつだ」

と、アルサリサは呟《つぶや》くように言った。

二　血華楼炎焼事件　4

暗い通路は、どこまでも続いているように思えた。

ところどころ壁に灯る薄明かりは青白く、不死属《アンデッド》たちが灯す鬼火を連想させる。自分たちの足音もやけに反響して聞こえ、耳障りなほどだ。

アルサリサも、噂には聞いたことがあった。魔王都市の地下に広がる空間のことを。

かつて魔王ニルガラが築いた、広大な地下城砦。主なきいまとなっても魔術的防御がいまだに機能しており、迷宮それ自体が成長し、複雑に拡大しつつあるという。そこには魔王ニルガラの財宝が残され、それを守護する自立型呪詛ボットが徘徊している。

だからかもしれない。余計に神経が研ぎ澄まされている気がする。

「ここが、魔王ニルガラの地下迷宮か？」

「その、ほんの一部ですね。最上層ってとこです」

キードは手のひらの上にフロナッジを浮かせていた。銀色に輝き、ぼんやりと明るい。少なくとも壁に灯る薄明かりよりはましだ。

「少しでも下に潜るとヤバいですよ。呪詛ボットどもがウロウロしてて襲いかかってくる」

迷宮に沈められた業者の死亡率が高い理由はそれだ。見返りは大きいが、危険も大きい。足元のはるか下方からは、何かの咆哮《ほうこう》のようなものが断続的に響いてくる。

「呪詛ボットどもなど、たいした脅威ではない。だが――」

アルサリサはその場に屈《かが》みこむ。獣に似た影がいくつか、通路の先で蠢《うごめ》いた気がした。

「いま、そこで何かが動かなかったか？」

「あ。ホントだ、こんなところで死んでる」

キードはその影にランタンを向けた。死体が三つ。角があるから魔族なのだろう。損傷がひどい――ただ、その腕や足が、痙攣《けいれん》するように動いている。

「不死属《アンデッド》になりかけてますね。地上に上がろうとして、ここで力尽きたのかな」

「放っておいていいのか……」

「え。こいつらが地下迷宮から回収した財宝を奪えってことですか？　いくらなんでも」

「そんなことは言っていない！　遺体を放置していいのかと言っている！」

「いやいや、そんな暇ないですって。急がないと、俺らがここで死体の仲間入りですからね」

「……わかっている」

アルサリサはそう答えたが、改めて自分が異様な街の、特に異様な部分に足を踏み入れていることを自覚する。しかも、状況は悪化し続けている。

「この地下迷宮が、《白星會《アルブム》》の縄張りに繋《つな》がっているのか？　やつらの主は、たしか僭主七《せんじゆしち》王《おう》――《天輪《てんりん》》ハドラインだな」

「そうですね。いけすかないやつですよ。《夜の君》イオフィッテとはまた別の意味でスカした野郎って感じです。話は通じる方だと思いますけどね」

「面識はあるのか？」

「遠くから見たことあります。よく駅前で演説してるんで」

「演説だと？」

「そういうやつなんですよ。自称・平和主義者。座右の銘は『話せばわかる』。いつも美人の秘書連れてるし、とにかく気に入らないですね俺は」

「お前の感想はどうでもいい。種族と能力については知っているな？」

「唱翼属《ハーピー》って話ですよ、たぶん。白い翼が六枚も生えてる。まさに大物って感じでね」

翼を意味するジェスチャーだろうか。キードは手をひらひらと動かした。

「得意の魔術は、空間歪曲プロセッサ。魔王ニルガラ直伝《じきでん》だって本人は言ってますけど」

「それなら私も知っている。空間を歪曲し、瞬時にどこへでも移動できる魔術だ。どの程度のレベルでそれが可能なのかが問題だ」

その点が、アルサリサは気になっていた。相手が魔族ならば、対峙したときに戦闘になる可能性は常に考慮しなければならない。

「最速の魔術使いだともいわれているな。音や光よりも速い。意識しただけで転移するのであれば、無敵の一種と言えるかもしれない」

「どうでしょうね。無敵ではないでしょ。さすがに意識の外からの一撃にまでは対応できないと思いません？　俺はあんなの誇大広告だと思いますよ」

「その可能性はある。だが、戦闘能力が極めて高いのは間違いない」

瞬間移動の魔術の使い手なら、ソロモンを殺す有力な容疑者の一人となるだろう。ソロモンの未来予知が追いつかないような形での奇襲が可能かもしれない。

そんな風に思考を進めていたアルサリサを、先行していたキードが振り返った。

「あの、アルサリサどの。そろそろ《白星會《アルブム》》の領域なんで地上に上がろうと思うんですが、その前に、俺からも質問いいですかね？」

「なんだ」

「気になったことがあるんですよ。ほら、あの。血華楼《けっかろう》の屋上にいた――誰か」

アルサリサは沈黙した。あのとき、キードも意識があったのか。血華楼の爆発と落下。朦朧《もうろう》とする視界と、粉塵《ふんじん》の向こう、屋上にいた黒衣の人影。

「あれって、アルサリサどのの知り合いですよね」

「なぜそう思う」

「名前呼んでたからです。『ヴェルネ・カルサリエ』って」

そこまで聞こえていた。だとすると、意識を失っていたように見えたキードは。

「……狸寝入り《たぬきねい》りだったのか。心配して損をした……！」

「え、心配してくれたんです？　いや、申し訳ないですけど嬉《うれ》しいな」

「心配なんてしていない」

「いま心配したって」

「していない。それより、質問に答えておこう。いままで確証がなく、かつ《不滅工房《ふめつこうぼう》》の機密に関するため、人前で名前を出すことはできなかったが。彼女は私の知人だ」

アルサリサはごまかすように、本来の答えを返した。

「ヴェルネ・カルサリエ。正規魔導騎士としての先輩であり、教導官だった」

正規魔導騎士は、新人の頃は『教導官』と呼ばれる指導係とともに任務にあたる。アルサリサもおよそ一年、ヴェルネ・カルサリエの指導を受けた。

「だが、離反した。三か月ほど前のことだ」

「離反？　それってつまり、《不滅工房》を裏切ったってことです？　え、マジで？」

キードはさすがに驚いたらしい。フロナッジがそれに呼応するように明滅した。

その驚愕もわかる。アルサリサも同じ気分だった。《不滅工房》は人類における最大の超国家的軍事組織であり、諜報機関でもある。大戦の末期に『勇者』と《聖剣》を生み出し、戦いに終焉《しゅうえん》をもたらしたのも《不滅工房》だった。

「ヴェルネ先輩――ヴェルネ・カルサリエは、《聖剣》の製造設計図を盗み出して逃走し、消息を絶った。《不滅工房》でもその足取りを追えなかった」

「っていうことは、つまり」

「人類の領域にいない。魔王都市にいるものと考えられていた。そして、ソロモンが殺害されたという事件が起きた」

「ヴェルネ先輩って人が、ソロモンを殺したかもしれないって？　たしかに、《聖剣》さえあれば……できなくもない……」

「正確には、《聖剣》の模造品というべきだろう。設計図があっても、完璧なものを製造できるわけではない。だから《偽造聖剣》だ。そのように《不滅工房》《ふめつこうぼう》は呼称した」

ここまで条件が揃えば、《不滅工房》がソロモン殺しの実行犯としてヴェルネ・カルサリエを疑うのは当然だった。同時に深刻な問題でもある。

人間が、魔族の重要人物を、《聖剣》を模した兵器で殺害した。

それは再び大戦が起こりかねない事件だった。

「私はヴェルネ・カルサリエの捕縛《ほばく》に立候補し、受諾された。そのためにこの街へやってきた」

「それは、その、先輩を説得するため？　とかですか？　よくそんなことを《不滅工房》が許しますね」

「ヴェルネ先輩に何があったのか、私は知らない。なぜ裏切ったのか、その理由も知らない。だが、止められるとしたら、私しかいない……私が止めるべきなんだ」

アルサリサは、クエンジンの柄に触れた。

「私の手で、彼女を逮捕する。抵抗するなら、場合によっては殺傷する。そのつもりで来た」

「本気ですか？　そのヴェルネ先輩って人、《不滅工房》を裏切るなんて信じられないな」

「私も、最初は信じられなかった。そういう人ではないと思って……あ、いや……ううむ」

逡巡《しゅんじゅん》する。ヴェルネ・カルサリエの顔を思い浮かべる。それに彼女の言葉や、『ひひひ』という独特の笑い声。『成功しているやつの足を引っ張るのが一番楽しい』と公言する、誰からも敬遠される性格の悪さ。

「ど、どうしたんです？　ヴェルネ先輩って人、何か問題があったとか？」

「問題というか、難しい人だった。それでも、組織を裏切るような人ではなかった……たぶん。だから私は、事情を知りたい。何を考えて《不滅工房》に対する背任行為を働いたのか」

「じゃ、事情次第では庇《かば》ってあげたり？」

「いいや。それでは正義を証明できない。背任は背任。処罰を下す必要がある……」

アルサリサは小さく息を吐く。

「私は、その覚悟をしている」

クェンジンは彼女の意志に応えるように、かすかな振動と熱を持った。――いや。違う。これは単なる反応だ。アルサリサは瞬時に柄を握り、クェンジンを抜いた。

耳を澄ませて、押し殺した警告をあげる。

「キード！　何か近づいているぞ」

「え。なんです？　何かって――それじゃあ」

キードは間抜けな顔でフロナッジを投げ上げた。

という短い囁《ささや》き。フロナッジは銀色の光を放ち、飛翔した。

「敵」

暗闇の奥で、何かが激突する音と、悲鳴があがっている。それから乱れた足音に——羽音だろうか。風が唸っている。

「うおっ！」

「やっぱりいたぞ！　こっちだ！」

「大当たりだ、占術検索かけろ！　あいつらが逃げそうなルートを探れ」

「おい、無事か？　起きろ。俺らで捕まえるぞ！」

アルサリサは舌打ちをした。何が起きているのかはよくわからないが、キードが『敵』と認識する何者かが暗闇の向こうにいるのは確実だ。フロナッジはおそろしく正確な探査性能を発揮することは認めざるを得ない。

「馬鹿な。先回りされているようだぞ」

「嘘でしょ。いや、マジで？　信じられないな」

「《月紅會《スカーレット》》か？　この入口を開けた、あの浄血属《ヴァンパイア》の男が密告した可能性は？」

「それはない。です。だってもう《白星會《アルブム》》の縄張りですし、あっちから回り込むってことは——《白星會《アルブム》》が手を回してるとしか——、あ。待てよ」

キードは手元に戻って来たフロナッジを摑み、何かを思いついたようだった。

「実際、そうだとしたら？」

「なんだと？」

「《白星會《アルブム》》かもしれませんね。誰か一人、捕まえて事情聴取しましょう。足音からして相手の数はせいぜい五人。ということは」

言いながら、キードはまたフロナッジを投擲《とうてき》する。それは、闇の奥から駆けてきた相手の足を狙い、そして、膝から下を吹き飛ばした。

「あと四人です。逃げながら捌《さば》きましょう。お腹空いてないですよね、アルサリサどの？」

「なんだか失礼な質問だが……まだいける。しかし」

アルサリサは躊躇《ちゅうちょ》した。

「事情聴取は許可状を得て、監督魔族の立ち合いの下、聴取室で行う必要がある……」

「必要ですかね？　聴取室に辿り着く前に、墓の下ですよ」

暗闇の奥から、魔族が追ってくる。翼の生えた者が四人。唱翼属《ハーピー》か。すでに彼らの声が十分に届く距離だ。

「おのれ」

アルサリサは呻《うめ》いた。クエンジンで壁を擦《こす》る。輝く鎖を放つ。

「これは緊急事態だからな！」

◆

追っ手の魔族を捕らえるのは、キードたちにとってはそう難しいことではなかった。

アルサリサが疲労した程度だ――しかし、問題はその後だった。迷宮の暗がりの奥に引きずり込んでも、その唱翼属《ハーピー》は強硬な態度を崩さなかった。

「あんたらに喋《しゃべ》ることなんて何もない」

いかにも頑強そうな、体格に優れた唱翼属《ハーピー》だった。鷲のような色合いの翼と、額に生えている角まで大ぶりに見える。鎖で拘束するまでの間にさんざんに暴れられた。

彼はせせら笑うような顔でキードを睨《にら》みつけた。

「タリドゥの叔父貴が追いついて来たら、あんたらなんて終わりだ」

「そうかもね。ただ、それまでにはもうちょっとだけ時間がありそうだ」

キードは男の顔を覗《のぞ》き込む。

「その叔父貴さんが誰か知らないけど、なんで俺たちを捕まえようとしてたのかな。《月紅會《スカーレット》》とそんなに仲良くなったなんて聞いたことないけど」

「《月紅會《スカーレット》》？　なんだ、それは」

鷲の翼の唱翼属《ハーピー》は、何かを疑うように目を細めた。

「あんたら、あいつらと組んでるのか？　やっぱり、そういうことか？」

「んん？　話が……通じてないような。食い違ってる……？」

「キード、お前の聞き方は回りくどい。我々は、何が起きているか知りたいだけだ」

時間がない。アルサリサはキードを押しのけた。まくしたてるように問いかける。

「きみの名前を教えてもらおう。それに所属は《白星會《アルブム》》で間違いないな？　我々を追っていたのはなぜだ。どうやって位置を知った？　ここを通ることを察知していたのか？」

「は！　ずいぶんとたくさん聞くもんだな。その答えはどれも同じだ」

アルサリサの質問には、嘲笑が返ってくる。

「知るかボケ。それから死ね、だ！」

その声は、魔力を含んでいた。唱翼属《ハーピー》にはこれができる。発声と同時の魔術演算――ただ、その予兆を見切ることはできる。唱翼属《ハーピー》に限らないが、魔族が魔術を演算するとき、角がかすかに輝く。

そして、キードはその予兆を見切ることに長けているようだった。アルサリサが反応するよりも早く動いている。

「口を閉じてろ、唱翼属《ハーピー》」

冷たく乾いた命令。キードのフロナッジが走り、鷲の翼の唱翼属《ハーピー》の顎《あご》を打った。口を強引に閉じさせる。声になり損ねた魔術が暴発し、男の口内を破砕した。血とともに歯がこぼれる。

「聖櫃条約《せいひつじようやく》を忘れてるなら思い出させてやる。捜査中の騎士の質問に対して喧嘩《けんか》を売るのは、筋が通らねえよな？」

アルサリサが止めようとする隙《すき》もなく、キードは男の翼を掴んだ。その鷲の羽を数本、引きちぎる。激痛があったのかもしれない。男が体を痙攣《けいれん》させた。

「これがどれくらいの痛みを伴うのか、俺は知ってる。順番に引っこ抜いてやろうか？」

「か、ば、ははふぁっ」

鷲の翼の唱翼属《ハーピー》は笑った。魔術を外部に展開できなかったために、口内がずたずたに切り裂かれている。歯も数本は折れただろう。それでも愉快そうな笑い方だった。

「角なし……猿《ハーピー》が……拷問《ごうもん》のつもりか？　やってみろ。それが通じると考えているならな」

あくまでも唱翼属の男は強気だ。

アルサリサには拷問などする気はなかったが、その言い草からすると、痛みに耐える自信があるのか。あるいは痛覚を麻痺させる魔術を使っているのか？

「俺は、ボスに命を救われた」

唱翼属《ハーピー》の男の目には強い意志の力が宿っているようだった。血塗《まみ》れの口で笑う。

「スラム育ちの俺が、弱いやつを殺して奪うだけだった俺が、まともに生きていける場所をくれたんだよ。まともな家、まともな生活、仲間に家族。こんな俺にも、守りたいものができた」

この男にはこの男なりの矜持《きようじ》があり、ボスとやらに恩義がある。そういうことか。この街の魔族は、誰もが誰かと恩や仇で結ばれた関係にあるのかもしれない。

「ボスも仲間も裏切れるわけがない。拷問でもなんでもやってみろや！」

（どうする。この男に喋《しゃべ》らせるには？）

アルサリサは躊躇《ちゅうちょ》した。が、キードは酷薄な笑みとともに告げていた。

「痛みに強いやつだな。それなら、あんたには拷問なんてしない」

彼は唱翼属《ハーピー》の男が纏《まと》う上着を――重たそうなコートを探り、そして、何かを内ポケットから発見したようだった。紙片。アルサリサもそれを見た。

（写真、か）

そういう技術がある。魔族が発明し、人間がそれを発展させさせた。風景や人物をそのまま写し取り、紙に印刷することができる装置。

キードが摘《つま》み上げた紙片は、それだった。写真。鷲の翼の唱翼属《ハーピー》と――その妻と、子供が二人だろうか。片方はまだ赤子で、妻がその腕に抱いている。アルサリサの知る限り、写真とはもっと曖昧にしか描画できないものだった。が、なるほど魔王都市では相応に高性能なものが発明されているらしい。

「そう……俺は、あんたには、拷問をしない」

キードはゆっくりと繰り返した。写真を男に見せつけながら。

「奥さんと娘さん相手にした方がよさそうだ」

「おい。待て、あんた……」

「待て、だって？　口の利き方に気をつけろ」

唱翼属《ハーピー》の男が喋《しゃべ》ろうとするのを遮り、キードは男の髪を摑む。

「そりゃあ、あんたらの優しいボスなら、報復ぐらいはしてくれるかもしれないな。奥さんと娘が苦しんで死んだ後でね。それだけは避けなきゃな？」

「……くだらねえハッタリはやめろ。あいつらの居場所が……わかるはずがない」

「いいや、俺にはわかる。まず、あんたの奥さんと娘は《白星會《アルフム》》の縄張りにいる。それ以外の場所じゃ生きていけない。それも縄張りの中心地だ、オルトカイヴ区」

「なぜ、そう言える？」

「あんたが一定以上の実力者だから。俺たちを追いかけながら、他の連中をまとめてただろ？　だから捕まえたんだ。《白星會《アルフム》》は構成員の身分の格差がよその會《かい》より大きい。で、そんな狭い区域まで絞り込めたら、俺の探知占術トラッカーが追い詰める」

キードはフロナッジを浮かせた。銀色に輝いている。唱翼属《ハーピー》の男は黙り込んだ。

「ね。喋っておいた方がいい。あんた、自分の家族とボスと、どっちを取る？」

キードはまた笑った。

「守るもののために、ボスに尽くしてるんだろ？　その順序を逆にしちゃいけないよ」

「キード！」

アルサリサは耐えかねて、彼の肩を掴んだ。片手にはクェンジン。額に疼痛。こんなことを許してはいけない。こんなことが正義であってはいけない。

「そんな方法での尋問は認められない。無関係な他者を人質のように使うな！」

「俺もそう思います。本当は俺だってやりたくない。だから効く」

「キード、お前は」

「ねえ、そうでしょう、旦那。さっさと教えてくれよ」

そう答えた、キードの笑みは友好的に見えた。彼は唱翼属《ハーピー》の男の襟首を掴む。

「なんで俺らを追ってる？　何があった？」

「……ボスが」

少し長い沈黙の後で、唱翼属《ハーピー》の男は苦しげに唸った。

「襲撃された。一時間くらい前に、ボスの城が吹き飛んで、あちこちに火の手があがった」

「へえ？」

キードが首を傾《かし》げる。意外な情報――キードを糾弾《きゅうだん》しようとしたアルサリサも、それを止めざるを得なかった。

「ボスは片腕と片方の翼を失った。いまだに治らない。魔術で治癒《ちゆ》できない負傷だ」

「あんたらのボスって、ハドラインが？　空間を瞬間移動できる男が負傷か――なるほど。それは《聖剣》による犯行としか思えないよな……」

「何を言っていやがる」

唱翼属《ハーピー》の血走った目が、アルサリサを睨《にら》んだ。

「お前の仕業だろうが、勇者の娘！　ボスを奇襲して、治療できねえような怪我を負わせるなんて、《聖剣》しかあり得ねえ！　おかげでボスは病院で——面会もできねえ！　クソが！」

「なるほど。だいぶわかってきましたね」

キードは唱翼属《ハーピー》の襟首を解放した。

「面倒なことになってきてますよ。もしかして、全員襲われてるんですかね？　僭主七王《せんじゆしちおう》が、まとめて？　いま起きているのは《聖剣》による連続襲撃事件。だとすると」

喋《しゃべ》りながら、キードは解放した男の顔面に爪先を叩き込んだ。鼻骨が砕けて白目を剝《む》く。

「俺たちはその容疑を全面的に引き受けてることになる。想像以上の大ピンチじゃないですか」

「……かもしれない。だが」

アルサリサは拳を固めた。そうでなければこの男を殴ってしまいそうだった。

しかしどうにか自制する。正当な手続きを経ない暴力を振るうのは、それこそこの男と同じことだ。騎士同士の戦闘は、捜査中はいかなる理由があっても禁止されている。

「あ、なんか俺のこと睨んでません？」

「当然だ。お前のいまの手口は許せない。この唱翼属《ハーピー》は、魔族ではあるが家庭があった。罪を償いさえすれば、それでよかった」

口に出してから、アルサリサは改めてその事実を考える。魔族というものは、犯罪行為に手を染める者ばかりだった。そういう者たちだけを見てきた。ただ、その者にも家族はいるし、その家族が罪を犯していないのならば裁くべきではない。自分はその当たり前のことを、この街に来てようやく本当の意味で気づいたかもしれない。

ただ、キードはその境界線を意にも介していないように思えた。

「……せっかく、ほんの少し……ごくわずかに、信用できる男かもしれないと思ったのが間違いだったようだな。お前のやったことは《不滅工房《ふめつこうぼう》》の本部に報告する。そのうえで、私がいずれお前を裁く」

「ええ……悲しいな。最善を尽くしたんですけど」

「無関係な市民を人質に取るのが最善か？　他に方法はあったはずだ！」

「そんな方法を探している間に、俺たち手遅れになっちまいませんか」

「それでは正義が証明できない」

アルサリサは自分でも信じられないほど、怒りが湧くのを感じた。

「二度とあんなことをするな！」

「確約はできませんけど、いまは少なくとも、お互い協力しませんか？　そうじゃないと」

足音が、また響いてきているような気がする。次の追っ手がやってきたのか。アルサリサは空腹を感じ始めている。

「この状況、乗り切れる気がしないんですよね」

キードの言葉は正論だ。その点が、非常に腹が立つ。

「ここからどうします？　状況が錯綜《さくそう》してて、ちょっと頭がこんがらがってきました」

「……ヴェルネ・カルサリエの犯行か、否か。それで打つべき手が変わってくる」

思考を進めるときの癖だ。飛躍はしない。一つずつ、足場を組み上げるようにして考える。

こうした物事はすべて《不滅工房《ふめつこうぼう》》で——教導官であるヴェルネから学んだものだった。

「襲撃された被害者から、事情を聴取する。それができれば最善なのだが」

「お。いいですね、それでいきましょう。やっぱり本人から聞くのが一番手っ取り早い」

「……何か、嫌な予感がする」

「《天輪《てんりん》》はいま病院で面会謝絶らしいんで、見舞いに行きません？」

キードはあまりにも簡単に言った。

「なんか果物か花でも買っていった方がいいかな……」

「待て。いま、我々の置かれている状況を理解しているのか？　《天輪》ハドラインが本当に入院しているとして、どうやって病院に近づくつもりだ」

「この地下迷宮」

キードの掲げるカンテラが、闇の奥を照らす。

「都市の全域を走ってるんです。人工精霊を使った設備にエネルギーを供給して、下水道設備も兼ねてる。どこの建物にも、この地下迷宮から抜ける道があるんですよ。ハドラインの病院だって例外じゃない」

「だから、そんな隠された道をどうやって――」

アルサリサは口をつぐむ。キードがフロナッジを軽く投げ上げたからだ。

「……わかった。ならばルートの確保はできるとしよう。だが、我々は追われている。特に魔術の同調が厄介だ。複数人で結界フィルタを築かれたら、クェンジンでも突破しきれない場合がある」

「じゃあ、攪乱《かくらん》も必要ってことですか？　どっちにしても補給が最優先ですよね。アルサリサどのもお腹空いてません？」

「……空いてはいる」

そして、そのことは深刻な問題だった。魔力が枯渇すれば、まともに戦うことはできない。

「じゃあ、ついでに飯も手に入れましょう」

「どうやってだ？　この状況で、買い物ができると思っているのか」

「無理そうなんで、そこはやっぱり強盗しかないですね……」

「……なに？　聞き間違いか？　強盗？　強盗、と言ったのか」

「聞き間違いじゃないですよ」

今度はゆっくりと、キードは言葉を発する。

「強盗をやります。どっかの店に押し込んで、金目のものを奪って逃げる――みんな追いかけてきますから、ちょうどいいでしょう」

「それは犯罪だぞ！　相手が魔族でも人間でも同じだ、罪もない市民の店に押し入るなど」

「じゃ、罪のある市民の店なら大丈夫ですね。麻薬密売店舗を襲いましょう。こういうこともあろうかと、俺、未摘発の店にかなり詳しいんですよね」

「それは。いや……そういう問題では――」

「行きましょう。捜査、再開です」


足早に歩き出しながら、キード・マーロゥは考える。

（信頼関係を築くのは、無理だったな）

鷲の翼の男を尋問した手口がまずかった。もう少しやりようはあっただろうか。

（いいや。この状況で、何もかもうまくやろうと思わない方がいい）

楽観的になるべきだった。反省は後にして、物事のよい面を見ることにする。たとえばアルサリサ。彼女は不服そうだし、納得はしていないだろうが、やるべきことはやるだろう。

いま、この局面では、この少女が必要だ。それは勇者の娘であるということだけではない。魔術の技量だけでもない。あの《夜の君》イオフィッテを相手にしてまったく退く気配がなかったという、その点だ。

（資質はある）

と、キードは思った。勇者として、たった一人でどれだけの大軍と対峙しても構わないというような資質が。それこそが必要なものだった。

◆

――それはキードとアルサリサが駆ける地下道からは、見上げても決して分からない、はるか地上でのことだった。

《白星會《アルブム》》の領地は、魔王都市の中では中規模なものといってもいいだろう。《月紅會《スカーレット》》のように狭くはないが、決して広大というわけではない。だが、組織として豊かではある。それは唱翼属《ハーピー》の魔術による情報網が発達し、さらに物流に対して大きな利権を持っているからだ。

立ち並ぶ背の高い塔の数々は、夜でも真昼のように光り輝く。魔術によって灯る光が消えることはない。最近ではそれらの照明に、人間が作った人工精霊による蒼輝灯《ウイスプ》の光も加わった。

そうした光に照らされた塔の一つ――その頂点で、地上を見下ろす者がいる。

黒い翼に、細長い角を持つ唱翼属《ハーピー》の男だった。

「人間の、騎士が二人ね。そいつらが容疑者か」

彼の名を、タリドゥ・ロフィニといった。《白星會《アルブム》》では六つの組を束ねる幹部であり、兄弟分の証《あかし》としてハドライン本人とも盃をかわしている。

（そう。兄弟だ）

ハドラインは、《白星會《アルブム》》の構成員を家族と呼んでいた。そして、それを何よりも重要視する。タリドゥはそれに救われている自覚がある。ハドラインは居場所を用意してくれる。

（ハドライン。彼こそが、支配者にふさわしい）

そう確信できる。僭主七王《せんじゅしちおう》には――というよりも、この街には、身内の安全を保障できる支配者が必要だ。『慈愛』を掲げるハドライン以外にその資質のある王はいない。

（少なくとも、ぼくにはハドラインと、彼の派閥が必要だった）

特殊魔術工兵として軍に所属していたタリドゥにとって、大戦が終わってからの一年間は最悪だった。仕事をなくして行き場所もなかった。戦争中に錬磨《れんま》された破壊工作の技術を活かす場所はどこにもなく、食い詰めてさまよっていた彼を拾ったのがハドラインだった。

（あのころは、日常に帰還できないやつらが山ほどいた）

いきなり世界が平和になったといわれても、死に損なった、という思いばかりが強かった。本当なら自分は戦友たちとともに、どこかの戦場で死んでいるべきだった。

彼がやってきたのは、そんなある日のことだった。

『……驚いたな。《壊叫《かいきょう》》タリドゥ。予想以上に若いんだね』

そうやって、ハドラインは彼の潜伏先を訪ねてきた。

『私はハドラインという。きみのような、優れた軍人を探している。戦場で死に損なったと思っているんだろう？　私ならきみの死に場所を用意できると思う』

待っていたものが来た、と、そのときは思ったものだ。

（だから——こんなもの、信じられるか？）

僭主七王、《天輪《てんりん》》ハドライン・シルファート。あの男が何者かに襲われ、しかも手痛く負傷するようなことがあろうとは。おかげで街が騒がしい。

「……ぼくらで、やるしかないな」

タリドゥは背後を振り返る。極度に緊張した面持ちの部下たちが並んでいる。いずれも魔族だ。唱翼属《ハーピー》の者が多いが、獣牙属《ワーウルフ》や邪眼属《バジリスク》も交じっている。

「追い込みかけるよ。封鎖して。ぼくらのシマから出さないように」

「はい！　ですが、《月紅會《スカーレット》》の連中と出くわしたらどうしますか？」

「そんなの、わかってるだろ？」

いつもの通りだ。タリドゥは片手を振った。

「容赦なくぶっ潰《つぶ》せ。《月紅會《スカーレット》》のやつらに舐《な》められないように——ただし、気をつけて。向こうのボスも大怪我したって話だ」

当然、タリドゥはすでにその情報を得ている。唱翼属《ハーピー》の情報網は高速だ。ハドラインはそのようなネットワークを作り上げている。それは複数の唱翼属《ハーピー》が遠隔通信プロトコルを同調させて生み出す、巨大な網だ。増幅された魔術が街の地上の、半分以上を覆っている。

「ラズィカあたりが血眼になって探してるかもしれない。あいつはちょっと面倒だから、ぼくに連絡するように。きみらじゃ五秒も持たないし、怪我してもつまらないでしょ」

「はい！」

部下たちの声が揃う。教育が行き届いている証拠だ。

ハドラインは《白星會《アルブム》》の構成員を、本当に家族のように扱っている。愛情をもって接している——それがわかるからこそ、《白星會《アルブム》》はこの結束を発揮できる。恐怖に依《よ》らない互いのつながりの強固さは、《白星會《アルブム》》の最大の強みだった。

「大丈夫。ハドラインの兄貴はすぐに戻ってくるよ」

ハドラインは、自分の死に場所を用意できると言った。タリドゥはそれを信じている。自分が死ぬにふさわしい戦場の舞台を。今度こそは、家族のために死ねるかもしれない。

「それまでに勇者の娘を捕まえて、両手両足切り落としてプレゼントしようじゃないか」

三　竜骸洞襲撃事件　1

その日の店番、ブロディオ・レフェロは不運だった。

ブロディオは魔族であり、邪眼属《バジリスク》である。

《白星會《アルブム》》に所属してはいるが下っ端で、重要な業務は回ってこない。荒事も苦手だ。さすがに人間に後れを取るほどではないが、その手の行為に根本的に向いていないという自覚はある。

割り当てられた仕事も、麻薬密売店の販売員だった。

表向きは惣菜屋だ。店舗はそう広くもない。特別な業務はただ一つ、『ホワイト・チキン』を『十三ピース』、『ソースなし』で頼んできた客に麻薬を売るだけ。《白星會《アルブム》》の縄張りの中での商売であり、大通りにも近いため、抗争に巻き込まれる可能性も低い。

いままで真面目にやってきた。そうすることが正しいことだと思った。よく育った質のいい麻薬を、適正な値段で捌《さば》く。主な顧客は人間だ。彼らのことは好きだった。思いやりと愛情をもって篤実《とくじつ》に麻薬を与えれば、その思いには必ず応えてくれる。

注ぎ込んだ愛情が、そのまま人間を太い顧客に育ててくれるのだ。心と体を壊すような分量は与えない。人間もブロディオを信頼してくれているのが分かるし、ブロディオもより良質な麻薬の供給に情熱を向けることができた。

『慈愛』の精神。誰かを思いやること。それこそが、《白星會《アルブム》》の掲げる美徳である——だからこそ、これはあまりにも想定外のことだった。

(――なんで、こんなことに)

いきなり踏み込んできた二人の人間は、乱暴な足取りでカウンターに近づいてきた。店内には人間も含めて数人の客がいたが、お構いなしという様子だった。

「動くな」

と、少女の方が鋭く告げて、いきなり腰の剣を抜き放った。精霊兵装《せいれいへいそう》。人間が使う武器だ。

「この店が麻薬密売で、不当な利益を上げているということは知っている」

銀色の髪の女だった。彼女の構えた剣は、ブロディオの首筋に触れていた。

「その利益を徴収する。いますぐすべて出せ!」

破れかぶれのような怒鳴り声。

店内の客が一斉に振り返る――なんだかわからないが、必死さは伝わってくる。ブロディオは困惑し、かつ恐怖した。相手はただの人間で、しかも顔をよく見ればまだ少女というべき年齢のようだ。なんでそんな相手が、ここまで堂々と強盗のような真似をしてくるのか。

(なんなんだよ)

ブロディオは文句を言いたくなった。

ささやかで慎ましく商売をしていたはずだ。他の連中のように、人間の奴隷《どれい》を売りさばいているわけでも、脅迫や何かをしたわけでもない。必要な者に必要なものを供給している。

それを『不当な利益』だというのなら、すべての商売が不当になってしまうだろう。まったくもってどうかしている。取り扱っている品物が麻薬だというのが問題なら、先に麻薬を必要とするやつを根絶やしにするべきだろう。

（人間のくせに。こっちがどれだけ愛情を注いでるのか、わかってねえのか）

つまり、結論はこうだ。この連中はあまり相手にしない方がいい。

「待ってくださいよ、お客さん」

少し考えた挙句、ブロディオは相手を『お客さん』と呼ぶことにした。

妙な真似をされては困るからだ。揉め事を起こされてはたまらない。特にいまは人間との関係が微妙な時期だ。問答無用で殺すわけにもいかない。

「お客さん、うちはまっとうな商売をしてますよ。よくないクスリを売ってるとか、言いがかりは勘弁してください！」

「……本当か？」

「本当です！　うちは質のいい葉っぱしか売ってないですよ！」

「ほら」

少女の背後にいた男が笑った。灰色のコートに赤錆《あかさび》色のマフラー。どこか不吉な男だった。

「売ってるでしょ？　調べはついてるんですって」

「まったくだ……聞いて呆れる。質のいい葉っぱとは、つまるところ麻薬だろう！　違法薬物は販売が禁止されているはずだ！」

「そんな無茶苦茶な。それじゃあクスリが欲しいっていうお客さんは、見捨てて放り出せって言うんですかい？　あんたらには義理も人情も、慈愛の心もないのかよ！」

「これですよ」

灰色の男は喉の奥で笑った。

「これだから魔族ってやつは。自分たちの都合のいいように魔王陛下の言ってたことを曲解しやがるもんだからな……」

次の台詞《せりふ》は、吐き捨てるような言い草だった。

「誰かがなんとかしなきゃならない。そう思いませんか、アルサリサどの？」

「私は法を執行する。違法薬物の売買は摘発する、覚悟しろ！」

めちゃくちゃな連中だ――冷血な人間ども。説得が通用する気配がまるでない。

（どうかしてるよ）

ブロディオはカウンターの下で、刃物を手に取る。万が一のために用意している短剣だ。

ブロディオは邪眼属《バジリスク》であり、視線で魔術を媒介する。だが、兵隊あがりの喧嘩《けんか》自慢たちのように、睨《にら》むだけで相手を殺傷することはできない。せいぜい数秒ほど動きを止めるのが限界だ。

（でも、それだって十分だろ？）

三秒間。たったそれだけでも相手を麻痺させることができれば、首の動脈を切り裂くことができる。人間相手ならそれで十分だ、派手な魔術など必要ない。

（飼い犬に手を噛まれるってのは、こういうことだな。ちくしょう。おれがどれだけお前らのためを思ってクスリ売ってやってんのか、わかんねえのか）

刺し殺してやる。精霊兵装《せいれいへいそう》が起動する前に、凍結呪詛によるクラッキングを──使おうとしたところで、激痛が走った。腕だ。短剣を摑んだ腕が、あり得ない方向に折れ曲がっている。

銀色の円盤のようなものが、二の腕に叩き込まれていた。

少し遅れて、ぱん、という乾いた音が響く。人工精霊の起動音。

「おっと」

灰色の男が笑った。

「妙な動きはやめてくれよ」

何をされたのか、まるでわからない。悲鳴をあげてうずくまるブロディオに、銀髪の少女が鋭く宣言する。

「麻薬はすべて没収する。すべてだ！　すぐに派出騎士が駆けつけてくるからな！」

「それと、食料。フルーツもいただきましょうぜ」

「麻薬以外に関しては、正当な代価を後で支払う。連絡先はここだ！」

「え！　マジで言ってます、アルサリサどの？」

「当然のことだ……ところでキード、これは人間が食べられるものか？」

少女はゆで卵のパックを手に取った。赤いトカゲのようなキャラクターが印刷されている。

「黄色いタグがついてないやつなら、人間も食べられますよ。でも、そっちの赤いゆで卵はやめた方がいいかも。鬼腕属《オーガー》用の総菜で、爆弾タマゴって呼ばれてます。辛いの得意ですか?」

「……辛いものは、少しだけ苦手だ。甘いものはないのか。……できれば、お菓子がいい」

「え。あの、それはスナックとか? デザート的な?」

「……そっちの方が素早くエネルギーになる。それだけだ。本当だぞ。お菓子なんて、そんな子供向けの趣味嗜好《しこう》は卒業した……なんだその目は? 言いたいことでもあるのか!」

「何もないですけど」

「じゃあ、その目つきをやめろ」

「理不尽だなあ……」

灰色の男は困惑したが、少女は不機嫌そうに食料を手に取り、それを片っ端から食べ始めていた。八つ当たりでもするように。

「それより、キード。見舞いの品とやらはどうする?」

「果物がいいですかね……あと、そうそう。花とかないかな? えーと、マンドラゴラの花しかないか。麻薬の原料だけど……まあ、これでいいかな」

男の方は、この店の本当に高額な商品をかき集めていく。

(やめてほしい)

右腕の痛みに、うずくまりながらブロディオは思った。

（店がめちゃくちゃだ）

警報が鳴ったからには、《白星會《アルブム》》の幹部たちがやってくるだろう。ひどすぎる。ひどい叱責を受けるだろう。いや、懲罰《ちょうばつ》が待っているかもしれない。ブロディオは暗澹《あんたん》たる気分になった。

「悪いねえ、どうも」

赤錆《あかさび》色のマフラーの男は笑った。少しも悪いと思っていない、というより、どこか気まずそうな笑顔だった。彼は店の片隅に積み上げられた木箱を漁り始めている。もともとは樹王属《トレント》どもが生産していた違法植物の葉――それを乾燥させたものを詰め込んだ箱だ。

彼はその箱を覗《のぞ》くと、軽く匂いをかぎ、顔をしかめた。

「ずいぶん景気がいいんだな。《セフィロト》か。こいつは押収だね」

「そんな！　これまで積み上げてきた信頼がなくなっちまう！」

「待て。キード、少し奇妙だぞ。この量はなんだ？」

アルサリサは、木箱を睨《にら》むように見ていた。

「これがすべて違法薬物か？　これはあまりに」

「あ、ちょっと、待ってください。さっそく来ましたぜ」

灰色の男は手のひらを少女に向けて止めた。顔をしかめる。

「《白星會《アルブム》》の警備隊だ。ちくしょう、速いなあ」

「幹部ではないのか？」

「まだそのレベルじゃないですね。もうちょいゆっくりしたかったが仕方ない。盛大に始めましょうか。打ち合わせ通り、よろしくお願いしますぜ」

「うぐ」

少女は喉を詰まらせたように呻《うめ》いた。

「……本当にやるのか」

「やりましょう。ぜひ。こういうのは勢いが大事なんで」

「わかった……やる。やればいいんだろう！」

大きく息を吸い込んで、アルサリサ、と呼ばれた少女は店の外へ飛び出していく。

「やあやあ、我こそは！」

「もっと大きな声で。恥ずかしさは一旦捨ててもらえます？」

「……捨てるのか」

「捨ててください。事件解決のためなんで」

「……やあやあ、我こそはああああああ！　勇者ヴィンクリフの娘っ、アルサリサ・タイディウス！　身の潔白を証明するため、まかりとおおおおおおる！」

何を言っているんだ——ブロディオはとんでもないバケモノを見た気がした。

人の店を襲って、身の潔白とは。しかもあれが噂になっている勇者の娘らしい。まったく信じられない。こんな愚かな、暴挙としか言いようのないことをするとは。

そうして二人は突風のように店を後にし、嵐のような逃走を開始した。

◆

容疑者の二人が、《白星會《アルブム》》の縄張りで騒ぎを起こした。

その情報は、すぐにラズィカの下へ伝わってきた。《月紅會《スカーレット》》にも情報網はある。《白星會《アルブム》》が誇る唱翼属《ハーピー》たちのネットワークほどではないが、魔王都市の各地に潜ませている、血を与えた眷属《けんぞく》たちが密告してくれる。

《月紅會《スカーレット》》の序列四位、イオフィッテの護衛隊長であるラズィカは、その密告者たちから上がってくる情報を逐次受け取ることができた。《夜の君》イオフィッテが重傷を負ったいまでは、彼女が《月紅會《スカーレット》》の実働部隊を統括することになっている。タイミングも悪かった。序列二位は都市の外に出ていたし、序列三位はこうした事態に対して役に立たない。

（私がやるしかない。姫様のために）

覚悟が必要だ。どの會《かい》も、いまはあの二人を追っているだろう。どの組織にも先んじて捕えなければ面目が立たない。イオフィッテを直接傷つけられたのだ。

そう、例の二人――『勇者の娘』アルサリサ・タイディウスと、キード・マーロゥという二人の人間の騎士は、どうやら《白星會《アルブム》》の麻薬密売店舗を襲ったらしい。これに対して人間の騎士局は、人類の魔族に対する敵対意思を否定している。二人はごく正当な調査により麻薬密売店舗を摘発しただけという理屈だ。

　この見解を、派出騎士局一課は淡々と主張してきた。

「ふざけていますね」

と、ラズィカは声に出して呟《つぶや》いた。

　相手はいまや、重要参考人だ。あの場に居合わせたラズィカは、二人がイオフィッテに重傷を負わせた襲撃の犯人だとは考えていない。もちろんあの二人には可能な限りの苦痛を与えて殺す。それは決定事項だが、下手人は別にいる。あのとき血華楼《けつかろう》ごと主を襲った何者か。

　そしてアルサリサとキードの二人は、その襲撃者について何かを知っている。だから逃げているのだ。ラズィカはそう結論づけている。

（絶対に許されない。逃がすわけにはいかない）

　血がこぼれるほど、拳を握りしめていることに遅れて気づく。その血で皮膚が灼《や》けている。

「ふざけた猿ども……焼き殺してやる……！」

　もう一度呟いたとき、背後から声がした。彼女の部下の、獣牙属《ワーウルフ》だ。

「ラズィカ姐さん！　《白星會《アルブム》》のやつらと、ウチの組のやつらが接触しました。文句つけてきましたよ」

「そうですか」

予想はしていたことだ。《白星會《アルブム》》の領域で捜索させている限り、いずれはぶつかる。

「ウチの組のやつら、血の気が多いんで危ないっスよ。強引に行くかもしれません」

基本的にはどの會《かい》でも、『組』というより小さな単位で人員を動かす。かつて魔族と人類が戦争していたころの名残だ。より身動きのとりやすい『部隊』という形で軍勢を分割し、ある程度の裁量を与えて活動させる。

「《白星會《アルブム》》からは、誰が出てきていますか？」

「タリドゥ。《壊叫《かいきょう》》のタリドゥです」

「なかなかの大物ですね」

ラズィカも知っている相手だ。幹部の一人。だとすると、やはりハドラインも襲撃され、重傷を負ったという話は本当なのかもしれない。魔術でも簡単には癒《い》えない傷を負わされた。

それに、これは面子《めんつ》の問題でもある。

よその會に始末を任せるのは論外だった。自分たちの主を襲った者を取り逃した、という形になってしまう。この街では舐《な》められたら終わりだ。ただし《白星會《アルブム》》もそう考えているだろうから、話は複雑になってくる。

「……《白星會《アルブム》》と共同で、あの二人を追う提案をしましょう」

ラズィカは絞り出すように言った。それが唯一の落としどころだろう。犯人を自分の手で焼き殺すのは絶対に必要なことだし、あの傲岸不遜《ごうがんふそん》な連中と手を組むのは不愉快でもある。

だが、いまは《白星會《アルブム》》との全面戦争を避けるべきだった。グリーシュ動乱のような、大規模な抗争に発展しかねない。あの戦いではどの會《かい》も深手を負った。

僭主七王《せんじゆしちおう》に挑もうとした《さざめく砂塵》のグリーシュという鬼腕属《オーガー》が市街地を暴れ回り、いくつもの會がそれに対応するべく武装した結果、不毛な衝突が発生。それに対して不快を表明した《絶嘯者《ぜつしようしや》》ギダンの息吹《ブレス》が街を焼き払うところだった。

ぎりぎりのところでグリーシュの暴走を阻止できたのは、人間の派出騎士が彼と道連れのような形で食い止めたからだ。

（角なし猿の中でも、おそらくは最精鋭だったに違いない。愚かな連中ではあるが――職務に『誠実』でもあった。その部分は評価してもいい）

彼らは文字通り命を懸けた。あんな愚かな真似をできる者はもういないだろう。せめてイオフィッテの傷が癒《い》えるまで、事態の深刻化を防がなければ。

「不本意ですが、仕方ありません。《白星會《アルブム》》のタリドゥに連絡を」

「わかりました！　ウチの若いのに伝えて――」

「ラズィカ姐さん！　大変です！」

返答を終える前にさらにまた一人、新たに駆け込んできた者がいる。こちらは浄血属《ヴァンパイア》だが、異様なほど青ざめていて、呼吸も荒い。叫ぶように言う。

「抗争です。《白星會《アルブム》》と戦争が始まりました！」

「な、何やってんだ、おい！　ええ？」

獣牙属《ワーウルフ》の組頭はひどく狼狽《ろうばい》した。

「ウチからは絶対に手を出すなって言ってたはずだろ！」

「それが、先に仕掛けてきたのは向こうの方――タリドゥの野郎だって！」

「ンな馬鹿な……」

絶句する獣牙属《ワーウルフ》をよそに、ラズィカは右の拳を握りしめて立ち上がった。血液が溢《あふ》れ、その雫《しずく》がいくつも宙に浮き、すでに灼熱を帯びている。

「向こうがそのつもりなら、応じましょう」

タリドゥが仕掛けたというのも何かの間違いかもしれないし、こちらの『若いの』が先走った可能性も高い。殺気立った連中は何をするかわからないところがある。

だが、先に仕掛けられて、応戦しないのは面子《めんつ》にかかわる。最低でも、《白星會《アルブム》》など恐れていないというところを見せなければ手打ちにもできない。

「私も出ます。まずは徹底的に叩きなさい」

◆

部下からの報告に、タリドゥは耳を疑った。

「え。《月紅會《スカーレット》》が?」

部下を使って、例の二人の包囲網を配備しかけていた最中だった。もともとこんな細かい作業は得意ではないし、好きでもない。面倒なだけだ。

アルサリサとキード。例の二人は無茶な方法で攪乱《かくらん》をしかけてきていた。建造物の破壊やら何やら、さんざんなことをしてくれたせいで、ひどく手間をかけさせられている。それでも、時間の問題だろう——そう思っていたところへ、この報告だ。

「《月紅會《スカーレット》》の連中が、仕掛けてきたって?」

「間違いありません」

部下の唱翼属《ハーピー》は神妙な面持ちで告げた。ひどい緊張状態にあるようだ。

俗に『燕《つばめ》』と呼ばれる、小ぶりな翼の唱翼属《ハーピー》。彼女には三十ほどの部下を預け、組を一つ指揮させているが、いつもの仕事は情報の収集にある。戦闘行為は本来の任務ではない。

「《月紅會《スカーレット》》の序列四位、ラズィカ・クルディエラ。彼女が部下を直接に率いています」

「信じられないな」

それがタリドゥの率直な感想だった。

「……向こうもイオフィッテが重傷で、動かせる組は七つか八つってところだろ。《月紅會《スカーレット》》はもともと武闘派の多い會《かい》じゃない……死んだやつと怪我したやつは?」

「私の組の者は、すでに二名が死亡しています。重傷者は七名——いえ」

唱翼属《ハーピー》は耳を押さえ、うなずいた。部下から魔術による通信が入ったのだろう。

「いま三人目の死者が出ました」

「本気だね。ラズィカ・クルディエラなら、やりかねない」

タリドゥが見たところ、ラズィカは主であるイオフィッテに対する信仰とでもいうべきものを持っている。主の制御がないいま、暴走状態に陥っている可能性はある。

「一時的にでも協定を期待してたんだけどね。これは無理か……とりあえず、手打ちにできる程度には血を流さないとな」

タリドゥはうなずいた。

「やるしかないね。同じ程度には殺す。誰か責任とって死ねる組頭を一人、用意しておいてくれるかな。死人が同数のときはそいつに死んでもらうから」

「はい。では、私が死にます」

「ああ、それは駄目だ。きみはかなり優秀だから別のやつにしてくれ——で、例の二人は？そろそろ捕まえた？」

「我々の縄張りで目撃情報が。傘下《さんか》の麻薬密売店舗を襲撃し、金品や食料を奪って去ったとのことです」

「そうか」

逃走に必要な資金や、物資を調達したということだろう。麻薬密売店舗の摘発、という理由ならば一応、人間側の名目は成立すると考えたのか。なかなか冷静なのかもしれない。

だとすれば、行き先は——。

「街の外に向かうつもりかな。ウチの縄張りから逃がさないようにしてくれ」

「はい。フィンペール様とアノリガ様は、独自に境界を封鎖すると。他の會《かい》を牽制するため、十名単位による同調で結界フィルタを作り上げています。チェスレス様はボスの護衛に当たるとのこと」

「チェスレスだけで大丈夫かな……。あいつ、あんまり頭よくないぜ。アノリガの組のやつらを回しといてよ」

「ボスが、護衛は最低限でよいと。むしろ他の會に舐《な》められないように全力を尽くせ、とのことでした」

「ふ！　気合を入れろって？　わかってますよ……」

もしかすると、自分の死に場所が近いのかもしれない。

タリドゥはなんとなく、そんな予感を覚えた。かつてない抗争になりそうな気がする。そこには紛れもなく大きな戦場があるだろう。

「じゃあ、よろしく。見つけたら、勇者の娘じゃない方はどうなっててもいいからね」

三　竜骸洞襲撃事件　2

　魔王都市において、どの會も医療施設の一つや二つは保持している。

　負傷率の圧倒的な高さに加えて、一時期に魔王ニルガラが医療分野に大きな投資を図ったことがあるからだ。特に《冥府の貌《めいふのかお》》のロフノースなどは、『安息聖殿《あんそくせいでん》』と名づけた一大医療設備を築き上げているほどだ。

　当然、《白星會《アルブム》》にもその手の施設はある。洗練された近代的な楼閣《ろうかく》が立ち並ぶ街の片隅に、無骨にそびえる砦のような建物。アルブム・カフリ医院。

　ここで、《天輪《てんりん》》ハドラインが療養しているという。

　そこに近づくこと自体は、この状況下ではそれほど難しいことではなかった。《白星會《アルブム》》の構成員たちは、内側ではなく外側を警戒していたこともある。領域の境界への防御。決して外に出さないという体制――それはつまり、内側へ向かう分にはさほどの妨害を受けないことを意味していた。

　そして、侵入という意味でも難しくはない。キードのフロナッジは、正しくその経路を探し出していた。地下迷宮から続く扉は施錠されてはいたが、アルサリサのクェンジンには問題にもならなかった。

　結果として、巡回していた構成員をたった二人ほど叩き潰《つぶ》しただけで、病院内部へ侵入することができたことになる。

「来たくなかったな。病院、嫌いなんですよね」

「私も嫌いだが、無駄口を叩いている暇はない。《天輪《てんりん》》ハドラインの病室はどこにある……？」

アルサリサはひどく緊張した様子で、クェンジンの柄から手を離さない。だが、そこまで警戒することはないだろう――とキードは思う。

みんな、それどころではないからだ。

アルブム・カフリ医院の廊下はひどく騒がしく、怒号が飛び交っている。そして患者同士の殴り合いに発展しているところもある。医者はさすがにそれを止めようとしているが、巻き込まれて逆に騒動に火がついていることもある。

抗争中の會《かい》の病院というのは、だいたいこんなものだ。患者も医者も気が立っている。ましてやいまは、彼らを統率すべき主が不在という状況だ。

おかげで事務室のロッカーから盗んだ予備の白衣にマスクといういい加減な変装は、十分に通用した。誰もがそれどころではない。アルサリサはひどく不愉快そうな顔をしたが、これ以外に方法はない。

「ハドラインは最上階ですかね。……いや」

キードは足早になりがちなアルサリサを抑えるように、低い声で告げる。当然、ポケットの中ではフロナッジを握りしめていた。その振動が、キードが探す相手の位置を伝えてくる。

「この階ですよ。あの廊下の奥――意外ですね。なかなか狭い病室だ」

「……そうか。さすがに警戒しているようだな」

「視界に入らない方がいいですね。邪眼属《バジリスク》だ」

たしかに、病室の前には一人の男が居座っている。邪眼属《バジリスク》。彼らの特徴は、直立歩行する蜥蜴《とかげ》のような見た目にある。鱗《うろこ》のある肌、細く長い尻尾。瞳がぎょろりとよく動き、あらゆる方向を速やかに視認することに長けている。

その邪眼属《バジリスク》はいかにも剣呑《けんのん》な表情で、目を細めて床に座り込み、目の前を走り抜ける医師団や患者を見張っていた。

「あれじゃあハドラインがここにいるって教えてるようなもんですけどね。しかも自分一人で十分って感じか？　相当な自信だし、忠誠心も強いだろうな」

ああいう手合いは、家族の絆《きずな》よりもボスへの忠誠心が強い。特に《白星會《アルブム》》の幹部クラスの連中は、ハドラインと兄弟分の杯を交わしており、肉親以上の絆を持つ。

「家族を人質に取る手は有効じゃなさそうですね……」

「当然だ。二度とやるな」

「アルサリサどの、目つきが鋭すぎます。不審者だと思われますよ」

「何か手が必要だな。三秒程度でいい。時間を稼ぐことができれば、私ならば捕えられる。邪眼属《バジリスク》が相手の場合、視界に入った瞬間に魔術を行使されるのが厄介だ」

「それなら」

キードは窓の外を見た。すでに夜も更け、《白星會《アルブム》》に聳《そび》える尖塔の数々が煌《きら》めいて見える。

もっとも完成された美しさを持つ領域、と呼ばれるだけある。

「邪眼属《バジリスク》の魔術を足止めするのは簡単です。照明に魔力を供給している、動力ラインを」

ポケットの中のフロナッジが、その在処を指し示す。

魔族の施設であっても、人工精霊による器具は急速に導入されてきている。特に照明や暖房などは、もはや魔王都市全域に及ぶインフラとなったと見ていいだろう。自身の魔力を使うよりもはるかに効率がいいからだ。使い手による個人差もない。

「……動力ラインを切断して、視界を塞ぎます。すぐそこだ」

「強行突破か。わかった。それであの見張りはなんとかできると思うが、他の者はどうする。主を守ろうとするだろう」

「あ、じゃあ、ハドラインを人質に取りましょうよ。重傷なんでしょ。あいつらの絆《きずな》を有効活用しましょう」

「犯罪行為を第一候補にするな！　派出騎士の倫理規定を復唱しろ！」

「あれ、長すぎて絶対無理なんですけど……もしかして、アルサリサどの、覚えてます？」

「入団試験の必須項目だろうが！　いや……もういい」

不毛さを感じたのか、アルサリサは会話を打ち切った。ごく自然な速度で歩き始めている。

通路の向こうにいる邪眼属《バジリスク》まで、およそ二十歩か。邪眼属《バジリスク》はこちらも視界に捉えている——が、まだ警戒はしていない。

「ハドラインが本当に重傷であることに賭けよう」

「じゃあ、三つ数えたら行動開始で。……三」

キードはフロナッジを掴んだ。右手側の壁。その内部に、照明用の人工精霊に魔力を供給するケーブルが走っているのだろう。

「二」

慌ただしく走る看護師とすれ違うのと同時、素早くフロナッジを放つ。

「一」

破壊音。亀裂《きれつ》。瞬時に邪眼属《バジリスク》の瞳がこちらに焦点を合わせるのがわかった。額にある小さな角が発光する。魔術演算の予兆。ここから使用までは一秒とかからない。

しかし、その十分の一秒後、闇が周囲を覆った。邪眼属《バジリスク》が魔術を演算するより速く。

「クェンジン」

呟《つぶや》いたアルサリサは、行動の開始前から目を閉じていた。光の消失による影響は小さい。地面を擦《こす》り、刃を振り上げた。

剣の先端から鎖が放たれる——邪眼属《バジリスク》ではなく、天井へ向かって。

「てめえらっ」

邪眼属《バジリスク》が喉から絡みつくような怒鳴り声をあげた。

「どこの會《かい》のモンだ！」

その瞳はアルサリサを追っていない。だが、たしかに魔術は演算されていた。見えない相手を薙《な》ぎ払うような、広範囲の攻性呪詛《こうせいじゅそ》ボット。

炎の旋風が巻き起こり、その輝きで周囲を照らし、無差別に飲み込もうとする。

（こいつ、場数は踏んでるな。でも）

キードは冷静に見ていた。アルサリサは敵の動きを読んでいる。最初に天井に鎖を放ったのは、その炎を避けるためだ。初撃さえ外してしまえばそれで十分だった。

「ガキかよ！　てめえはまさか――」

もしかすると、邪眼属《バジリスク》は何かを尋ねようとしたのかもしれない。その瞳で跳躍《ちょうやく》するアルサリサを見た。視線が焦点を結ぶ。次の魔術がすぐに演算される。

――その前に、足元を這った鎖が彼を捕えた。転倒させ、絡みつき、その頭部を覆う。一瞬にして、輝く鎖で目隠しをされたような恰好になった。

最初に地面を擦《こす》ったクェンジンの刃が、少し遅れて鎖を生成していた形になる。単純な仕掛けだが、こういう奇襲では、二段構え程度の備えが有効に機能する。邪眼属《バジリスク》は何か罵倒を叫んだものの、それにいちいち対応している義理も暇もない。

「さすがですね。アルサリサどの、喧嘩《けんか》慣れしてます？」

「……攻めるときは、常に二段階の仕込みを用意しておくよう、教導官から教わった」

そう言った彼女の顔は、暗くてまるで見えない。

「行くぞ」

アルサリサは病室のドアを押し開け、キードはそれに続いた。

（ここか）

個室だ。暗さに目が慣れないいま、やたらと広く感じる。部屋の奥には大きなベッドが一つ。そこに人影がある。横たわっている——後ろ手に扉を閉め、即座にアルサリサはクェンジンを振るっていた。

「閉ざせ、クェンジン」

低い囁《ささや》き。ドアに向かって何本もの輝く鎖が放たれ、封鎖する。強固な封印保護プロトコル。その直後、ドアに強い衝撃があった。なんらかの呪詛ボットだろうが、破壊されることはない。

「——くそっ！　なんだ？　ドアが！」

「どけ、ぶち壊す！」

「やめろ馬鹿野郎！　中のハドライン様に万が一のことがあったらどうする！　まずは解呪だろうが！」

罵声《ばせい》が聞こえる。何かを叩きつけるような音。鎖がわずかに軋《きし》む。アルサリサはクェンジンを握りしめ、力を籠《こ》め直したようだった。

「これなら、魔術で強引に破壊することもできない。数分程度は持たせてみせる。その前に事情聴取をするつもりだったのだが」

アルサリサの眉間に皺《しわ》が寄っている。キードも同じ気分だった。

「これほどの、重傷だったとは」

病室の寝台に横たわるのは、金色の髪の男だった。絵画から抜け出たような、不自然なほど完成された容貌。白い肌。左の腕と翼が三枚失われているが、それさえなければ神々の遣わす天の使徒のようにも見えたかもしれない。

これが《天輪《てんりん》》ハドライン。キードが知る容貌と一致している。

その頭部には包帯が巻かれ、瞳は固く閉じられていた。眠っている——これだけの物音を立てても。そのように見えた。

だが、代わりに反応した者がいる。

「な……なんですかっ？　人間？　なぜここに……！」

眼鏡《めがね》をかけた、白衣の男だ。医者か——髪の中に、大ぶりな角が二本。

（つまり、魔族だ。種族はわからないが——）

キードは慎重に相手との距離を測る。医療スタッフの存在は予想していた。どのくらいの戦力があるのか。それが問題だ。医師は青ざめた顔で後退した。警戒と恐怖が半分ずつ、というところか。

「……ハドライン様に危害を加えるつもりなら。私だって——」

「やめときなよ」

キードはフロナッジを軽く投げ上げ、先手を打つ。医師が掲げた震える腕を、銀色の円盤が打った。それほど強くはない。だが、この明らかに非戦闘員である医師の腕をへし折ることぐらいはできた。

「あ、がっ」

一拍遅れて、医師は腕を押さえて膝をついた。ごぼっ、と、空気を求めて喉が鳴った。

「あんたじゃ無理だ。それに、ここで派手にやればハドラインを巻き込むぜ」

医師は荒い呼吸を繰り返したまま沈黙していた。つまり、それが答えだった。キードはため息とともにうなずき、抱えていた紙袋を掲げてみせる。

「それでいい。俺たちは見舞いに来ただけなんだ。ほら、お土産も持ってきたし」

「土産は、いまは関係ない。事情聴取だ」

アルサリサは上着のポケットから、小さな小物入れを引っ張り出した。シルクハットを被ったペンギン、のような図柄が刺繍《ししゅう》されたものだ。キードは思わず脱力したが、アルサリサはいたって真剣な顔で、メモとペンを取り出して構える。

「聞かせてもらおう。ハドラインが襲われたのはいつだ？　正確な時刻と、襲撃状況について知っていることを言え」

「そ、そんなことを、人間の部外者に」

「時間がない。いますぐ教えなければ、ハドラインの身柄を拘束するしかない。正規魔導騎士権限による、臨時逮捕を強行する」

アルサリサの発言は、半ばブラフだ。逮捕し、身柄を派出騎士局に持ち帰れたとして、その後はどうする？　この状態では取り調べなどできないだろう。ハドラインはこれだけ騒いでも目を閉じたまま、眉一つ動かさない。昏睡《こんすい》状態にあるのではないだろうか。

ただ、このブラフは医師には効いたようだ。唾を飲み込み、ぼそぼそと話し始める。

「……ハドライン様が負傷されたのは、二時間ほど前のことです。正確な時刻までは、我々にもわかりません」

二時間ほど前。ちょうど、キードとアルサリサが血華楼《けつかろう》で攻撃を受けた時間と一致する。

「襲撃者は、青白い剣を使っていたと聞きます。間違いないのは、そのせいでハドライン様に医療魔術がほとんど効果を発揮していないということです」

「襲撃者は？　何か聞いていないか？」

「……仮面をつけた連中です。顔の下半分を隠すような、黒い仮面をつけていたと……」

「少なくとも集団か、なるほど。これで確定だな」

アルサリサはキードを振り返った。その顔が、ひどく張り詰めたものになっている。

「ヴェルネ・カルサリエは単独犯ではない。なんらかの組織だ。《偽造聖剣》を用いてハドラインを襲撃したことから、すでにそれを量産できる技術を手にしている。イオフィッテを攻撃したものとは別の《偽造聖剣》だ」

「いや、待ってください。組織って……」

わからないことばかりだ。キードは自分の頭を掻きむしる。

「なんなんです。新手の秘密結社ですかね？」

「おそらくは、反魔族勢力の過激派。彼ら自身は《ギルド》と名乗っている」

ギルドという名前は、おそらく大戦初期に活動していた、人類による反魔族集団を継承しているものだろう。まだ両種族が全面的な対立を行う前から、魔族を探し出して積極的に『狩猟』するなどの行為を行っていたという。

「私の先輩――ヴェルネ・カルサリエは、その集団に合流したと見られている。そうでなければ《聖剣》の設計図からそれを偽造することなどできない。それなりの設備が必要だからな」

「え。じゃ、つまり、そいつらが？　《偽造聖剣》で僭主七王《せんじゅしちおう》を片っ端から襲ってるってことですか？　そいつは……」

キードは沈黙した。頭が混乱し始めている。いつもそうだ。状況の整理は、キードにとって苦手分野だ。疑うことから始めると、最低限信じるべき事実の把握が難しくなる。

「……わかんないですね。その《ギルド》が、なんで俺たちに罪を着せようとするんです？　自分たちがやったって大々的に発表すりゃいいでしょうよ。人間が、魔族に戦争仕掛けようとしてるぞって宣戦布告すれば」

「それでは、人類の中でも異端の、単なるテロ組織の突発的な凶行としか認識されない。当然、いままでもそういう過激派が戦争を仕掛けようとしたことはあったが、《不滅工房《ふめつこうぼう》》によって粛清《しゅくせい》されてきた。それでは戦争にまでは発展しない」

「あ、なるほど。《不滅工房》が『事態を収拾する』っつって派遣した、勇者の娘がやらかさなきゃ意味がないのか」

「……あなたたちは」

不意に、医師が口を開いた。さすがにハドラインのお抱えの医師ということか。腕はもう治っているらしい。ハドラインの寝台にすがりつくようにして、立ち上がろうとしている。

「真犯人を捕まえるつもりでいるんですか？　本当に？」

「当然だ。私は正義を証明する」

アルサリサは即答し、断固として宣言する。そこには鋼のような意志が宿っていた。

（すげえな、この子は）

と、キードは思う。これだけ追い詰められていても、まるで諦めていない。稀有《けう》な資質だ。

少なくともその精神は信頼に足る。――彼女の方は、キードのことを欠片《かけら》も信頼などしていないのだろうが。

「……あなたたちには、我々《白星會《アルブム》》に保護されるという道もあります」

医師は理解できないものを見る目で、アルサリサを見ていた。

「たぶん……少なくとも、状況的にあなたたちは実行犯ではありませんし、私ができるだけの弁護をしてもいい。人間の乏しい能力では到底逃げ切れないでしょう」

「逃げ切るつもりはない。私たちは事件を解決するのだ」

「……そうですか。私は止めましたからね」

断固としたアルサリサの回答に、医師はため息をついた。そこにあった感情は感嘆か、それとも諦めか。そのどちらかだろう。

「我が主、ハドラインは言っていました。人間は弱く、保護されるべき存在だと。誰かが救済しなければ、自分で自分を破滅させかねない生き物だと。こういう強情さも、人間の憐れむべきところなんでしょうね……」

彼の言う通り——キードも知っている。

ハドラインは魔族としては変わった思想の持主だ。『慈愛』の精神に基づいて、彼は弱者の救済を掲げている。その対象は、主に人間。人間は未熟で脆弱《ぜいじゃく》で愚鈍な種族であり、守られるべき存在であるという主張だ。駅前で演説しているのを見たことがある。

彼によれば、魔族はもっと人間を慈しむべきだという。快適な人間牧場を作り、そこで種族全体の繁殖頻度やら、精神状態やらを管理する必要がある——とか。

（根本的にズレてんだよな、魔族の考え方ってのは）

この医師も、確実にハドラインの思想の影響を受けているらしい。人間をただの血液袋やら死体の素材やらと同然に見ている魔族に比べたらマシだが、迷惑であることに変わりはない。

(さっさと行動を起こさないと。時間がねえぞ……!)

キードは病室のドアを一瞥《いちべつ》する。外では火花が散っている。なんらかの解呪シークェンスを実行しているのだろう。

「アルサリサどの。ここからどうします? もう僭主七王《せんじゅしちおう》に事情聴取、って状況じゃなくなってきましたよね」

「ああ。もう十分に聴取した。その必要性もない」

「え? どういうことです?」

「説明している時間が惜しい。問題はここからどうするかだ。我々は追われている……」

「ですよね。魔族の二大派閥から目の敵にされてるし。これ、死んでもおかしくないな」

「それに加えて《ギルド》も、だ」

「え。マジですか? 追いかけなくても……もう十分でしょう。俺らすげえ疑われてるし、どの會《かい》に捕まっても拷問《ごうもん》程度で済めばいいレベルですぜ」

「それでも、弁解などさせる暇を与えたくないだろう。程よいところで口封じのために殺しておいた方がいい。その機会を狙っているはずだ。だから、やるべきことは……」

天井を睨《にら》みつけながら、アルサリサは考えをまとめているようだった。

というよりも、そうせずにはいられない性質なのだろう。常に現状を分析し、わからない点を明確にして、整理する。彼女の頭脳は、おそらくそういうふうにできている。

「状況の打開には、犯人の身柄が必要だ。ソロモンを殺し、僭主七王を襲撃した《ギルド》の実行犯、ヴェルネ・カルサリエを捕らえる。そして《ギルド》の犯行を明らかにする」

「あ」

キードは手を打った。やるべきことがわかれば、その筋道は明快だ。

「それじゃあ、いいこと思いつきました」

「……危険で、なおかつ違法行為に相当する案のような気がしてならないのだが」

「うわ……さすが、勘がいいですね」

「少しはごまかせ！　その努力くらいはしろ！」

「がんばります。じゃあ俺の名案なんですが、ヴェルネ先輩を誘《おび》き出《だ》すのはどうです？」

このキードの提案は、少なくとも一考に値するとは感じたらしい。アルサリサは腕を組んだ。

「続けろ」

「《ギルド》の連中は、俺らに罪を着せようとしてる、ってことですよね。どっかでタイミングを狙ってるなら……」

自分たちがイオフィッテの下を訪れたタイミングと同時に襲撃をかけたという事実も含めて考えると、最初からすべては計画されていたのだろう。ヴェルネ・カルサリエが《聖剣》の設計図を盗んで逃げれば、アルサリサが追ってくるであろうことは予測されていた。

あとは到着を待って、行動を監視し、事件を起こす。

その思惑を逆手《さかて》に取る。

「囮《おとり》捜査、やってみません？　俺らの命を狙いたいなら、狙わせてやりましょう」

キードはフロナッジを投げ上げ、また手に取る。

「大暴れします。できるだけ派手に。思いっきり敵を引きつける。他の會《かい》からも注目されるような暴れ方がいいですね」

「……本気か？　理屈はわかるが……自分の命を的にするつもりか。なんとなくお前のやり方がわかってきた」

キードを見るアルサリサの目には不快感でもなく、ましてや賞賛などでもない、複雑なものが浮かんでいた。キードはそれを解釈するのを諦めた。わかるわけがない。

「教えてくれ。何をするつもりだ。移動しながら説明してもらう」

「あ、もうすでにやる気ですか？」

「お前の考える手段は、認めたくないが、有効かつ必要だとわかった」

アルサリサはとても嫌そうな顔をした。

「非倫理的かつ暴力的な点を除けばな。なんでそういう手段ばかり思いつく？」

「俺の親父がね。そういうやつだったんですよ」

久しぶりに、そんな言葉を口にした気がする。キードは意識的に、深く呼吸をした。

「お互い、家庭環境に苦労しますね――というわけで、行きますか。やつらを誘《おび》き出《だ》すのにちょうどいい場所があります」

「行先だけは言え！　非常に不安だ！」

「竜骸洞《りゅうがいどう》。御存じ――じゃなさそうですね。案内します。邪魔したね、皆さん」

キードは最後に医師と、看護師たちに手を振った。

「ハドラインの旦那には『お大事に』って言っといてくれ」

「……何度も聞きますけど。……お二人とも、本当に、やる気なんですか？」

医師の顔は先ほどよりもいっそう青白い。とんでもない怪物を見るような目で、キードとアルサリサを見ていた。

「どう考えても、この魔王都市全体を敵に回していますよ。誰もがあなたたちを追っているでしょう。無駄な努力だと思いませんか？」

「そうだね。あんたたちも止めてみるかい？」

「いいえ。あなたたちに止まる気がないのなら、仕方がありません――どうぞご自由に。私は無駄だと思いますが」

細く長い息を吐き、医師は両手をあげた。降参のような仕草だった。

「憂慮《ゆうりょ》すべき愚かさだ」

大きなお世話だ、とキードは思ったし、反論しようとした。だが、やめた。医師の瞳は虚《うつ》ろで何も映していないように見えたからだ。

◆

《白星會《アルブム》》のタリドゥは、徐々に高揚を感じ始めていた。

一向に状況が良くならない。適当に《月紅會《スカーレット》》の下っ端をあしらって手打ちにするはずが、向こうの抵抗は増すばかりだ。報告によれば序列四位のラズィカが前線に出てきて、大いに暴れているという。

（もう小競り合いじゃ終わらない。どう落としどころをつけるか——）

状況はさらに複雑に、過激になっていく。それ自体は望むところではある。問題は、こちらが守勢に回らざるを得ない状況であることだった。縄張りに侵入されているのは、《白星會《アルブム》》の方だからだ。

一方で、ボスであるハドラインの身辺も騒がしい。

「——逃げたって？　その、勇者の娘と、よくわからん派出騎士が？」

「はい。間違いありません」

部下の唱翼属《ハーピー》の報告は正確だ。彼女がそう伝えるからには、事実なのだろう。

ハドラインが入院している病院に押し入って、護衛のはずの幹部のチェスレスを無力化し、強制的に面会をしたという。そして逃げた。意味不明な報告だった。

「ボスは？　無事なんだろうね？」

「侵入者から受けた負傷は皆無です。チェスレス様以外の護衛が駆けつける前に、二人は逃走したと伺っております」

「何かされてないか？　そりゃ変だよ。侵入者どもは、手負いのボスを見て何もせず、寝顔だけ見て逃げていったってことだろ？」

「わかりません。病室には誰もいませんでした。ハドライン様のご命令で、いまは医療スタッフも病室に入ることができず――」

「そりゃわかってるよ、ボスはわがままなんだから。でも、それなら、チェスレスは何やってたんだよ。他の護衛が来るのも遅すぎない？」

「病室は強力な封印保護プロトコルによって封鎖され、解除には時間を要したとのこと。そして侵入者に無力化されたことから、チェスレス様は自ら懲罰房《ちょうばつ》に入られました」

「……チェスレスにはさっさと出てこいって言っといて。そんな暇ないから」

チェスレスは生真面目で、自罰《じばつ》的傾向が強い。いまは少しでも助けが欲しかった。特に自分以外に指示を出せる者が必要だ。

（そうすれば、どうにかできる）

侵入者の動きは意味不明だし、あの二人を捕まえられなかったのは痛手だが、まだボスは無事だ。包囲網を絞っていけばいずれは捕まえられる。だとすると、最大の問題は《月紅會《スカーレット》》との抗争になるが、相手の主力はラズィカ一人だけだ。

あと少しだけ、幹部クラスの加勢があれば、この状況を変えられるかもしれない。しかし、それは全面戦争に近い状態になることを意味している。

「……思い出すな」

タリドゥは笑みを浮かべている自分に気づく。

「三年前のこと」

「グリーシュ動乱、のことでしょうか？　タリドゥ様も参加されていたのですね」

「そう。グリーシュ動乱。グリーシュの馬鹿が暴れ回ってね……誰も近づける状態じゃなかったよ。あちこちで小競り合いが始まるしさ。人間の騎士どもが止めたのには驚いた。命と引き換えに道連れなんてのは、愚かだ。愚か……ではあるけど」

彼らは素晴らしい死に場所を得た。タリドゥはそう思うことがある。《鉄雨《てつさめ》》部隊といったか——いまでも彼らの壮絶な死にざまが、目に焼きついて離れない。嫉妬さえ感じた。

願わくは、彼らのように。

「……これは、まだまだ荒れるね」

《月紅會《スカーレット》》と《白星會《アルブム》》の抗争は激化している。

他の勢力が、この抗争の隙《すき》をついてこないはずがない。

◆

魔王都市全体が、緊張している。

発火寸前という空気がある。すでにその段階を超えてしまった地区もあった。つまり、《月紅會《スカーレット》》と《白星會《アルブム》》の両者だ。あちこちの路地で抗争が開始されている。

もう下っ端同士の小競り合い、という状況ではない。

魔術が演算され、建物が吹き飛び、魔族は倒れる。巻き添えになった人間が悲鳴をあげて逃げ惑い、派出騎士たちがバリケードを築き始めていた。とはいえ、人間どもに鎮圧などできるはずがない。せいぜい、負傷者の収容と救護が限界だ。

これは間違いなく、都市のすべてを巻き込む事態に発展するだろう。

薄暗い路地裏の片隅から見ていても、その兆しがはっきりと感じられた。

「そろそろだな」

樹王属《トレント》のデーヴィンは押し殺した声で呟《つぶや》く。

昼間に失った、腕の付け根が疼《うず》いている。あの人間の娘。アルサリサ・タイディウスにやられた傷だ。ひどい屈辱だった――それもこれも、《常磐會《ヴェール》》がすっかり弱体化してしまっているせいだ。このまま終わらせるわけにはいかない。

組織と誇りを取り戻すには、力を示す必要がある。この魔王都市では、絶対にそれが必要だ。

「覚悟はいいな？」

デーヴィンは路地裏に声をかける。樹王属《トレント》たちがそこにひしめいていた。その数は四十――たったの四十でしかない。つい数日前までは一大勢力を誇った《常盤會《ヴェール》》の、いまではこれが残った武闘派構成員のすべてだった。

しかし、やるしかない。その考えは誰もが同じだ。

「やれます。おれは、いつでも……この日を待ってたんスから！」

樹王属《トレント》の若者が顔をあげて言えば、他の者も続く。

「やりましょう、デーヴィン兄貴！　オレらァ、この日のために泥水啜《すす》ってきました。角なし猿ども相手のタタキでもモツ拾いでも、なんでもやってきたんですよ……！」

「ここでやらなきゃ、ソロモンの旦那に顔向けできねえ！」

「ビビってるような根腐れ野郎は、ここにはいねえ！　早く例の薬をくださいよ！」

「……そうだな」

デーヴィンはうなずき、振り返る。

「『セフィロト』をくれ。全員分、用意できてるな」

「もちろんです！　任せてください」

こちらも若い樹王属《トレント》だ。ほとんど子供といってもいいくらいだろう。こんな若いやつにまで頼らなければいけない。そんな状態にまで追い込まれてしまった。

「きっちり保管しといたんで、モノはいいはずです！」

若い樹王属《トレント》の手には、一塊の黒い葉が握られていた。その足元にも大きな箱があり、ぎっしりとそれらが詰め込まれている。特殊な植物だ。デーヴィンもそれをひと摑み手にする。

《常磐會《ヴエール》》では、それは『セフィロト』と呼ばれていた。この植物の販売は、《常磐會《ヴエール》》の主な商売の手段でもあった。

人間や、一般の魔族にとっては麻薬の一種ではある。多幸感と鎮静効果を与える――ただし樹王属《トレント》にとっては、少し違う。魔力濃度の向上。神経の強化。そして何より、爆発的な身体《からだ》の成長をもたらす。それこそが真の『セフィロト』の使い方だ。

「よくここまで集めたな」

「はい！　自分、倉庫番任されてたんで！　あっ、いや……正確には、ほんの倉庫の一つだけなんですけど……」

「十分だ」

この『セフィロト』は、ソロモンが死んでから大量に行方がわからなくなっていた。乾燥させたものを大量に保管しておいたが、ソロモンはさすがに用心深く、全貌を知る者は幹部でさえ誰もいなかったからだ。

この若い倉庫番の樹王属《トレント》が見つからなければ、ここまで大量の『セフィロト』は確保できなかっただろう。思わぬ幸運というものだ。

「これなら、やれますよね？　自分、役に立ちましたか？」

倉庫番だった若者が、期待をこめて尋ねてくる。デーヴィンは力づけるようにうなずいた。

「十分だ。お前が言ってた通り、《月紅會《スカーレット》》と《白星會《アルブム》》が一触即発ってのも本当だったしな。何が原因か知らねえが、抗争始めてるんなら最高のチャンスだ」

この若い倉庫番は、意外なほど目端が利いた。顔の割れている自分たちに代わって、あちこちで情報を集めてくる役目も果たした。こういう新人がいたということは、《常磐會《ヴェール》》の未来はまだ閉ざされていないということだ。

「うまくいったら、お前、出世させてやるよ。名前は？」

「あっ、はい！　グスナットといいます！　倉庫番のグスナット！」

「わかった。覚えとく」

聞いたことのない名前だった。それほどの下っ端だったということか。本当につい最近入った新人だったのかもしれない。いずれにしても、この『セフィロト』の回収は大手柄といえるだろう。

デーヴィンは倉庫番のグスナットの肩を叩く。

「悪いようにはしねえ。おれらがこの後、どうなってもな。後を任せてるやつがいる」

この戦いには、というより、『セフィロト』の使用にはそれほどの覚悟が必要だ。強大な力を得る代わりに、副作用もある。樹王属《トレント》の間でも恐れられているものだ。

「こいつを使ったら、戻れないやつもいるだろう」

デーヴィンは、今度は全員に向けて語りかける。『セフィロト』の効果が切れたときの副作用は深刻だ。魔力を失ったり、感覚を失ったりすることもある。意識が戻らなかった者もいる。

「だが……大事なモンを守るためなら、ビビってちゃいけない。お前の大事なモンは、なんだ？」

デーヴィンは低い声で問いかける。口々に言葉が返ってくる。

「居場所だ！」

「兄弟だ！」

「誇りだ！　泥にまみれても戦い続けたって誇りだ！」

彼らが叫ぶのを待って、デーヴィンは手をあげる。かつて、ソロモンがやっていたように。

「ソロモンの親分はもういない。俺たちのやってることは、なんの意味もないかもしれない。無駄な意地っ張りかもしれない。居場所なんてもう戻らないかもしれない。それでも――」

士気の低いやつはいない。顔を見ればわかる。

「どんなにカッコ悪いことでも、泥水に塗《まみ》れても、地に足つけてやっていく。そいつが《常磐會《ヴエール》》のやり方だ。クスリに頼って、破れかぶれで、やつらの抗争に殴りこんでいく。最高にカッコ悪くて無様だろう。それこそ俺らの生きる道ってもんだ！　違うか！」

雄叫びがあがった。全員が、木箱から『セフィロト』を手に取る。高揚しているのがわかる。《常磐會《ヴェール》》はこういうときにこそ力を発揮してきた。

「《月紅會《スカーレット》》と《白星會《アルブム》》が戦争してる。どっちも叩き潰《つぶ》して、《常磐會《ヴェール》》の栄光を取り戻す。この街では、力のあるやつが正しいんだ」

デーヴィンの角が輝いた。白く、激しい光だった。指先で小さな呪詛発火を起こし、『セフィロト』に火をつけ、その煙を深く吸い込む。

「全員、同調しろ！　おれに角を貸せ。おれたちの居場所はおれたちで守る。行くぞ。吸血野郎も羽根つきクソ鳥も、どっちも皆殺しにしてやれ！」

さらに強い雄叫びが路地裏に響き渡る。デーヴィンに続いて彼らの角が輝き、『セフィロト』の煙を吸い込めば、その全身が肥大化を始める。路地裏の影が異形と化す。

「すごいな」

グスナットと名乗った若い倉庫番は、変貌していく彼らをただ見上げていた。《常磐會《ヴェール》》の樹王属《トレント》たちは一人残らず変貌していた。鋼を引き裂くような絶叫をあげながら、建物の破壊を始める。

だから、その次のグスナットの呟《つぶや》きを耳にできた者は、誰もいなかった。

「まったくもって……憂慮《ゆうりよ》すべき愚かさだ」

三　竜骸洞襲撃事件　3

予想した通りに、追っ手が来た。

感知したのはキードだった。彼の精霊兵装《せいれいへいそう》であるフロナッジは、そうした敵意の接近にも反応できるらしい。路地裏を走りながら、わずかに乱れた呼吸の合間に警告してきた。

「正面。来ますよ、アルサリサどの」

病院の窓から飛び出して、包囲を強引に突き抜けた。当然、追われることになる――このまま追っ手を引きつけるのが、キードの提案した策だった。

（正気とは思えない）

と、アルサリサは思ったものだが、真面目に考えればいま打てる最善の手というしかない。《月紅會《スカーレット》》からも《白星會《アルブム》》からも追われている以上、二人が簡単に捕まっては困る連中が命を取りに来る。

つまり、《ギルド》と呼ばれる連中が。

それを引き出すには、もっと《月紅會《スカーレット》》と《白星會《アルブム》》を引きつけ、騒乱を起こし、これ以上逃げ回られるとまずい、というところまで持ち込まなければならない。

「大丈夫ですか？　ほら、曲がり角の向こうからです」

「数は？」

「あ、俺のフロナッジはそういうの苦手なんです。でもたぶん、これは——」

フロナッジがわずかに上向いた。頭上を仰ぐ。羽音。翼か。夜空の月を横切って影が飛ぶ。

いつの間にか、もう真夜中だ。この街に来てから一瞬で時間が経過した気がする。

「唱翼属《ハーピー》ですね」

だとしたら、先手を取らせてはいけない。

唱翼属《ハーピー》と戦う上で、意識しておくべきことがある。彼らは声を媒介に魔術を演算するため、基本的には周囲のすべてに対して影響を与えてしまうということだ。標的を選択して指向性を持たせるには、対象をなんらかの手段で識別できなければならない。

それゆえに、集団で行動している以上は、相手を視認して魔術を行使する必要がある。見えない距離から声による不意打ちはできないということだ。

よって、アルサリサのクェンジンによる迎撃は非常に効果的に作用する。

「走れ」

クェンジンの刃で足元の地面を擦《こす》る。魔術が演算され、その壁面を輝きが走った。それは路地の奥、曲がり角の向こうへと伝わり、鎖が放たれる。ちょうど、相手の進行を妨げるように。

罠ともいえない単純なものだ。魔術による遠隔インスタンス生成——それなりに熟練を要する技術だが、アルサリサにはできる。

全力疾走する相手の足元に鎖を張って、転倒させる。そして予《あらかじ》め動きを入力していたクェンジンの鎖がもたらす効果はそれだけではない。足首を掴めば蛇のように絡みつき、振り回して、壁に叩きつけている。

「う、げっ?」

「いるぞ！　やっぱりこっちだ──他の連中を呼ん、でっ」

最後まで言う前に、今度はキードのフロナッジが飛んだ。口元。顎《あご》を砕き、歯をへし折りながら沈黙させている。キードは弾む息を整え、戻ってくるフロナッジを掴む。

「よし、たった二人かな？　数が少なくてよかった。このまま行きましょう」

「いや待て。数が少ないのは単なる斥候《せっこう》だからだ、すぐに増援が来る」

アルサリサは前進しようとするキードの腕を摑んで止めた。

いまのところ、意外なほど追っ手は多くはない。《月紅會《スカーレット》》も追跡していることでもあるし、最悪の場合、共同戦線を構えられていると思っていた。両者の間で意見の食い違いや、面子《めんつ》の張り合いでも発生しているのだろうか。

「キード、お前も知っているだろう。唱翼属《ハーピー》どもは情報伝達の魔術に長けている」

魔王都市に張り巡らされている、唱翼属《ハーピー》による情報ネットワークは強固だ。今頃二人の顔写真くらいは出回っているだろう。

「いやいや。諦めるのはまだ早いですって。表通りに出ましょう」

「馬鹿な、それこそ囲まれてしまう！　いいか、私は戦術思考課目でも首席だった」

アルサリサは偉そうに胸を張った。

「教本はすべて暗唱できる。こういうとき……こちらが寡勢《かぜい》のときは、こうした狭所で少しでも敵の数を減らすのが定石だ」

「そりゃ援軍が期待できそうな時の話でしょ。俺らの場合、時間稼ぎは無意味なんで、全力で走る時間ですよ。まずは表通りへ」

「むうっ」

キードが表通りへと駆けだす。仕方がないのでアルサリサもそれに続く。追っ手たちの叫び声が聞こえる。

「逃がすな！　表通りだ！」

唱翼属《ハーピー》が叫んだということは魔術が使われたということだ。

背後で爆音。アルサリサは危うく転びそうになって堪《こら》え、代わりにその勢いで前へ跳んだ。それはキードも似たようなものだが、彼の方はもっと無様で、転倒しながら転がるように表通りへと飛び出している。

飛び出した先は、ちょっとした広場のようになっていた。中央に噴水設備。いくつかのベンチに時計塔。そしてどうやらハドラインを象《かたど》ったものらしい、六枚の翼を持つ唱翼属《ハーピー》の銅像。

表通りは大騒ぎになりつつある。指名手配されている二人が飛び出してきたのだから、当然ではあるだろう。このままでは囲まれる。魔族による魔術の一斉射撃――アルサリサの操るクエンジンなら数回は防げるだろうし、キードがいれば反撃もできる。

だが、それでは二分と持たない。

「キード、やはりこれは誤った逃走経路だったな」

「そうでもないです。これです、これ」

キードは傍らを指差した。

見慣れないため、目に入っていなかった——小さな小屋かと思った。そこにある木製の船のようなものは、この街に来てからアルサリサも何度か目にしているものだ。

「地船《スキーズ》か？　しかし、これはお前のものでは」

「拝借します」

即座にキードはフロナッジを放つ。扉部分をたやすく破壊し、乗り込む。

「早くしないと、アルサリサどの。囲まれちゃいますよ」

「……おのれ」

アルサリサは呻《うめ》くように毒づき、隣の席に飛び乗った。

「お前と行動していると、次から次へと違法行為をさせられていくような気がする」

「そんなことないですよ、超法規的措置ってやつで——と。こうかな？」

キードが傍らのレバーのような機構を操作する。激しい破裂音が地船《スキーズ》の後部から響き渡り、急激な勢いで船体が発進する。誰かが、もしかするとこの地船《スキーズ》の持ち主が非難する声が聞こえた気もするが、キードは構わず足元のペダルを踏み込む。

あまりにも唐突に上昇する速度。広場を旋回すると、船底が路面を擦《こす》り、軋《きし》む。強烈な振動が伝わってくる。

「う、うわっ、キード！　こんなに振動するものなのか？」

「え？　あ、はい、たぶん……合ってると思います」

「たぶん？　思います？　お前、操縦したことはあるんだろうな」

「あ……えと……許可証は持ってます」

「答えになっていない。操縦したことがあるのか、ないのか！」

「……ウチの後輩のバケツ君が操縦するところ、何回も見た記憶あります」

「よくわかった。お前がまったく当てにならないということが！」

「大丈夫ですって。しかし暗いな。これじゃあ事故りそうだ。たぶん、こっちの……この辺のレバーで、照明を点灯できる……か、らっ？」

地船《スキーズ》の正面に光が灯る。それが照らし出したのは、正面の道を塞ぐ唱翼属《ハーピー》だった。しかも口を大きく開き、何かの魔術を放つ直前。アルサリサは反射的にクェンジンを抜こうとする。が、狭すぎた。地船《スキーズ》の助手席では振り回す空間がない。

「うわ、これヤバ」

と、キードが言いかけた瞬間、視界が灼《や》けるように輝いた。虚空に放電が走る。稲妻だろう。

撃ち込んでくるか──その一瞬、キードは勢いよく舵輪《だりん》を操作して回避を試み、アルサリサは身を乗り出してクェンジンを伸ばす。

(少しでいい。地面に届けば)

鎖を放って吹き飛ばないように固定することができる。輝く鎖が地船《スキーズ》を絡めとろうとする。

だが、結果としてその必要はなかった。

「──未熟すぎるな、阿呆め」

やけに甲高い声。自分のものでもキードのものでもない、甲高い声だった。小さな褐色の影が地船《スキーズ》の前方をかすめたかと思うと、放たれたはずの稲妻はどういうわけか霧散していた。

その一瞬さえあれば十分だった。

「よし、いける!」

キードは改めて地船《スキーズ》を加速させ、唱翼属《ハーピー》を吹き飛ばして疾走を再開している。そうしてボンネットに乗っかった、小さな白い影を拝むように頭を下げる。

「助かりました、センセイ!　いやあ、ぎりぎりでした」

「まったく、未熟すぎる。何をしている、キード」

「え」

アルサリサは思わずそちらを見て、そして中途半端にぽかんと口を開いた。

「……これは……キード、四課のハムスターか?　なぜここに?」

そうとしか見えない生き物だった。白いハムスター。頭頂部に赤毛、左目に傷。見覚えがある生き物。それが地船《スキーズ》の先端に乗り、細めた目で彼の手元を凝視《ぎょうし》している。

「ハムスターではない」

『センセイ』と呼ばれたハムスターは、腕組みのような姿勢をとってみせた。いやに獰猛《どうもう》な気配の宿る右目でアルサリサを睨《にら》むように見据えてくる。

「俺はそこの未熟者の師匠だ」

そして、小さく飛び跳ねながら一回転。

いきなり何をするのかとアルサリサが思う間もなく、また空中から飛来した稲妻を、彼の短い後ろ足が蹴とばした。ぱきっ、と軽い音が炸裂《さくれつ》し、稲妻は空中で弾《はじ》けた。

「もっとちゃんと運転しろ、キード。狙われているぞ」

「たしかに。ご指導ありがとうございます！　いまの見ました？　こちらが俺のセンセイなんですよ、アルサリサどの」

キードはどこか嬉《うれ》しそうに見えた。アルサリサにはますますわからなくなった。

「いや、どこからどう見ても、かわいいハムスター……だが……」

なんなのだろう、これは。

ボンネットに二本足で立つセンセイは、キードが地船《スキーズ》を急旋回させて入り組んだ路地に突っ込ませても、揺るぎもしない。ぎしぎしと船体が軋《きし》み、ゴミ箱を吹き飛ばし、慌てて逃げようとした一人の魔族を突き倒す。

かなり荒っぽい運転だが、とにかくキードは本当に、ある程度なら地船《スキーズ》を制御できるらしかった。アルサリサは車窓から身を乗り出し、行く先に目を凝らす。暗い。《白星會《アルブム》》の縄張りの中心部から離れて、外輪部に向かっているようだ。

「このままでいいのか？　《ギルド》のやつらを誘《おび》き出《だ》すんだろう」

「もちろん。唱翼属《ハーピー》のやつらが面倒なんで、その対策も兼ねて――」

キードは舵輪《だりん》を回転させ、進路を切り替える。

「竜骸洞《りゅうがいどう》。ここなら迎え撃てます」

前方に、ひときわ暗く、大きな路地が現れる。暗い理由はすぐにわかった。何かに空を覆われて、月の光がほとんど届いていないからだ。空を塞ぐのは、何本もの白い骨――巨大な怪物が遺した肋骨のような骨。それが天蓋《てんがい》のように空を覆っている。

「死んだ竜の背骨と肋骨をそのまま活かして、超デカいアーケード街を作る予定だったらしいんですけどね。魔王陛下の失踪後、真竜属《ドラゴン》の反対運動で物理的に中断させられました。この先にあるのは《棺桶通り》っていう廃棄区画だけなんで、思う存分やれると思います」

「なるほど。ここならば、唱翼属《ハーピー》どもからの狙撃は防げる」

真竜属《ドラゴン》の骨は、遺骸であっても強力な魔力を含み、放出し続けている。真竜属《ドラゴン》とは、魔族の中でも紛れもない最強の一角であろう種族だ。

アルサリサはクェンジンの微細な振動で、その魔力を感知している。真竜属《ドラゴン》の骨はそれ自体が魔術に対する盾だ。放出される魔力が妨害効果を発揮する。生半可な魔術の出力では、骨を砕くことはもちろんのこと、その隙間を縫って狙撃するようなこともできないはずだ。

「よし」

キードが舵輪《だりん》を動かすと、地船《スキーズ》が滑るように動いた。船底が軋《きし》んで路面を擦《こす》る。

「もうコツは摑んできた。センセイが来てくれて助かりましたね」

「お前と、この『センセイ』の関係性がよくわからないんだが」

「先生と生徒以外のナニモノでもないんですけどね……あ、わからないといえば、センセイ。どうやって俺の居場所を？」

「探した。少し時間がかかった」

何の説明にもなっていない、とアルサリサは思ったが、キードはあまり気にしていないようだった。センセイとやらは、異様な跳躍力《ちょうやく》で身軽に地船《スキーズ》に乗り込んでくる。

「貴様ら二人とも、指名手配されているぞ。心配性の課長が俺に依頼をした」

「え。センセイに依頼ですか？　めちゃくちゃ後が大変そうな……」

「貴様にとって良い鍛錬《たんれん》になるから、俺は放っておけと言ったのだが」

「鍛錬どころじゃないですって。いまもう街中から追われてるみたいなんですけど」

「そうでもない。《白星會《アルブム》》と《月紅會《スカーレット》》が抗争を開始した。そのため、貴様らの追跡に全力を傾けることができていないようだ。残念だな」

「え？　あいつらが喧嘩《けんか》？」

キードは意表を突かれたようだった。

「自分のところのボスがやられてるんだから、さすがに仲良く共同戦線でも張ってくるかと思ったのに。意外ですね。そんなにアホでしたっけ」

「……何者かの謀略があったと見るべきだ」

その可能性が思い当たる。アルサリサは思考をまとめていく。

「《ギルド》が両組織に人員を潜入させていたら、そのくらいの撹乱《かくらん》はできる。そして、その目的があるとすれば――」

撹乱している間に、自分たちを抹消すること。

その推論を口にする前に、キードのコートの端が蠢《うごめ》いた。生き物がいる。違う。銀色に輝くフロナッジだ。浮かび上がろうとしている。

それは、つまり。

「あ。やべ」

「ふむ。次の危機だな。面白い」

センセイは笑った。そのように見えた。

「励めよ。強敵が相手だ、俺は手出しせぬ」

先ほどからずっと、キードはフロナッジを警戒状態で起動していた。キーワードは『自分たちに危害を加える者』。その曖昧な指示でも、フロナッジは的確に感知できるらしい。

真正面、地船《スキーズ》の行く手を塞ぐように、黒い人影が一つ。

片手に青く冴えた剣を構えた、人間だった。顔は黒い仮面で覆われているものの、その紫の眼光は、たしかにアルサリサの見たことのある存在だった。

「――ヴェルネ先輩」

アルサリサの呟《つぶや》きと、ヴェルネが剣を振るうのは同時だった。

ぱん、と、空気の弾《はじ》ける音。魔術が演算され、アルサリサの防御は間に合わない。一瞬の驚きがその猶予《ゆうよ》を奪った。輝く青い閃光が地船《スキーズ》を両断し、強い衝撃が全身を襲っている。

束の間、夜空が見えた。竜骸洞《りゅうがいどう》を覆う、白い骨の隙間からだ。やけに澄んだ星がいくつも浮かぶ、魔王都市の上空。

(こんな夜空を見たことがある)

と、アルサリサは思った。

◆

つい昨日のことのように、思い出せることがある。

アルサリサが正規魔導騎士として着任して、間もない時期だ。ヴェルネ・カルサリエは彼女の教導官であり、いくつかの任務をともにこなした。もっとも記憶に残っているのは、やはり最初の事件だろう。

人類領土東部、ルバウカーン河畔。

ひどく寒い夜で、ヴェルネがしきりと文句を言っていたのを覚えている。

「司令部のやつらは気楽なもんだよねぇ」

彼女は冷えた干し肉を口に含み、嚙み千切った。

「行ってこいって命令するだけ。苦労するのはあたしら下っ端。司令部のやつら、全員不慮の事故で病死しないかな？　ひひ。こっちが凍死したら不死属《アンデッド》になって襲いかかってやる」

「無駄口はやめてください、先輩」

アルサリサは強張った指を開閉して、クェンジンを握り直す。

「そんなことより」

「そんなこと、じゃないよ。これは司令部のやつらを惨《むご》たらしく殺す計画なんだから、綿密に作戦を立てて行動しないと」

「……そんなことより問題があります。もう三時間が経過しています」

見つめているのは、ルバウカーンという川のほとりにある小さな砦だ。

もう廃墟に近い。魔族との大戦があった頃、人類が築き上げた魔術の砦。とはいえ砦は使用不能となるまで破壊され、稼働させていた人工精霊も残っていない。

こういう建造物は、犯罪者たちには好まれる。だからアルサリサとヴェルネはこの砦を監視していた。魔族たちによる、人間奴隷《どれい》の取引現場として使われる。そんな情報があった。いまでも人間には奴隷という商品価値がある。特に不死属《アンデッド》や浄血属《ヴァンパイア》にとってはそうだ。

目の奥まで凍りつきそうな寒い夜、闇の中に潜み、待ち続けていた。

「情報提供が誤っていたのではないでしょうか？　予定の時刻を超過しています。街道の監視地点からも連絡がありません」

「ひひひ」

と、ヴェルネは引きつったように笑った。

「アルサリサくん、そう焦るなよ。干し肉でも食べる？　食べられるときに食べる、休めるときに休む、眠れるときに眠る。大事だよ、そういう余裕は」

「焦ってはいません」

そう。焦ってはいなかった。アルサリサはいまでもそう思う。ただ、誤った情報に踊らされたという不名誉を回避したかった。

「これ以上の監視は無意味だと判断します。本部に連絡し、別の現場の支援に回るべきではないでしょうか？」

「いやいや。情報を摑んできたのは、うちの《クチナシ》たちだよ」

ヴェルネは寝転がりながら、またもう一口、干し肉を嚙み千切る。

《クチナシ》とは、《不滅機関》が擁する諜報部門の隠語だった。あらゆる犯罪組織に潜り込み、情報を入手する専門家。

アルサリサも名前だけしか知らない。それが実際にどういう部署なのかを知る者は、司令部だけだという。通常の部署に紛れ込み、内部からの監視も担っているというが、真実かどうかはわからない。

「《クチナシ》のやつらが『確度の高い情報』とか言うのなら、それってほぼ間違いないよ」

「ほぼ、でしょう?」

「余計なこと考えなくても、私たちはここでどっしり構えときゃいいの。これだけでお給料もらえるわけだし、誤報だったらあいつらの失敗だ。ひひ……」

ヴェルネは本当に楽しそうに、紫色の瞳を細めた。

「《クチナシ》のやつが減給とか降格とかされてるところを考えると、それだけで笑えない?」

「そういう問題ではありません。この作戦が失敗すれば、魔族による重大な犯罪を見逃すことになります。もしも、情報が間違っていたら――」

そんな風に『もしも』の可能性に言及しようとするのは、結局のところ、甘えていただけかもしれない。ヴェルネ・カルサリエ。連邦北部の出身だという、叩き上げの女性騎士に。

アルサリサは勇者の娘として、ある種の偏見をもって見られるのが常だったが、ヴェルネは

ず捕らえる。違った。いつもこの調子で、いい加減で、しかし不思議と成果はあげていた。狙った相手は必

ヴェルネはこのとき、ようやくアルサリサに顔を向けた。

「アルサリサ。お前のいいところは真面目なとこだよ。それってあたしにはない才能だから、大事に持っておいた方がいい。ただ……」

からかっているような口調のどこかに、真剣な響きがあった。アルサリサに忠告しようとするとき、ヴェルネはいつもそうだった。

「その才能にプラスして、もう一つ勉強しときな」

「……それは?」

「楽をすること」

それは冗談のような口ぶりだった。

「もっと仲間を信じなって。一人でなんでもやろうとするやつができるのは、どこまでいっても一人分の仕事でしかない。幸いにも、ウチの組織の《クチナシ》は優秀だ――」

ヴェルネの口元から、かすかに白い息が漏れた。また、引きつったように笑う。

「ほら。ひひ!」

「あ……」

アルサリサは目を見張った。朽ちた砦の傍らを流れる川面に、青白い光がいくつか浮かんで

いた。近づいている。船だろうか。いや、魔族ならば水中を移動できる種族もいる。船よりもずっと静かに動き、目的地に到達するまで露見《ろけん》しない。

結局、ここを押さえるのが最善の道だったということだ。

「水中から、ですか」

「取引の地点は正しかったね。街道沿いの監視が機能しないのは当然ってわけだ。あいつらのミスを糾弾《きゅうだん》できなくて残念だよ……大失敗で謹慎休暇をプレゼントできるかと思ったのに」

ヴェルネは剣を抜いていた。彼女の精霊兵装《せいれいへいそう》。無骨な両刃は光沢を消してあり、こうした隠密での行動に向く。

「さあ、仕事の時間だ。あいつら、きっとこの取引がうまくいくと思ってる。そういうやつらの足元をすくってやるのってさ……最高に楽しいよね……」

ヴェルネの紫の瞳が輝いていた。楽しんでいるのがわかる。

「……ヴェルネ先輩。正規魔導騎士として、あまり正しい仕事の動機とは思えないのですが」

「じゃ、正しい動機って何さ？　あたしが魔族に両親とか殺されてて、復讐のために戦ってた方がいいってこと？　それとも人類の平和のためにがんばるぞ、とか？　ひひひ！」

「そ、そういうことでは……ありませんが……」

「あたしはそういうタイプじゃない。人の足を引っ張るのが好きなだけ。あんただって人類のためとか、そういう大げさな動機で戦ってるわけじゃないでしょ」

ヴェルネの言う通りだ。アルサリサ自身は、父の影から逃れるために戦っていると言ってもいい。勇者タイディウスのやったことを、ある意味では——完遂させたい、と思っているのかもしれなかった。

自分のやるべきことを明白に意識したのは、このときがはじめてだったような気がする。

「断言できるよ。あたしは、強くて調子乗ってるようなやつらを、ボロカスにしてやるために生きてる」

「やはり、納得できません。その理屈では《不滅工房《ふめつこうぼう》》に敵対する動機にもなるのでは？」

「そうかもね。《不滅工房》をコケにするのも絶対楽しいよね。うちの司令部とかマジで調子に乗ってるから！　ひひひひひ！」

ひとしきり笑った後で、ヴェルネが静かに歩き出す。足音がまるでしない。

「行くよ。鎖で援護《えんご》よろしく。それではアルサリサ後輩、戦いの心得を復唱！」

「はい。攻めるときは常に、二段階の仕込みをしておくこと……」

「そういうこと。私が一の刃で、お前が二の刃ね。そっちの方が重要な役目。いやあ、優秀な後輩がいると楽ができるねえ」

「……わかりました」

「緊張しすぎるといいことないよ、アルサリサ。そして焦らないように」

「私は緊張していませんし、焦ってもいません。本当です」

呟《つぶや》き、また繰り返す。

「本当に、大丈夫です」

「それならいいや。始めるよ」

闇の中をヴェルネが走り出す。やはり、足音はほとんどない。アルサリサは少し遅れてそれに続く。

空には雲がかかり、その合間から、よく冴えた星空が見えていた。

三　竜骸洞襲撃事件　4

地船《スキーズ》は青い光に両断され、その直後に吹き飛んだ。

人工精霊の爆発に巻き込まれずに済んだのは、ぎりぎりのところだった。鎖を路面に放って錨《いかり》とし、自身の身体《からだ》を制動した。地船《スキーズ》が破壊される前に飛び出せたことになる。

ついでにキードと、あのハムスターにも鎖を放っておいたが——無事かどうか、たしかめている暇はない。

「ヴェルネ・カルサリエ！」

アルサリサは大声で叫ぶ。目の前に、彼女が捜していた人物がいる。

黒髪に、紫の瞳。片手には青く冴えた輝きを湛《たた》える刃。あれは《偽造聖剣》だ。もはや間違いない。彼女たち《ギルド》は、断片的なものではあるが、その設計図を入手している。

「ひひ」

という笑い声が、仮面の下から漏れた。その声は、やはりアルサリサがよく知るものだった。

「久しぶり。元気だった？　アルサリサ後輩、いまも真面目にやってんの？　この街には一人で来た？　仲間は他にもいたりする？」

「……質問するのは、こちらの方だ」

クェンジンを握りしめ、アルサリサは互いの距離を測る。

およそ二十歩より少し遠いだろうか。魔術の届く距離を目測するのは、魔導騎士にとって必須の技術だ。あと数歩踏み出せば、クェンジンの魔術が届く。

（それができれば、勝てる）

その算段はある。だからこそアルサリサが派遣された。

クェンジンを扱うアルサリサならば、《偽造聖剣》が相手でも勝利できる。クェンジンといえども、それが演算する封印保護プロトコルそのものは《偽造聖剣》によって切断されてしまうだろう。だが、それは《偽造聖剣》を標的にした場合だ。ヴェルネ・カルサリエ本人の腕を封じてしまえばいい。

（接近して、一撃。直接斬りつける）

それによって、ヴェルネが《偽造聖剣》を振るうことを禁じる。というよりも、魔力の伝達を封じるのがクェンジンの本領だ。

クェンジンこそは対《聖剣》用の精霊兵装《せいれいへいそう》として生み出されたものだ。《聖剣》の使い手を拘束するのにもっとも適した武器となっている。その強大な出力であらゆる結界フィルタを突破し、相手を拘束する。

問題は、接近するための機会だ。

「……ヴェルネ。その剣を奪ったのは」

だから、喋《しゃべ》ることでその機会を摑もうとする。そうでなくても、彼女には聞きたいことは山ほどあった。当然、それは個人的な感情とは違う。職務的に必要なものだ。アルサリサは自分にそう言い聞かせた。

「どうやって設計図を盗み出したか、答えてもらおう」

「いやあ……そりゃまあね」

ヴェルネはわずかに首を傾《かし》げた。アルサリサの右腕を警戒している。

「道具ってのは、本来の目的のために使わないと。《不滅工房《ふめつこうぼう》》こそ、間違った方法で使おうとしてるんじゃない？　封印してどうする？　《聖剣》は魔族を滅ぼすための兵器だよ」

「質問の答えになっていない」

神経を逆なでするようなヴェルネの答えは意図的なものだろう。アルサリサは自分を抑えなければならなかった。

「《不滅工房》には、他に内通者がいるのか？　あなた一人だけで盗み出せるものではなかったはずだ。その方法は何かと聞いている」

「もちろん、がんばったんだよ。あたしって意外とできるタイプで有名だったでしょ？」

「やはり、答えになっていない……ならば質問を変える。なぜ裏切った？　《不滅工房》を離反した理由は？」

アルサリサは一歩、前に踏み出す。地を擦《こす》るように前進する。あと一歩で射程距離に入る。

「なぜ？　私はそれを問い質《ただ》すために来たんだ！」

「動機かあ。別に、そんなに不思議かな?」

ヴェルネは肩をすくめた。いかにもわざとらしく感じるほどに。

「あたしの性格はよく知ってるだろ?」

「知っている、けど……信じられない」

「そりゃアルサリサから見れば不思議かもしれないけどさ……あたしはただ……うまくやってるやつの足を引っ張るのが好きなんだ。《不滅工房》の司令部には嫌気が差してたからね」

「嘘だ。ただそれだけで、《不滅工房》に背任を働く? ありえない!」

「目の前にありえる現実がいるでしょ、無視するなよ」

ヴェルネの態度に、アルサリサは奥歯を噛み締めた。本人を目の前にすれば、もう少しきちんと会話ができると思った。これでは拒絶されているのと変わらない。

「でも、動機なら……私の方こそ聞きたかったんだよね、アルサリサ・タイディウス」

ヴェルネの紫の瞳がアルサリサを見ている。眉間で強くそれを感じる。

「《ギルド》は再び大戦を発生させるつもりだよ。そうなれば、今度こそ魔族を滅ぼせるかもしれない。新しく《聖剣》を作り出せるのなら、人類に勝ち目はあると思わない?」

「魔族を滅ぼすというのは、本気で言っているのか」

どこか違和感があった。それをアルサリサは、うまく説明ができない。

「間違っている……より対等な形での共存は可能だ。戦ではなく、対話と経済力、技術交渉によって成し遂げるべきだ」

人類と魔族の不均衡は、個人間の力ではなく、種族としての総合的な能力で克服する。対等な相手とすることが利益であると示す。それが《不滅工房《ふめつこうぼう》》の戦略だった。

「対話っていうと、つまり、アルサリサのパパみたいに？　ひひ！」

ヴェルネの笑いには、どこか悪意がこもっているように感じた。

「条約が中途半端な妥協案だったってこと、アルサリサもよく知ってるでしょ」

「父は……」

アルサリサはその先を言葉にできなかった。

「アルサリサ。そっちこそ、《ギルド》の側につくべきじゃない？　なんで《不滅工房》で働いてるのさ？　それがあたしには謎だったね」

それは違う。何が違うのか、即座に答えられなかった。

だが、それこそが最大の隙《すき》になった。一瞬の意識の空白。ヴェルネの《偽造聖剣》が跳ね上がるのを、アルサリサは視認した——本来ならば、視認と同時に反応する必要があった。

青い光が剣から放たれ、それは遠い間合いを切り裂く刃となる。

本来ならば《聖剣》に搭載されている魔術演算。強制遮断ワーム。紛れもなくその中でも最上級に位置する。あらゆる魔術を無力化し、標的を破壊するためだけの魔術。

(回避を)

自分ならば間に合う。倒れ込み、地面を擦《こす》るようにクェンジンを振るう。鎖を生み出して、これをフェイントに使い、本命は路地の壁に。それを使って接近する。ヴェルネと対峙したときのために想定していた選択肢の一つ。

「悪い癖だ。焦りすぎだよ、アルサリサ」

ヴェルネの声と同時、足に痛みを感じた。

（馬鹿な）

まだヴェルネは遠い。そのはずだ。

（しかしこれは──）

アルサリサは自分の右足に、矢が突き刺さっていることを認識した。魔術ではない。木と鉄でできた矢にすぎない。かろうじてアルサリサはそれを見る。路地の隙間で弓を構えている、仮面の男だ。あれは人間か。《ギルド》の構成員。

アルサリサは、《ギルド》が組織であることをいまさらながら理解した。ヴェルネが単独で動いているはずがなかった、ということか。

（囲まれている）

路地のあちこちから。あるいは天を覆う竜の骸《むくろ》、その隙間から。弓矢で狙いをつけている者たちがいる。見える範囲では、少なくとも十人。もっといるだろうか。

クェンジンが反応しなかったことから、油断した。魔術の演算ならばクェンジンが振動と、熱を持つことで教えてくれる。相手はただの弓矢で、それだからこそ反応が遅れた。

（まずい。防御を……！）

全方位から狙われている――次の矢が放たれてくる。四つ、五つ。六つ。アルサリサはクエンジンを振るって防御をしようとするが、この瞬間からでは防ぎきれないだろう。どこまで対応できるか。致命傷だけは避けなければ。

アルサリサは痛みを覚悟した。

「うおっ。アルサリサどの、ヤバいですって」

その瞬間、気の抜けた声とともに銀色の閃光が走った。そのようにしか見えなかった。それは殺到する矢のすべてを瞬時に弾《はじ》き飛ばし、迎撃している。

フロナッジ。キードの精霊兵装《せいれいへいそう》だった。

（しかし、速すぎる）

改めて、異様な速度だ。放たれる矢のすべてを瞬時に迎え撃つ。おそらく、攻撃してくる矢を捜索する対象として指定したのだろう。

たしかに占術探知トラッカーならば、探知するところまではできる。それでも、こんな速度を発揮できる自立型のトラッカーが存在するだろうか。速度と正確性を併せ持ち、本人が認識できないような事柄まで探知する。そういう使い魔。それはまるで――。

「アルサリサどの、こっち！　です！」

両断されて爆発し、いまだ炎上する地船《スキーズ》の影で、キードが片手を振っていた。その腕を狙って矢が射込まれるので、すぐに引っ込める。

「急いで！」

「……わかっている！」

怒鳴って、クェンジンを振るう。牽制だ。

ヴェルネが《偽造聖剣》を振るう。青い光が鎖を切断する――その隙《すき》に、アルサリサは地船《スキーズ》の陰に飛び込んでいた。それを追って矢が飛んでくるが、弾き返した者がいる。今度はフロナッジではない。地船《スキーズ》の残骸の上に、腕を組んで立ち尽くしている隻眼《せきがん》のハムスター。キードの『センセイ』だ。

「ふん。これだけか？」

その短い前足を目まぐるしく動かし、センセイは矢を叩き落とす。

「つまらん。キード、さっさと終わらせてしまえ」

「そうしたいところなんですがね。センセイ、手伝ってくれません？　あのヴェルネっていう人がめっちゃくちゃ強そうで」

「あれか。多少は骨がありそうだが、手伝っては貴様の鍛錬《たんれん》にならん」

「センセイも納得の強者かもしれないじゃないですか」

「それはない。貴様が殺されたら、考えてやってもいい」

センセイは冷たく言って、最後の矢の一本を蹴り返した。矢は正確に弾《はじ》かれて、《ギルド》の射手の方へ返される。それは容易《たやす》く頭部を貫き、絶命させた。周囲に緊張が走る。

ヴェルネでさえ足を止めた。《偽造聖剣》を構え、センセイを注視する。

「……あのさ、あんた誰？　魔族？」

「俺のことは気にするな。弟子の戦いに手を出すつもりはない。俺を狙うなら話は別だが」

センセイは腕を組み、なんだか楽しそうに笑っている。

「この状況――たしかにキード。貴様らの不利ではあるな。だから楽しい。工夫と根性を見せてみろ。そうでなければもう一段階強くなれ」

「ひでえなあ。アルサリサどの、どうしましょう？」

「……援護《えんご》を、頼む」

アルサリサは一度目を閉じ、開く。

思考は整理できた。ヴェルネからは、こんなときでも重要なことを教わった。一人で戦っていては、一人分の仕事しかできない。任せるべきところは任せる。そうでなければ勝てない。

「私を、五歩程度の距離まで接近させてほしい。そうすれば勝てる」

「マジですか？　ヴェルネさん、すごい強そうなんですけど」

「勝てる」

断言する。問題は、そこまでの方法だ。

ヴェルネが動き出している——ゆっくりと回り込むように。《偽造聖剣》といえども、稼働には大量の魔力を必要とする。遮蔽物《しゃへい》の裏側にいて、視認できない相手を狙うような真似はしなかった。さすがに彼女は慎重だ。

「そもそも私は直接戦闘であれば、《不滅工房《ふめつこうぼう》》の誰にも負けることはない。おそらく、ヴィンクリフ・タイディウスを除けば人類最強だと思う」

「うお。すげえ自信。どっから来てるんですか」

「……これを見ろ」

アルサリサは右の足を伸ばす。キードは怪訝《けげん》な顔をしたが、彼女がその太腿に突き立った矢を抜いたとき、その目が見開かれるのがわかった。

傷口の周囲の肉が蠢《うごめ》き、ほとんど瞬間的に止血し、傷を塞いだからだ。

「勇者とはこういうものだ。人工精霊を体内に埋め込み、同化させている。それによって筋力も運動能力も、魔力さえ飛躍的に向上した……人類の技術で作られた英雄」

父は、勇者計画の被験者だった。人工精霊との同化による人体の強化実験。一般には秘匿《ひとく》されているが、娘であるアルサリサは知っている。ヴィンクリフ・タイディウスは、人類の技術が生み出した兵器のようなものだったと。

「それが勇者の正体だ。私にもその力が遺伝している」

「なるほど。じゃあ、アルサリサどのの勝ち目に賭けましょう」

キードはほんのわずかに驚いたようではあったが、なんの感想も口にしなかった。ただ片眉を吊り上げただけで、彼特有の頼りない笑みを浮かべてみせた。

むしろ、アルサリサの方が面食らった。

「あまりにも簡単に受け入れるんだな」

「俺は自分がどれだけへボいか知ってるんで、人に任せるのは得意なんです。だから」

キードはフロナッジを摑んだ。ヴェルネが剣を下段に構える。距離は二十歩ほど。

「思いっきり突っ込んでください。援護《えんご》します」

「任せた」

言うと同時に、アルサリサは燃える地船《スキーズ》にクェンジンをぶつけていた。今度の鎖は、クェンジンの刃から放たれる。それは地船《スキーズ》に巻きつくと、唸りをあげて投げ飛ばす。

むろん、これも単なる牽制にすぎない。ヴェルネの《偽造聖剣》による青い刃は、それをたやすく両断している。反撃を兼ねた迎撃。それに構わず、アルサリサは切り裂かれた地船《スキーズ》の、その破片にクェンジンを振るう。

飛び散る破片を鎖が捉えたとき、アルサリサは即座に鎖を縮めた。魔術によって形成された、伸縮自在の鎖。それがクェンジンの封印保護プロトコルだ。

結果、アルサリサの身体《からだ》は高速で引っ張られる。ヴェルネに近づく。たちまち残り十歩。

アルサリサを狙う弓矢は、キードの精霊兵装《せいれいへいそう》が撃ち落としてくれているだろう。それを信じることにする。実際、銀色の光が宙を走り、頭部にそれを受けて倒れこむ《ギルド》の射手の姿が視界の端に見えた。

だが、アルサリサが空中にいるという大きな隙《すき》を、ヴェルネが見逃すはずもない。

「やるねえ、アルサリサ。さすがあたしの後輩」

青い刃が走る。狙いは、まず鎖。アルサリサを地面に落としてから処分するつもりだろう。密かに足元へ這わせていた鎖も同時に断ち切る軌道の斬撃《ざんげき》だった。

「でも、やっぱり焦ってる。それに迷ってるね」

(そうかもしれない)

アルサリサはそれを認める気になった。たしかに自分は焦っているし、迷ってもいる。精神的に未熟だ。自分は隙だらけで、悩むことだらけで、間違いだらけかもしれない。

ただし、それさえ補うことができれば、単純な力比べでは決して負けない。

「……標的は、ヴェルネ・カルサリエ」

キードの低い呟《つぶや》きが、やけに明瞭に聞こえた。

フロナッジが飛んでいる。狙いはヴェルネ。だから、アルサリサはもう一度クェンジンを振るう。鎖が放たれてフロナッジを捉えた。空中のアルサリサの軌道が変わる。《偽造聖剣》の一撃を回避できる。

青い光が、アルサリサの銀の髪の毛の先を切り裂いていった。ヴェルネは苦笑する。

「なるほど。あんたが？　アルサリサの新しいバディってわけ？」

「ヴェルネ。俺はさ、あんたのこと知らないし、何考えてるかわかんないけどさ――」

押し殺したような平板な声だったが、キードは怒っている。なぜか、そんなふうに感じた。

「アルサリサとちゃんと話をしてやれよ。はぐらかすようなことばっかりでさ。話せるうちに話しておかないと、取り返しのつかないことってあるんだぜ」

「ひひ。いいこと言うじゃん。そうかもね」

ヴェルネは後退しながら刃を振り上げる。最小限の動き。見事な技量だと思う。

（残り七歩だ）

それでも、もうこの距離だった。アルサリサは、すでにクェンジンの刃からいくつもの鎖を放っている。今度はずっと多い。二十本。これを見切れる動体視力は、ヴェルネには――というより、普通の人間にはない。

アルサリサも、自分で少し驚いた。

（新記録だな）

二十本もの鎖を同時に放てたことはない。十五が限界だった。いま、それを超えた。神経が冴えている気さえする。

ヴェルネはその鎖の対応に追われた。切り裂いて止める。それしかできない。

「ヴェルネ！」

「おっと。すっごい気迫……！」

五歩。間合いまで踏み込んだ。ヴェルネが《偽造聖剣》で迎撃してくる。最小限の重心移動による刺突。それを避けた——と思った瞬間には、もう決着はついていた。アルサリサはさらに加速しながら、至近距離での攻防を速やかに終わらせている。

クェンジンがヴェルネの腕を打った。たしかな手応えと、鎖が放たれる金属音。絡みついて動きを封じる。《偽造聖剣》がその手から離れ、地面に転がった。

「先ほどの問いに答えよう。ヴェルネ・カルサリエ、私は《ギルド》のやり方に賛同しない」

至近距離。互いの額が触れ合いそうなほどの間合い。アルサリサは、ヴェルネの紫の瞳を見据えながら宣言した。そうする必要があると思った。

「魔族とは対等な関係を望んでいる。それには人類の力を認めさせるしかない、という方針はその通りでもある。ただ、それは人類を守るためだ」

ヴェルネの腕、足には、何本かの鎖が絡みついている。もう動けない。

「《ギルド》のやり方で大戦を起こせば、犠牲になる者たちが多くいる。それでは正義が証明できない。そんなことを許していいはずがない！」

「……ご立派な演説。めちゃくちゃ感動したわ……けど」

ヴェルネの仮面に亀裂《きれつ》が入っている。口元が覗《のぞ》いていた。笑っている。

「それでも魔族と人類は、いずれ戦争になるよ。賭けてもいい。どっちかが滅びるまで終わらない。内輪争いしてるいまこそ、仕掛けた方がいい……と思わない？」

「わからない」

アルサリサは嘘をつかなかった。

「だが、戦争以外の可能性を探す。妥協はしない」

そのために《不滅工房《ふめつこうぼう》》の一員となり、騎士となった。

「世界を良くしようと思うのなら、私刑や武力ではなく、いつだって法と議論によって成し遂げるべきだ。そう試みることには、人の命を犠牲にする以上の価値はある」

「はいはい、そうだね。さすがだ。そいつは正論……だから」

ヴェルネはため息をついた。何か重たい荷物を下ろしたときのようなため息。あるいは安堵《あんど》のような響き。紫の目が、アルサリサを正面から見ていた。

「安心して頼める。その正論が欲しかった。どうもあたしは疑り深くてね……職業病ってやつ」

「なに？」

「常に二段階の仕込みを用意する。アルサリサなら追ってきてくれると思ってたよ。だから、よく聞いて。衝撃の事実――」

ヴェルネの声が、いかにもわざとらしく囁《ささや》くように潜められた。

「あたしは《クチナシ》だ」

「何を言っている」

「秘密で無敵のエージェント……でも、ヘマをした」

「……意味がわからない」

ヴェルネの冗談だと思った。あるいは、自分を動揺させるための言葉。

だが、ヴェルネは笑っていた。からかうような表情の中に真実がある。ヴェルネが笑うときはいつもそうだった気がする。

「今回はよくなかった。《ギルド》に潜り込んだのはいいけどさ——予想以上に組織は大きく、秘密主義で、外部との接触は常に監視されてたよ。だからいま、このときを待ってたわけ」

思考が追いつかない。ヴェルネの言葉だけを聞いていた。

反応が遅れたのはそのせいだ。

「《ギルド》の正体。でかい相手の足をすくうほど楽しいものはないね。あいつらは——」

言葉の途中で、ヴェルネの身体《からだ》が傾いた。

少し遅れて、アルサリサは見た。彼女の頭部が爆《は》ぜて、砕けるところを。自分の喉から悲鳴が漏れるのを、他人事のように感じた。なんだか照れたような顔で、ヴェルネが倒れていく。

恥ずかしいのか。こんなときまで、ふざけた調子を崩さない。

(馬鹿げている)

アルサリサは喉の奥に熱を感じた。思い切り罵ってやりたい気分だった。その相手はヴェルネではない。もっと別の何かだ。あるいは自分に対してかもしれない。そのとき、ほとんど反射的にクェンジンを掲げ、防御態勢をとってしまった。

倒れるヴェルネを支えるべきではなかっただろうか。

「魔王の、玉座《ぎょくざ》をさ」

ただ、最後に一言、ヴェルネの発した言葉だけが妙に耳に残った。アルサリサに支えられなくても、彼女は己の役目を完全に果たそうとしていた。

「頼むよ」

死の寸前、ヴェルネはアルサリサの手を握り、すぐに離した。

（先輩）

と、叫ぼうとして、結局はできなかった。キードが彼女の肩を掴んで、引きずり倒していたからだ。風が裂けるような音。何かが飛来して、前髪をかすめた。寸前のところで回避できたということだ。路面が爆ぜて砕ける。

「アルサリサどの！　狙撃です、狙われてます！」

ぎぃん、と、硬質で強烈な音が空中で弾《はじ》けた。まばゆいくらいの火花が散る。

フロナッジ。その銀色の円盤が、狙撃を弾いて軌道を変えていた。やはり異様な精密性と、速度、そして強度を持つ精霊兵装《せいれいへいそう》だった。赤い錆色のマフラーがはためいて、一瞬だけ視界を遮る。だから、ヴェルネが崩れ落ちる瞬間は見えなかった。

「頭下げて！　逃げないと！」

腕を引かれる。

(馬鹿げている。馬鹿げている……こんなことは許されない!)

アルサリサは怒りを覚えた。喉のあたりが熱を持っている。それは全身に広がり、クェンジンを握る手さえ燃えるように熱かった。八つ当たりのように怒鳴る。

「《ギルド》か! あの連中が、先輩を!」

「いえ、たぶん違う。これは——」

キードに引きずられるようにして、路地の隙間に転がり込む。そこには死体があった。仮面をつけた男が二人。《ギルド》の構成員だ。たったいまのヴェルネのように、頭部が爆《は》ぜている。

キードが舌打ちをした。珍しく真剣な目で、頭上を睨《にら》んでいた。

「あいつ。《ギルド》の連中も標的にしてやがる……見境ねえな。なんなんだ?」

アルサリサは視線を走らせる。路地の隙間、崩れかけの建物の屋上、空を覆う白い竜の骨の隙間。そのあちこちにいた《ギルド》の構成員たちが、次々に倒れ伏す。逃げようとした者から念入りに。

そして、頭上に誰かがいる。一人。白い骨の上からこちらを見下ろしている、人型の影。

(《ギルド》の内紛? 粛清《しゆくせい》か? いや。それにしても妙だ。いったい何が——)

「アルサリサどの、あいつはまずい。推理は後にしましょう! ……センセイ!」

「ふむ」

名を呼ばれたとき、小さな毛玉が足元を走った。頭上を見上げる。

「面白い。なかなかの達者だな……」

短い前脚を伸ばす。頭上から放たれた狙撃魔術を、その指先が弾《はじ》き飛ばした。

「何者だ？　俺が対するに値する相手かもしれん。いいぞ。相手をしてやる。キード、貴様は邪魔をするなよ」

「言われなくても。アルサリサどの、行きますよ！」

このハムスターが、頭上の狙撃者を食い止めるというのか。そんなことができるのか。たしかに恐ろしく強いようだが——そういうことを思考している暇はなかった。キードが腕を引いている。どうやらいまは逃げるしかないようだ。事件はさらに混迷を極めようとしている。

しかし、ただ一つだけ、決まっていることはある。

（償わせてやる）

アルサリサは強くそう思った。そうでなければ、この世の正義は成り立たないだろう。

◆

矢継ぎ早に上がってくる報告は、事態の混迷を意味していた。

そしてこの街の状況は、自分たちの制御できる範囲を超え始めている。

（いや。もともと、制御なんてできていたか？）

派出騎士局一課、ナフォロ・コヴルニーは、テーブルに広げた地図にピンを突き立てながら思う。これで二十三本目のピンだった。まだまだ増えるだろう。

（ただ、介入の余地のある案件に手を出して、決壊しそうな状況を少しでも遅らせようとしていただけのことじゃないのか。魔族同士の抗争には不干渉ってのは、そういうことだ）

地図上のピンは、抗争の起きた場所を意味している。

《月紅會《スカーレット》》と《白星會《アルブム》》。そして、《常磐會《ヴエール》》の残党。三者が市内の東部で激突を始めている。人間が多く居住する、北部に近い区画だ。なんとしてでも抑え込まなければならない。魔族同士の抗争には人間は介入しないという規則はあるが、それは人間の生命や財産に影響を及ぼさない範囲での話だった。

（いまは、それどころじゃない）

ナフォロ・コヴルニーは地図を睨《にら》む。七色に塗り分けられた地図だ。

こういうときは各會《かい》の責任者に連絡を取り、聖櫃条約《せいひつじようやく》に従い、緊張緩和の要請をするのが通常の動きだ。いままではそれなりに上手くいっていた——魔王の跡目争いがある以上、どこか一つの會が突出した勢力となることは、他の六つの會が許容しない。

だから、どちらかが大損害を負い、どちらかが大きな利益を得るような抗争に発展しそうになると、他の會が止めにかかる。抗争している會の主も、自分たちの會が深手を負う前に——

あるいは『出る杭』となってしまう前に事を収めようとしてきた。

だが、今回はその仕組みが機能していない。

「《月紅會《スカーレット》》と《白星會《アルブム》》の首領は、依然としてどちらも連絡不能です。両者ともに襲撃を受けて重傷、いまもなお治療を受けているとの報告が上がっています！」

部下の騎士が大声で状況を告げている。まったく良くない報告だ。ナフォロは苛立《いらだ》ちが声に表れるのを止められない。

「他の會のボスとは、まだ連絡が取れねえのか？」

「はい！　《紫電會《パルス》》からはいつもの通りの申し出がありましたが、他の會は沈黙しています。ただ、いずれも防御を固める、または軍備を整える動きをとっているとのこと！」

それは不幸中の幸いだ。まだ全面衝突には至っていない。時間の問題ではあるだろうが。

「《紫電會《パルス》》からの申し出にはなんと返答するべきでしょうか。鋼核《ゴーレム》属部隊と、技師の派遣により協力可能、と主張していますが――」

「ほっとけ！　あんなイカれた自称・科学者どもに介入させたら、それこそ大惨事だ！　お前は改造とかされたいのか？　空飛ぶ鋼の体になりたいのか！」

「い、いえ、そういうわけでは」

「じゃあ黙ってろ！」

怒鳴って机を蹴り上げてから、コヴルニーは必要以上に苛立っている自分に気づく。

（それもこれも、発端はあいつの——あいつらのせいじゃねえかよ）

キード・マーロウと、アルサリサ・タイディウス。

あの二人が《月紅會《スカーレット》》と《白星會《アルブム》》の首領を襲ったという噂が流れている。だが、そんなことができるはずがない。アルサリサがいかに強力な精霊兵装《せいれいへいそう》を抱えているとはいえ、それで僭《せん》主七王《じゅしちおう》のうち二柱に重傷を負わせられるなら、人類は苦労していない。

コヴルニーが推測するに、なんらかの計画だか陰謀だかに利用されたのだろう。そうでなければ意味不明すぎる。あるいは魔族どもの嘘かもしれない。これで大騒動を起こして、人類と魔族の大戦を再び始めようというような——。

「くそっ」

もう一度だけ机を蹴とばし、コヴルニーは上司に向き直る。

ジリカ・ロッカーラ。主任。短い赤毛の、長身の女だ。騎士局一課での最大権力者であり、いまやこの事態の総責任者の一人でもある。二課が現場で動き回っている以上、いまは彼女しか指揮を執れる者はいない。三年前のグリーシュ動乱においても、最前線で戦う《鉄雨《てつさめ》》部隊の支援を務めたという。

彼女は落ち着き払った様子で窓際のデスクに腰を据え、小さなカードを見つめている。精霊兵装の一種だろうか。赤い光が点滅していた。

「主任！　どうします、どこも火の海って感じですが！」

「人類住民の避難を最優先に。抗争には介入するな」

ひどく冷たいような声で、ジリカは答える。その落ち着きは頼もしくはあるが、どこかでひどく神経をささくれ立たせるところがある。

「介入するなっていっても、このままじゃ街全体が戦場ですよ！　逃げ場なんてなくなります」

「下手に介入すればグリーシュの事件の二の舞だ。《鉄雨》部隊も、もう存在しない」

「わかってますけどね……！」

グリーシュ動乱。あるいは小戦争、と呼ぶ者もいる。

あの事件のことはナフォロも覚えている。というより、魔王都市で暮らす人間で知らない者はいないだろう。派出騎士局、機動一課。《鉄雨》部隊。彼らはいまでも派出騎士局の英雄であると同時に、傷痕でもある。

この派出騎士局の窓からは、彼らの英雄的な行いの結果をいつでも見ることができた。すなわち、広場の片隅に横たわる、《さざめく砂塵》のグリーシュの死骸を。

（抗争規模なら、あの事件の再来ってところか？　いや——）

今回は、その比ではない事態に発展しかねない。

「二度と彼らのような犠牲を出さない。そのために協定を結んでいる。我々は人類の民間人の保護に全力を尽くせ。避難場所への誘導を急げ」

「ですが……！　このままじゃ、どこにも逃げる場所がなくなっちまいますよ」

「そうならないように、動いている者がいる」

「はあ？　なんです、そりゃあ！　ウチの秘密諜報員かなんかですか」

「違う。だが、キード・マーロゥから連絡があった」

その男の名前が出るとは。あまりにも意外で、コヴルニーは言葉を失くす。

「この件は私がすべての責任を持つ。時間を稼げ。局長には私から報告しておく」

「いや……待ってくださいよ。本当に。どういうことなんです？」

混乱している。コヴルニーは特に意味もなく、両手を動かした。

「キード。あいつがどうにかするって――あいつは何者だっていうんですか？」

「彼が何者かについては、いずれわかる」

ジリカは赤い光の点滅するカードを胸ポケットにしまい、代わりに煙草《たばこ》を摘《つま》みだす。鋭い瞳はコヴルニーではなく、もっと別の何かを見ているように感じる。

「本人から名乗るときがきっと来る。私はそう信じている」

わけがわからない。

ただ、コヴルニーは目を地図に落とす。僭主七王《せんじゅしちおう》の領地ごとに塗り分けられた魔王都市は、いまあちこちで火を噴いているような状況だ。キードとアルサリサはこのどこにいるのか。

本当になんとかしてくれるというのなら、その無事を祈るしかないのだろう。

四═混沌秘宮破砕事件　1

竜骸洞《りゅうがいどう》を抜けて、さらに深い闇の中を駆けた。

いくつかの階段を下り、狭い小道を抜ける。ほとんど廃墟に近いが、それも当然のことだ。『棺桶通り』と呼ばれるこの区画はかつて再開発を検討され、そして中途半端な状態で遺棄《いき》された、取り残された街だからだ。

それでもキードはよく知っていたし、迷うはずがない。

棺桶通りは廃棄された区画であり、撤去されかけの建物ばかりが残って、誰も全貌は把握していない。無数の入り組んだ路地が錯綜《さくそう》し、地下の大迷宮へと通じているか、あるいは途中で断絶している。魔王都市の魔力ネットワークのようなインフラもここまでは届いていない。

こんなところに住む者はほとんどいない。

(ここまで来れば、追っ手は来ない)

路地の行き止まり、扉を打ちつけられて封鎖された、小さな建物の前だった。かつては教会と呼ばれていた建物だ。古い時代の遺物。まだ魔族が自分たちを神々の一種だと信じるよりも前の、『信仰』と呼ばれる概念を持て余していた頃の施設。

(万が一の襲撃に備えて、フロナッジに警戒させておく。――問題は)

アルサリサだ。彼女は竜骸洞を抜ける間、一言も発していなかった。

たしかに全力で走ったために、呼吸はあがっている。しかし彼女が喋《しゃべ》らないのは、それだけが問題でないことは明白だった。

「アルサリサどの、しっかりしてくださいよ」

キードは彼女に声をかける。うつむき、その場に座り込んだ彼女は、ひどく疲弊《ひへい》しているようだった。

「落ち込んでる場合じゃない……ヴェルネ・カルサリエが、殺されました」

残酷だとは思ったが、キードはあえてはっきりと口に出した。

「おまけに《ギルド》の連中まで念入りに。《ギルド》とは違う、ぜんぜん別の殺人鬼がいる。それも、あの竜骸洞《りゅうがいどう》の骨の隙間から狙撃できるやつです。よほどの腕利きじゃないとあんなことはできない」

もともと、唱翼属《ハーピー》による上空からの狙撃を凌《しの》ぐために逃げ込んだ場所だ。竜の骸《むくろ》の天蓋《てんがい》が、魔術の演算を阻害する結界となって、守ってくれるはずだった。

「センセイが足止めしてくれなけりゃ危なかったな……」

「……センセイは、無事だろうか？」

「そりゃ無事でしょ」

「よほど信頼しているんだな」

「まあね。できればセンセイがぶっ殺してくれてるといいんですけど、あの距離じゃセンセイには無理か」

あの狙撃手。顔はよく見えなかったが、相当の実力者だった。キードは壁にもたれかかる。

（……状況は悪化し続けてる気がするな。それに、この疲労感……）

絶望的な状況だが、立ち止まってはいられない――アルサリサは、どうだろう。さきほどのキードの一言が、追い打ちのようになってはいないか。『ヴェルネが殺された』。その事実を改めて言葉にしてしまった。

（いいさ。これで動けなくなるようなら、そのときはそのときだ）

現実を直視するような言葉がとどめになるなら、アルサリサはそこまでの人物だったということだ。こんな子供に期待するのは残酷に違いないが、キードにはやるべきことがある。アルサリサにもあるだろう。

そう信じることにする。

「アルサリサどの。そりゃ先輩が殺されてショックでしょうが、いまは――」

「……キード。少し黙っていろ。考えをまとめている」

アルサリサは顔を上げなかった。

だが、キードにはその横顔からわかることがあった。アルサリサの黄金の瞳だ。たしかに見開かれて、足元を凝視《ぎょうし》している。決して虚《うつ》ろな光ではない。

「推理している。……状況は混乱していたが、少し、わかってきたこともある。ヴェルネ先輩の死が、様々な物事を明確にしてくれている……」

現在進行形の言い方をする。彼女にとっては、いままさに直面している現実ということだ。

それこそが、キードの望んでいた反応だった。

「先輩の死を無駄にはしない。そんな暇はない。やるべきことをやる……！　私が、私の存在こそが、先輩の用意していた第二の仕掛けだとわかったからだ」

（やるな。さすが、たいした子だ）

アルサリサは、クェンジンの刃を強く握りしめている。そうすることで、何かを抑えているのだろう。それができるだけの心の力を持っている。

「推理ってことは、真相みたいなもんがわかったってことですか？」

「そうだ。誰がソロモンを殺したのか」

「え。誰が先輩を殺したのか、じゃなくて？」

「私が解決するべき事件は、やはりソロモン殺しだ。そこを起点に考えるべきなんだ」

キードにはよくわからなかったが、アルサリサには確信があるようだった。薄く目を閉じ、喋《しゃべ》りはじめる。

「ヴェルネ先輩は、ソロモンを殺していない」

「なんでそう言い切れるんです？」

「あれは《偽造聖剣》だ。本物の《聖剣》ならば、ソロモンの占術検索アルゴリズムを阻害する遮断魔術を常時演算し、展開することもできただろう。ヴェルネ先輩の《偽造聖剣》にそれほどの機能はない」

「断言しますね……」

「お前のフロナッジが先輩を追尾したからだ。少なくとも妨害魔術を常に展開させておくようなことはできない。一瞬でも途切れれば、ソロモンの占術検索アルゴリズムは襲撃を予知する」

「あ。そういえば。……じゃあ、誰がどうやって？」

「避けようのない未来ならば。知っていたとしても対処不可能な未来であればいい。ソロモンはもっとも苦痛の少ない死に方を自ら選んだのかもしれない。護衛を連れていなかったのは、それが無駄なあがきであり、死者を増やすだけだと知っていたからだろう」

「いやあ……理屈は簡単に聞こえるんですが、そんな魔術ありますかね？　防御も回避もできない、みたいな攻撃でしょ？」

「そんな芸当ができる者は限られる」

「それってやっぱり僭主七王《せんじゅしちおう》」

「そうだ」

キードは指を折り、残りの僭主七王を思い出す。

「じゃあ、いったい誰が？　もう完全に事情聴取どころじゃないし、迷宮入りでぜんぜんわかんないですけど？」

「本当に自分で考える気がないな、お前は……」

「いや、マジで死ぬほど苦手なんですって。ヴェルネ先輩って人は、つまり、何が言いたかったんですか？　なんなんです、あの人？」

「……潜入捜査官だった、のだろう。《クチナシ》という。同じ騎士にも役職を秘匿《ひとく》された存在……《ギルド》に潜入し、内情を調査していた」

キードにはよくわからないが、《クチナシ》とは魔導騎士の間での隠語かもしれない。《不滅《ふめつ》工房《こうぼう》》には諜報部門があるとは聞いたことがある。

「《ギルド》は、《不滅工房》がもっとも警戒する組織だ。再び大戦を勃発《ぼっぱつ》させる恐れがある。だから、ヴェルネ先輩が《聖剣》の不完全な設計書を『盗み出した』という形を作って潜入していた……ということだ」

要注意組織に、諜報活動を行う工作員を潜り込ませる。よくある話だ。この魔王都市の派出騎士局にも、そういう部門はある。逆に魔族が人間を装って潜り込んだ事例もある。

「ヴェルネ先輩を私が追うのも、《不滅工房》の計画の内だったと思う」

「ああ。《ギルド》に潜入したのはいいけど、そのまま抜けられなくなったって話です？」

「そのくらい危険な任務だった。私と接触することが、最大で最後の機会だったが……それを狙撃し、潰《つぶ》した者がいる。その可能性も考えて、先輩は私に手がかりを。いや。あの状況からならば、そんな回りくどいことはしない……そうだ……」

ヴェルネの黄金色の目は、暗い路地の彼方を睨《にら》んでいた。

「あれは答え。答えそのものなんだ……キード。玉座《ぎょくざ》を知っているか？」

「え？」

「魔王ニルガラの玉座。そう呼ばれるものは、いまどこにある？」

「ああ」

知っている。この街でもっとも有名な場所の一つだ。

「御存じなかったですか？　この街の中心部に、ちょうど謁見《えっけん》の間ってのがあって……だからいまは、あれです」

真夜中でもわかる。輝くような煙を噴き上げる、街の中心部がそれだ。

「駅舎の屋上に玉座があります。あの尖塔、『混沌秘宮《こんとんひきゅう》』って呼ばれてましたね。混沌都市の観光名所にしようとして、なんか仰々《ぎょうぎょう》しい名前をつけたかったらしいですけど」

「それは、いまも一般に解放されているのか？」

「いえ。魔王陛下が失踪してから封鎖されて、一般市民は近づけないようになってます。鍵がなきゃ誰にも入れませんよ、魔王陛下の結界がありますから。どんな魔術の使い手でも、無断侵入は不可能です」

「誰が、どんな名目で封鎖した？」

「《万魔會《パンデモニウム》》ですね。陛下の凱旋《がいせん》まで立ち入り禁止って」

「……そうか」

その答えで、アルサリサはひどく難しそうな顔をしてみせた。

「そこだな。そこが《ギルド》の集会所だ。少なくとも、今回の一連の事件を画策するにあたって重要な役割を果たしているのは間違いない」

「待ってください。まさか、《万魔會《パンデモニウム》》が《ギルド》を支援してるってことですか?」

「いいや。《万魔會《パンデモニウム》》は《ギルド》そのものだ。そう考えると納得できる」

「冗談でしょ」

魔王ニルガラが組織した議会であり、魔王都市での行政機関だった。いまでは見る影もないほど衰え、せいぜい都市インフラの維持管理をしている程度にすぎない。実情は、僭主七王《せんじゅしちおう》たちの要求に従う傀儡《かいらい》政権のようなものだ。

——だからこそ、なのだろうか?

(かつての権力を取り戻すために、僭主七王の殺害を企んだ。そういうことか?)

それならば、キードにも動機は納得できる。しかし。

「あまりにも無茶じゃないですか。このままいくと人類と魔族の大戦になりますよ。《万魔會《パンデモニウム》》はどっちにつくんですか? 人類と魔族の混合議会じゃないですか」

「大戦まで至れば、あらゆる會《かい》の勢力は衰えているだろう。それに備えて《万魔會《パンデモニウム》》が兵力を温存していれば、人類と魔族の争いを制することができる」

思ったよりも《万魔會《パンデモニウム》》の結束は強いのかもしれない。キードは想像する。彼らは大戦が終わった後でも、互いに協力して世界を統治できると考えているのだろうか？　よほど強い力を持った指導者がいるのなら、それもあり得る。

「しかし、それでも……違和感があるな……」

目を閉じ、思考を始めたアルサリサの言葉には、キードも同感だった。違和感。《万魔會《パンデモニウム》》の最終目標は大戦を引き起こすことと見ていいだろう。だが、その思惑とは別の者の意思が働いている。だからヴェルネは殺され、あの場にいた《ギルド》の刺客たちも殺されたのだ。《万魔會《パンデモニウム》》もまた、誰かによって操られている。そう見るのが自然だ。

「……真相を確かめなければ。いまの問題は戦力だ」

理解し損ねたキードをよそに、アルサリサは思考をさらに進めたようだった。眉間に皺《しわ》を寄せた険しい顔で、自らの腹部を撫でた。

「敵の本拠はわかっている。魔王ニルガラの玉座《ぎょくざ》がある、『混沌秘宮《こんとんひきゅう》』。しかし、我々二人だけで《万魔會《パンデモニウム》》と、背後にいる黒幕を相手にする必要がある。私の空腹……というか魔力不足。そう、魔力不足の懸念も強い。非常に困難だ……」

「はあ」

アルサリサが辿り着いた結論の理解を、キードはすぐに諦めた。

自分の役目は、もっと別のところにある。問題の解決。それこそが、キードの担当するべき事柄だった。事態の真相とか、原因の分析なんてものは、そういう分野が得意な他人に任せておけばいい。

だから、アルサリサがその結論に到達した時点で、キードの思考は単純化された。解決すべき問題がわかれば、あとはその方法を見つけるだけで、それなら自分の得意分野だった。

「だったら、こっちでなんとかしますよ。戦力ですよね？」

「なんとか、だって？」

アルサリサは不愉快そうな視線をキードに向けた。

「できるというのか。問題は深刻だぞ。敵の戦力を甘く見るな。他に何本の《偽造聖剣》を隠し持っているかもわからず、《万魔會》《パンデモニウム》の背後には間違いなく強力な魔族が存在する。ソロモン殺しの真犯人だ。いくら奇襲でも我々二人だけでは——」

「人数を用意できます。余計なやつらは片づけてもらいましょう。それなら、俺らは真犯人の身柄の確保に集中できる。そういう感じでいいですよね」

「用意するとは、どうやって……」

「こんな感じで」

そしてキードは手を伸ばした。そちらには路地の突き当たりが——打ちつけられて封鎖されたかつての教会の扉がある。キードの拳はそれを叩いた。

リズムよく、四回。最後に扉の向こうに声を投げかける。

「ドンウィック！　いまの聞いてたよね？　頼みたいことがあるんだけど」

「……はいはい、そうでしょうね。わかってますよ」

「うわっ！」

アルサリサがのけぞった。

封鎖された扉ではなく、その横にあった窓から声が聞こえた。半ば割れて、もう長いこと使われていない窓だった。そこに狼の頭部を持った男が顔を出した。獣牙属《ワーウルフ》。耳が片方、引きちぎられたように欠けているのが特徴になっている。

彼はどこか諦めたように、深いため息をついた。

「言われた通りメシは用意してあります。非常食みたいなモンしかないですけど。あと、皆さんに連絡すればいいんスかね？」

「ありがとう。助かる、よろしく」

「……お、お前は？」

アルサリサは立ち上がり、クェンジンの柄を握っていた。反射的な動作だっただろう。ひどく警戒した目つきで、獣牙属《ワーウルフ》の男を見据える。

「誰だ？　ずっと聞いていたのか？」

「あ、はい。すんません。あの、おれは」

「カダル・ドンウィック。見ての通り獣牙属《ワーウルフ》です。ちょっと前の組織とゴタゴタがあって――

いまはここで暮らしてます」

「……お前とは、どういう関係なんだ？　これではまるで、上司と部下というか……魔族と人間が？　そんなものは聞いたことがない」

「俺は――実は棺桶通り出身なんで、この辺だとちょっと顔が利くんです。ガキの頃に親父とか兄貴とか、まあ、血は繋《つな》がってないんですけど……似たようなやつらと住んでたんですよ」

　そのキードの説明は、アルサリサをさらに混乱させたようだった。キードとドンウィックを交互に見る。

「わけがわからない。この一帯に住んでいる者がいるのか」

「隠れて住むならここが一番なんですよ。どこの會《かい》にも所属できないはぐれ者とかね。生き延びていれば、最終的にここに辿り着く場合が多い。いや、本当に……」

　キードは赤いマフラーで口元を隠した。真剣すぎる声音になっているかと思ったからだ。

「多すぎるぐらいにね」

「そうなのか？」

「争いに負けたやつが流れ着くんです。弱いやつ。少数派。戦いにうんざりしたやつ。この調子で弱肉強食を続けていたら、魔族は自滅する。誰かが、なんとかしなきゃいけない」

　誰かが。それは、魔王ニルガラの役目であるはずだった。その名前を思い出すと、キードは笑ってしまいそうになる。マフラーで口元を隠したのは正解だった。

「つまり、意外といろんなやつがここに住んでるってわけなんですよ。暮らすにはちょっと不便な場所ですけどね」

「ちょっと、どころじゃないですよ……暖房もないし、この冬、凍死するかもしれませんて」

「暖房はなんとかしてみるよ。それより、連絡を早く頼む」

「わかってます。とりあえず中入ってください、メシあるんで。腹減ってますよね？　食いしん坊だって聞いてますんで、めちゃくちゃ用意しときました」

「……キード」

アルサリサに睨《にら》まれては、目を逸らすしかない。

「た、端的にアルサリサどのの食事量を伝えるには、そう言うのが一番早いでしょう！」

「……たしかに……必要だが」

心中で怒りと空腹と警戒の綱引きがあるのだろう。アルサリサは唸った。

「その前に、連絡とはなんだ？　誰に連絡をするつもりだ。増援の当てがあるのか」

「当然、連絡するといったら、俺の同僚です」

「なに？」

「派出騎士局四課。この街の人間の中だと、戦力っていうことなら一番当てになります」

「……本気で言っているのか？」

「もちろん。もしも、俺が『嘘つき』だったら」

キードはフロナッジを放り投げた。ぱん、と、乾いた音が放電された。『嘘つき』。その言葉に銀の円盤は反応しない。

「迷宮に沈めてくれてもいいですよ。……ですよね、センセイ？　手伝ってくれます？」

「うむ。やむを得ないな」

足元で声がした。そこにいるという確信はあった。アルサリサは後ずさり、そちらを見た。

「えっ？」

隻眼《せきがん》のハムスターだ。腕を組んだまま身軽に跳躍《ちようやく》し、キードの肩に乗る。まるでバッタか何かのような動きだった。

「……センセイ、か。無事だったのか？」

「あの狙撃手には逃げられた。つまらん」

その隻眼の『センセイ』は、明らかに不満を募らせていた。ぎらつく瞳が獰猛《どうもう》に細められている気さえする。

「あのくらいの使い手が相手なら、いい運動になるかもしれん。今回は特別に手伝ってやってもいい。次はどこだ？」

「うお。マジですか、センセイが手伝ってくれるなら、楽勝ですね——ってことで」

キードはフロナッジをポケットに収めた。滑らかに、慣れた手つきで。

「攻めに行きましょう。まずは駅まで突破して、混沌《こんとん》秘宮《ひきゆう》を占拠。たぶんそこに《万魔會《パンデモニウム》》

の連中がいるから、片っ端からぶっ飛ばして検挙するってことでいいですよね？　そうすりゃ黒幕に辿り着けますか？」

「ああ。そう……玉座《ぎょくざ》だ」

アルサリサには、確信があるようだった。

「玉座に辿り着ければ、私の推測の裏付けが取れる。確実に。ヴェルネ先輩が『玉座』と言っていたんだ……そこに答えがある……だが」

アルサリサは不思議そうにキードを見た。

「敵は多いぞ。ずいぶん簡単なことのように言ってくれるが、容易《たやす》い道ではあるまい」

「いえいえ。こうなったら、もう楽勝ですよ」

キードは努めて明るく言った。おそらくアルサリサは信じないだろうとは思う。彼女の立場であれば、自分も信じなかったかもしれない。

だが、一つだけ断言できることはある。

「派出騎士局四課みたいな部署が、なんで存在を許されてるのか。その理由をこれからご説明します」

◆

巨大な樹王属《トレント》の足が、建物を踏みつぶす。

砕けたレンガは飛び散って降り注ぐ。飛散する花粉は魔術を演算して、弾《はじ》けるような衝撃を生んでいく。結果的に発生するのは、街そのものの破壊だ。

ラズィカはそれを見ていた。

(《常磐會《ヴェール》》ども。なりふり構わないようだな……!)

部下を退避させながら、防衛線を構築させる。防性結界フィルタならば、巨大化した樹王属《トレント》の魔術も防ぐことができる。踏み出す足に鋼の槍を何本も突きさして転倒させる。それによって樹王属《トレント》の足が根元から折れる。

それでもすぐに再生して、咆哮《ほうこう》をあげながら迫ってくる。自分たちの行いが、もはや忠誠を捧げるべき主のいない、愚かで無様なものだとわかっているのだろう。それでも進んでくる。

(無様すぎる。そして愚かすぎる)

ラズィカは右拳を握りしめながら思う。その手のひらに血が滲《にじ》み、沸騰する。

(これが、あの連中が誇りとする『謙虚』というものか)

ラズィカには、それが理解できない。

(馬鹿げている)

どんな惨《みじ》めで無様な行為も受け入れ、実行する。それではまるで昆虫や植物ではないか。

「ラズィカ姐さん! そろそろ限界です、前線で死体が出まくってます!」

部下の獣牙属《ワーウルフ》が、転がるように駆けてくる。十名単位で同調させ、防御用の結界を展開していたが、攻撃を受け続ければやがて綻びは出てくる。

「攻めなきゃ殺されるだけだ。突っ込んで行ってあの腐れ樹王属《トレント》か、《白星會《アルブム》》をぶっ殺させてくださいよ！」

叫ぶ声に応じて、頭部から血が滴《したた》る。顔面の半分が引き裂かれたようになっていた。

「俺の命なんていらねえから、殺せるだけ殺してやる！　せめてタリドゥだけでもやらせてください。あいつ一人に、もう二十はやられてる！　バージットの組なんかは全滅だ！」

その報告は受けていた。《白星會《アルブム》》の幹部タリドゥは、相当な強硬突破を図っている。被害は無視できなくなっていた。本当なら、あの勇者の娘を捕らえ、イオフィッテを傷つけた者を殺してやりたいが、目の前の敵から逃げてはより事態が悪化する。

結局、《白星會《アルブム》》が仕掛けてくる限り、際限なく状況は加熱していく。部下たちの感情的にも、抑えることは困難だ。空を舞う唱翼属《ハーピー》を睨《にら》み、部下の獣牙属《ワーウルフ》は牙を剝《む》きだす。

「ちくしょう！　舐《な》めやがって、あの鳥野郎！　おれの組を突っ込ませてください！」

「いいえ。それは許可できません」

「なんで！　このまま舐められてもいいんですか！」

「いいわけがない」

ラズィカは低く呟《つぶや》いた。そう。舐められていいはずがない。

イオフィッテはいまも血華楼《けつかろう》で治療中だ。《月紅會《スカーレット》》で最高の医療魔術使いである、序列三位が再生に当たっている。主がいないいま、主のものである《月紅會《スカーレット》》の立場を毀損《きそん》させるようなことは許せない。

戦う限りは、死に物狂いで、なりふり構わず叩き潰《つぶ》す。それが誠実な態度というものだ。

「私がやります」

ラズィカが腕を振る。

「差し違えてでも相手を叩き潰すのは、私の役目です」

手のひらから滴《したた》った血が、巨大な獣の鉤爪《かぎづめ》のように変化した。その血は触れたものを一瞬で灰にする、強力な攻性呪詛《こうせいじゅそ》ボットでもある。

十分に時間をかけ、魔力を濃縮した血液だ。彼女の得意とする炎熱を利用した呪詛は樹王属《トレント》に対して相性がいい。燃やし尽くしてやる。そう決めた。主の領地を荒らした責任はとってもらう。だが自分には、その前にやっておくべきことがある。

「全員、下がっていてください。あれが相手では、足手まといにすぎません」

前方の空を舞う影が見えていた。黒い翼の唱翼属《ハーピー》。

「おっと。もうこんなところまで来ちゃったな……久しぶりだね、ラズィカ」

憂鬱《ゆううつ》そうな声。《壊叫《かいきょう》》タリドゥ——《白星會《アルブム》》の幹部。この戦線では実質的な指揮官だろう。

その顔は知っている。会合で言葉を交わしたこともある。いつも不敬で、不愉快な男だった。

瞬間、ラズィカは血を迸《ほとばし》らせた。

「命令します」

血が鞭《むち》のように流れ、空中のタリドゥを捕えようと走る。煮えたぎる血の鞭。それは追尾型の攻性呪詛だった。それが何本も、空を埋め尽くすほどに放たれる。

「あなたは速やかに死に、その命でこの抗争を終わらせなさい」

「手打ちにする交渉のつもりだったけど、どうも、そうはいかないか」

「あなたは殺しすぎました。もう、その命で償ってもらうしかない」

燃える血の鞭が空に閃く。

「姫様のものである我々を傷つけた報いを受けていただきます」

「僕が？　まさか。そりゃ何かの誤解だ、ぜんぜん殺してないよ。きみたちこそ僕らを――まあ、こういうのは」

迸った血の鞭を、タリドゥは機敏な飛翔でかわしている。だが、二本、三本。その回避の先を追うように、ラズィカはさらに血の鞭を振るう。回避の軌道を塞ぐ。追い込む。

「きみに言っても仕方ない、な！」

避けられない分には、タリドゥが激しい叫びで応えた。空中で血の鞭が弾《はじ》ける。強力な攻性結界フィルタ。振動によってあらゆる物質を破壊する。その威力は知っていた。

（だから……）

飛び散った血を、ラズィカは空中で再起動する。二段階の指示を与えてある。砕けた血が再び刃を形作り、渦を巻くようにタリドゥを狙う。

「徹底的に焼き殺す」

「なるほど。序列四位。ラズィカ・クルディエラ」

タリドゥが苦笑して呟《つぶや》く。

「いいね」

その呟きが魔術となる。衝撃波が血の刃を吹き飛ばし、収束して、地上のラズィカを襲う。それを回避して跳躍《ちょうやく》すれば、少しだけタリドゥとの距離が詰まる。

（まだだ。焦るな）

ラズィカは己を抑制する。おそらくタリドゥも気づいているだろうが、再び吹き飛ばされた血液は、いまだ役目を負えていない。周囲を漂い、いまだラズィカの制御下にある。このまま少しずつタリドゥの周囲に血を留めて、最終的には点火し、焼き殺す。

タリドゥもそれをわかっているから、少しずつ距離を詰めようとしているのだ。飛行の有利を手放してでも、至近距離での攻防に切り替えようとしている。

「ははははは！」

タリドゥは声をあげて笑っていた。

「いいね。本当にいい感じだ……ここが、ぼくの死に場所かな？　試してみようか！」

ラズィカが狙う一斉点火での焼却が、自分自身を巻き込む形で使えないと思っているのか。

それともタリドゥには至近距離での別の手があるのか。

(そうだとしても、読み勝ってやる)

もう一つか二つ、こちらにも仕掛けが必要だろう。ラズィカは慎重に足元に血をこぼす。

(この罠も見切られているか？　もっと手を打ち続けろ。対処できなくなるほど重ねて打つ)

ラズィカは意識の密度を高めていく。

互いの間を隔てる、いくらかの間合い。この距離が完全に詰まったときに決着はつく。その結果としてどちらが死ぬとしても、互いの組織の幹部の死は、もう止めようのない抗争になるだろう。

あるいは——と、思考するラズィカとタリドゥの意識の片隅には、横合いから突っ込んでくる巨大な樹木の影が、いくつもある。拳を形作り、振り下ろす——瓦礫《がれき》が飛び散る。さらに花粉が飛び散り、それは炸裂《さくれつ》する爆弾のようになって無差別に被害を拡大させる。

もちろんそれは目くらましのようなもので、地上から《常磐會《ヴエール》》の残党が攻勢をかけているだろう。土地そのものを花粉による魔術媒介で汚染していく。領地の奪い合いという点では、《常磐會《ヴエール》》は圧倒的に有利な要素を持ち合わせている。

本気で戦えばかなり手間取るだろう。少なくともタリドゥのような手練《てだ》れの片手間に対処できる相手ではない。つまり、それまでに状況を片づけておかなければ。

（やつらがここに辿り着くのが先か）

そうなれば、さらに事態は混迷を極める。

いずれにしても、確実なことが一つある。もう抗争は止められない。他の會《かい》はまだ参戦してはいないが、時間の問題だ。街を巻き込み、世界を巻き込む戦争になるだろう。

——当然、人類にもこの発端となった落とし前をつけてもらわなければ。

◆

南の空が燃えている。

派出騎士局四課の粗末な建物からでも、それがよく見えた。

振動と喧噪もよく響いて伝わってくる。さっきから派出騎士局の本部の方へ、危険区域から逃れてきた人々がひっきりなしに詰めかけていた。

《月紅會《スカーレット》》と《白星會《アルブム》》、それに《常磐會《ヴエール》》を巻き込んだ抗争は、さらに過熱しつつある。

「いやあ、ヤバいですね」

口を半開きにしてその光景を見ていたバケツは、赤い髪を掻きむしって唸る。

「課長、どうします？　オレらはまだ動かない方がいいんスかね？」

『おお』

課長はおぼろげな亡霊の姿で、目元を押さえた。

『バケツくん、成長しましたね。勝手に突っ込んで行く前に、私に確認をとるなんて……私が生きている間にその姿を見たかったです』

「もうこれ以上降格したくないんですよ。オレ、今月の給料いくらか知ってます？　家賃払えなくなるんですけど！」

『自業自得だと思いますが……どうやって生活してるんです？』

「バイトですよ、バイト！　もううんざりです！」

本来なら派出騎士の副業やアルバイトは認められていない。が、正規職員ではない、備品という扱いにすぎないバケツは別だ。

「だからですね、今回こそはきっちり大手柄立てて報奨金もらおうと思って！　表彰とかされちゃったりして！」

『我々の部署でそんなことありますかねえ……』

「どうなんです？　キード先輩からの連絡はまだなんですか？　オレ、いつでも行けますよ」

『ああ。それなら大丈夫です』

課長のおぼろげな影が、窓際に近づく。地獄絵図のような抗争が繰り広げられているのが、ここからもよく見えた。巨大な樹王属《トレント》が東地区をゆっくりと闊歩《かっぽ》し、街の破壊を続けている。

『そろそろ出番みたいですよ』

課長の遺影を立てかけた祭壇に、小さなカードが一枚、放り出されるように転がっている。それが赤い光を明滅させていた。

『キードくんが呼んでいます。手伝いに行きましょう。場所は、中央駅舎で集合だそうです』

「ってか、センセイが一緒なんですよね。オレらが行く前に終わってたらどうしよ」

『センセイはそんなことしませんよ。皆さんの鍛錬《たんれん》のために、一番きついところは残しておいてくれてますから。……気が重いんですよね……いつも』

「ですよね！　よし！」

バケツはむしろ嬉《うれ》しそうに笑った。笑って、傍らのデスクを叩く。ばぎん、と、強烈な音がして脚の一本がへし折れた。

「久しぶりに、オレの大活躍の時間ってわけだ。いくら暴力振るってもオーケーってことですよね。主人公、ついに登場ですよ！」

『いま、また備品を壊しましたね……。バケツくん、今度降格したら机の脚以下になりますよ』

「今回の大活躍で帳消しですよ。とりあえず課長、援護《えんご》お願いします！」

バケツは窓から身を乗り出し、遠くにそびえる中央駅の駅舎を見上げた。

「派手に行こうかな！」

『やめた方がいいと思いますけどね……』

四 混沌秘宮破砕事件 2

魔王都市ニルガ・タイドの中心部には、巨大な駅舎がそびえている。要塞と見紛うような、巨大で威圧的な駅舎だ。かつては魔王ニルガラの宮殿として使われていたのだから、当然のことではある。

とはいえ、一般市民が立ち入ることのできるのは、あくまでも駅舎として開放されている部分だけだ。『混沌秘宮《こんとんひきゅう》』と呼ばれた塔は、いまでは厳重に封鎖されている。その屋上、誰もが見上げる塔の頂点に、漆黒の玉座《ぎょくざ》があるからだ。魔王ニルガラの偉大なる玉座である。

偉大な魔王の凱旋《がいせん》まで、この玉座には誰も座ることは許されない。傲岸不遜《ごうがんふそん》な僭主七王《せんじゅしちおう》たちでさえ、その掟を守っている。

『資格なき者が玉座に座れば、ニルガラの残した呪いによって死ぬ』

――そんな噂を信じているわけではないだろうが、暗黙の了解のようなものがあった。

だから、夜の駅舎は静かなものだ。昼の間は装甲列車がひっきりなしに行き来して、騒動が絶えないこの駅舎も、眠る鋼の巨獣のように沈黙する。

(まるで霊廟《れいびょう》だな。巨大な墓だ)

と、リンジャー・ラザントはしばしば思う。

広大な空間。謁見《えつけん》の間と呼ばれる、混沌秘宮の大広間だ。儀式や祭礼のとき、魔王ニルガラは屋上の玉座で万民を睥睨《へいげい》したという。だから、この部屋にあるのは仮の玉座だ。いまでは部屋が広いせいで余計に寒々しく、主のいない仮の玉座はまるで墓碑のようにも見える。

ただ、この日は少しばかり騒がしかった。ある種の熱気が存在している。《ギルド》の主要な構成員、そのすべてが集まっているからだ。その数は実に百名に迫っている。

魔族と人間。その混成軍ともいうべき陣容だった。

《ギルド》——つまりは、《万魔會《パンデモニウム》》が密かに組織していた、破壊工作を目的とする作戦部隊。かつて傭兵であり、大戦終了後に居場所をなくした兵を中心としている。

リンジャー・ラザントの立ち位置は、その中でも末端にすぎない。彼の役割は、せいぜい実行部隊のまとめ役の一人という程度のものだった。

それでも、軍事的な手腕は信頼されている。三年前のグリーシュ動乱でも、派出騎士の特別機動部隊ほどではないが、魔族との前線で戦った。リンジャー・ラザントの《鎧蛇《よろいへび》》部隊として少しは名前を売り、《万魔會《パンデモニウム》》に雇われ、この街の暗部で働いてきた。

だから今夜はここに呼ばれた。すべてを一変させる、革命の刻限が迫っていた。

「——やはり、あの女は諜報員だったのか?」

苛立《いらだ》った声で、誰かが言った。リンジャーの知らない顔の魔族だが、《万魔會《パンデモニウム》》の幹部であることは間違いない。額には角と、全身を覆う褐色の鱗《うろこ》。邪眼属《バジリスク》だろう。

「《不滅工房《ふめつこうぼう》》の、諜報部門。クチナシとかいったな? ヴェルネ・カルサリエ。舐《な》めた真似をしてくれたものだな」

「だが、すでに粛清《しゆくせい》した」

答えたのは、角のない女。すなわち人間。この空間には、人間と魔族が同居している。

「《偽造聖剣》も回収できた。問題は何もない。そうでしょう、議長?」

「……ええ」

暗がりの奥、仮の玉座《ぎよくざ》の傍らに立つ影がうなずいた。やや肥満気味の男で、額には大きな角が一つ。魔族であることは間違いないが、リンジャーは彼の種族を知らなかった。

この男が議長だった。《万魔會《バンデモニウム》》の統括者、というより、調整役という方が正確だろう。事実として彼が強権や暴力を行使したことはない。議会内の利害を調整し、また、誰もが損をしないように事態を動かす。あるいは外の誰かに押しつける。辣腕《らつわん》といっていいだろう。

そして、人類にも差別的な魔族ではない。その均衡を保つ力で、《万魔會《バンデモニウム》》という衰えた組織をまとめ上げている男だ。

いかにも柔和な顔をしているが、《万魔會《バンデモニウム》》は結局のところ、この男の手によって動かされてきた。リンジャーはそれを確信している。ソロモン殺しから始まる一連の事件を引き起こしたのは、この『議長』だ。

「こちらもヴェルネから思わぬ反撃を受け、実行部隊は一人を除いて全滅しましたが――裏切り者の粛清は遂行されました。《偽造聖剣》を回収できたのも幸いです」

わずかに死を悼《いた》むような表情とともに、議長は微笑んだ。

議員の連中は重々しくうなずいたが、どこまで本当のことか、リンジャーは疑わしく思う。

議長は、『実行部隊は一人を除いて全滅した』と言う。都合がよすぎるのではないか。そんなぎりぎりの戦いになったのだろうか。

いったい誰がその報告をあげてきたというのだろう。リンジャーの手勢でないことだけは確実に言える。だとすると、この議長は、自分が自由に動かせる私兵を密かに抱えているとしか思えない。その手練《てだ》れであろう私兵にヴェルネを粛清させて、私兵の存在を秘匿《ひとく》するためだけに目撃者である《ギルド》の部隊を皆殺しにした。

そんな筋書だったのではないか、とすら思う。

「結局、ヴェルネ・カルサリエは、我々に《偽造聖剣》の設計図を提供してくれたわけです」

リンジャーの疑惑をよそに、議長は柔らかい声音で続けていた。

「得難い同志でした。たとえ裏切り者だったとしても、そのことには感謝を。こちらには十七振りの《偽造聖剣》があります。十分に行動に移せるでしょう」

「まさしく、その通り」

と、声を揃えたのも《万魔會《バンデモニウム》》の幹部の一人だ。白髪の老人で、しかも人間である。

《万魔會《バンデモニウム》》は、複数の派閥によって構成されている。合議制だ。それらの派閥の長が幹部となっている。人類から五名、魔族から五名――そのうち議長一名。そういう力のバランスだった。

この《万魔會《パンデモニウム》》においては、魔族と人類の間に上下関係はない。だからこそ、ここまでの計画が可能だった。すべての會《かい》が抗争に巻き込まれて、《不滅工房《ふめつこうぼう》》が勢力を減じてもなお、この結束は保たれるだろう——そうあるべく、議長が利害を調整し続けるのであれば。

その議長が、微笑みながら謁見《えっけん》の間に集まる顔ぶれを見回した。

「我々は、このときに至るまで、努力と忍耐を積み重ねてきました」

彼の言葉の通りだ。《万魔會《パンデモニウム》》は《ギルド》を名乗って、人類と魔族の対立を煽ってきた。望むのは再びの大戦である。

《聖剣》の設計図を盗み出して量産体制を整え、魔族の麻薬流通や犯罪を支援することで資金を得て、ついにはソロモンを殺すに至った。

そこから《月紅會《スカーレット》》と《白星會《アルブム》》の対立を煽ることは簡単だった。魔族は面子《めんつ》を重視する。互いの構成員に手勢を潜入させ、敵対勢力の殺害に及べば、抗争は加速するしかない——その手の偽の構成員を使った工作も、この議長が統括したという。

いったいどんな方法を使ったのかはわからないが、互いの勢力の幹部であるタリドゥやラズイカといった大物まで動かし、さらには《常磐會《ヴエール》》の残党まで巻き込んだという。それも彼の私兵なのだろうか。

それともなんらかの魔術なのか——とも思うが、リンジャーにはそれを詮索しないだけの分別はある。この議長のような相手の秘密を知りすぎれば、ろくなことにならない。

「準備はいかがですか、リンジャー・ラザント？　実行部隊は配置につきましたか？」

「はい」

その議長に尋ねられ、リンジャーは内心の畏怖を殺して冷淡にうなずいた。

「命令があれば、いつでも動けます」

自分たちには役割がある。まずは抗争中の《月紅會《スカーレット》》と《白星會《アルブム》》を標的に、攻撃を行う。魔族には人類が、人類には魔族が、それぞれ攻撃を行うことで、この混乱した状況に『点火』する。現在の緊張状態なら、誰もが自分の身内以外のすべてを敵とみなすしかないだろう。

──《万魔會《パンデモニウム》》以外は。この組織だけが、兵力を温存できる。

「私の部隊は常に臨戦態勢です、議長」

「そうは言っても、懸念事項はあるでしょう。勇者の娘がまだ捕まっていないこと……」

憂鬱《ゆううつ》そうに、また別の幹部が唸った。こちらは魔族だ。海震属《クラーケン》と呼ばれる種族の出自であり、いつも濡れたような白い肌の女だった。

「どうしても気になるわ」

「時間の問題だろう。相手は所詮《しょせん》、たった一人の人間でしかない。どうやら案内役の派出騎士がついているそうだが、それでも二人だ」

議員の一人が鼻を鳴らした。

「そうだろう、ヴィロス？　参謀どのの意見を聞こうか？」

「……はい。計画が破綻しないよう、万事手配してあります」

謁見《えっけん》の間の片隅で、低く声をあげた者がいる。名をヴィロスというらしい。取り立てて特徴があるわけではない、どことなく不健康な印象のある魔族だった。

リンジャーも彼の青白く瘦《や》せこけた顔は、何度か見たことがあった。議員ではないが、どうやらかつての大戦時代に従軍していた経歴があるらしく、《万魔會《パンデモニウム》》の魔族側の幹部は、彼を参謀のような存在として扱っていた。

「魔族の軍勢は、すでに駅舎近郊で待機中。およそ三百名。いつでも動かせます」

反体制派であり、地方軍閥《ぐんばつ》を組織しつつあった魔族をかき集めた。この魔族の精鋭三百名という数は、まさに破格だ。《万魔會《パンデモニウム》》の蜂起《ほうき》と同時に動き出す火種でもあり、有事の際の防衛手段でもある。最終的には、人類と魔族の大戦を収束させる中核の戦力となる。

「また、《紫電會《パルス》》から買い上げた装甲精霊獣も四騎、控えさせています」

「素晴らしい。ありがとう、準備は万端というわけですね」

議長が鷹揚《おうよう》にうなずいた。だが、リンジャーはその声にどこか白々しさを感じた。

「夜明けには大戦の戦端を開きたいものです。リンジャー・ラザント、追跡部隊は二人を捕捉できていますか？」

「勇者の娘――アルサリサ・タイディウスは、包囲からの強行突破を試みています」

リンジャーは先ほどから上がってきている報告を口にする。

「棺桶通りから、中央通りに向けて突出。そのまま北へ移動中。我々の部隊の戦力では完全な阻止まではできません」

この点については、リンジャーも不愉快なところだ。アルサリサの精霊兵装《せいれいへいそう》はなかなかに強力だ。包囲網が簡単に破られ、部下にも負傷者が出ている。

「ただ、問題はありません。勇者の娘の弱点は継戦能力にあります。その魔力濃度も正確に把握できています。夜明けを待たずに魔力切れを起こすでしょう」

「しかし、中央通りか……。こちらへ向かっているような動きだな」

幹部の一人が、眉をひそめた。

「何を考えている？　わざわざ大通りとは、注目を集めているようではないか。包囲を突破できるつもりか？」

「狙撃班を出したのだろう。リンジャー、まだか？」

「すでに配置についています」

いずれも《偽造聖剣》を手にしている、リンジャーの部下の中で、もっとも熟達した六人の狙撃手だ。

「間もなく、攻撃の結果が――」

出る、とリンジャーは口にしたつもりだった。

が、その言葉は爆音と衝撃によって掻き消されていた。咄嗟《とっさ》に何が起きたのか、把握できた者はいないだろう。数秒遅れて、脳がその状況を認識した。壁が——信じられないことに混《こん》沌秘宮《とんひきゅう》の外壁が破裂し、砕けるのを見た。亀裂《きれつ》が天井まで走る。

轟《とどろ》く破壊の音と、それに巻き込まれた者が何人か。粉塵《ふんじん》が巻き上がる。リンジャーはかろうじてそれを避け、《偽造聖剣》を抜剣している。

「な」

誰かが咳き込みながら、わななくような声をあげていた。

「なんだ！　魔術——魔族の攻勢か？　どこからだ！」

「議長、お下がりください。襲撃です。我々の後ろに」

「攻性呪詛《こうせいじゅそ》ボット？　いや、しかし、まるで反応がなかった……！　魔王の結界がここを防御しているはずではないのか！」

たしかに、奇妙だ。

リンジャーもその点が引っかかる。万が一、外部からの攻撃があった場合に備え、占術検索アルゴリズムと動的結界ボットを展開し、観測させていた。魔術が演算されたなら、それらがすぐに反応していたはずだった。

ただ、そんなことを考えている暇はない。

「分析している場合か！」

叫んで、自分の部隊に指示を飛ばす。後退した議長を守らなければ。

「議長をお守りしろ、結界フィルタ展開！　防衛部隊は何を――」

「……あ、あ、あ、ああ！　ああああああっ！　くそ！」

唸り声。

「超痛ぇっ！　思いっきり突っ込みすぎた！」

粉塵の向こうに誰かいる。たった一人――人間か。頭部に角がない。赤い髪の若い男。

「っていうか、ぶっ壊しちゃったな。ヤバいな。また損害賠償？　冗談キツイよ、ここにいる連中がやったことにならねえかな……」

「――なんだ、お前は？」

リンジャーは尋ねた。あまりにも凡庸な台詞《せりふ》になってしまっただろうか。しかし、他にかけるべき言葉が見当たらない。

この赤毛の男の正体がわからなかった。角がない。人間なのは間違いない。だとしたら派出騎士だろうか。あるいは《不滅工房《ふめつこうぼう》》の特殊な捜査官。それとも、もっと別の何かだろうか？

だが、その赤毛の男から返ってきた答えは、そんな予想を裏切るものだった。

「オレは派出騎士四課。の、ええと……いまは、備品！　バケツ！」

あまりにも軽快な応答に、リンジャーは困惑した。派出騎士。たしか、三課までしか存在していないはずだ。しかも備品とはどういうことだ。

「キード先輩の命令通り、許可も下りたんで……あんたらを全滅させてもらうよ」

赤毛の男――本人の名乗りによると『バケツ』は、肩を回しながら踏み出してくる。

「全員、やっつけてやる。大人しくしやがれ！」

「撃て！」

リンジャーは短く命じた。こういうときは、余計な応答はしないことだ。相手のペースに付き合うと混乱する。

リンジャーの指示に応じて、彼の部下が一斉に精霊兵装《せいれいへいそう》を構えるのがわかった。この場にいるのはわずか七名にすぎないが、いずれも精鋭だ。さすがに《偽造聖剣》は持たせていない。弩《いしゆみ》型の精霊兵装だ。フィスカッツ社が開発した最新モデル――極めて強力な、誘導式の攻《こう》性呪詛《せいじゆそ》ボットを射出できる。

乾いた破裂音が響くと、青白い光の矢が放たれ、バケツの体に突き刺さる。命中すれば鋼の装甲板ですら粉砕する威力があり、人間ならばひとたまりもない。

「いってぇっ！」

バケツは矢を避けることさえしなかった。避けられなかったのかもしれない。七つの矢はすべてが命中していた。右肩、頭、胸に三つ、腹に二つ。直撃だ。バケツは防御用の結界フィルタを展開した様子さえなかった。

七つの光の矢が炸裂《さくれつ》して、渦を巻いた。周囲を巻き込むように破壊が生じる。この被弾の数ならば跡形もなく全身が粉砕される。そのはずだった。事実、バケツは盛大に血飛沫《ちしぶき》をまき散らして吹き飛ぶ。その直後に、リンジャーは信じられないものを見た。

ごぼっ、と沸騰するように、破壊された肉が泡立った。砕け散るのとほぼ同時、バケツの肉体は瞬《また》く間《た》に再生していた。医療魔術だとしても速すぎる。十分の一秒にも満たない速度だっただろう。何事もなかったかのように再生していく。

瞬きを終える頃には、完全に元通りだ。

「どうなってる？　こいつ！　効いてないのか？」

誰かが悲鳴をあげた。そのあまりにも稚拙すぎる反応をしたのは、リンジャーの部下でなかったと信じたい。だが、リンジャーも同感ではあった。

「お？　なんで効かないか？　それってオレの話を聞きたいってことだよな？　じゃ、教えてやるよ！」

バケツは、ゆっくりと前進する。

「ふざけるな！」

その間にも誰かが怒鳴り、また別の精霊兵装が光を放つ。リンジャーの部下ではない、恐怖に駆られた《万魔會》《パンデモニウム》幹部の稚拙な攻撃ではあったが、命中はした。炎が爆《は》ぜて、バケツの頭部を焼き払う――それもすぐに再生されてしまう。

炎は再生する彼の頭蓋骨に飲み込まれるようにして消えた。

「死にかけてたところをさ、魔王陛下に救われたことがあるんだ」

バケツの歩みは止まらない。さらに精霊兵装《せいれいへいそう》が火を噴いても、肉体が損傷する端から再生されていく。

「オレはどうしようもないチンピラだったよ。空き巣も恐喝もやった。でも、魔族には敵わねえんだな。結局は縄張り荒らしで捕まって、ボコボコにされたよ」

「ひ……！」

バケツの手が伸びる。《万魔會《バンデモニウム》》幹部の一人の、その襟首を掴む。

「死にそうになってたところを、偶然通りがかった魔王陛下に助けられた。こんなの、普通は信じられないよな？　本当に単純な医療魔術だった。小さな杖で俺の傷を治してくれた。医者が言うには——そのときの霊薬プロトコルが、いまだに効いてるんだってさ！」

幹部の男の一人が、ひどく耳障りな悲鳴をあげた。バケツは彼の体を軽々と持ち上げ、地面に叩きつけている。床に亀裂《きれつ》が生じた。幹部の男の首が折れ、頭蓋が砕けたのがわかった。

「おまけに見ろよ。このパワー！」

およそ、人間の腕力とは思えない。本人の身体能力の限界さえ超えているのだろう。その証拠に、攻撃の反動でバケツの腕の筋肉が爆《は》ぜ、骨が折れている——その負傷さえ、即座に癒《い》えていく。非現実的な光景だった。

「ちょっと痛いけど」

バケツは顔をしかめて片腕を振る。わずかに血が滴《したた》ったが、それだけだ。

「めちゃくちゃ健康になったたし、頑丈だし。つまり！　オレは不死身の無敵人間だ！」

叫んで笑う。その間にも、さらに何発かの呪詛ボットがバケツの胴体に、あるいは頭部に撃ち込まれている。それでも傷はすぐに塞がり、バケツの歩みを止められない。

「来るなっ」

別の誰かが魔術を演算し、今度は稲妻が迸《ほとばし》った。それを、バケツは軽々と回避する。カエルか何かのように跳躍《ちょうやく》し、精霊兵装を構えた一人の男に飛び膝蹴りを。首が百八十度以上回転するのが見えた。バケツ自身の膝からも骨が飛び出したが、気にした様子もない。

（魔王から医療魔術を施されただと？　しかも、ただの人間が。ありえない。まるで冗談のようだが――）

リンジャーは思考する。

魔王ニルガラが死にかけたチンピラを助けるなどありえない。だが、相手の異常な再生力は受け入れるべきだ。そう仮定すると、この混沌秘宮《こんとんひきゅう》の壁を破壊できた理由もわかる。こいつ自身の単純な肉体性能によるものであれば、あらゆる結界は反応しない。

（……それなら。話は簡単だ。調子に乗って喋《しゃべ》りすぎたな）

あまりにもお粗末な相手というしかない。リンジャーは《偽造聖剣》を構えた。

「《偽造聖剣》を持つ者は狙え！」

この場に携行している者は、幹部を含めて四名いる。相手が一人なら十分だ。魔王さえ恐れた聖剣は、模造品といえども、たしかに魔術を破壊する力を持っている。

「いくら異常な再生速度だとしても、《偽造聖剣》の前には無意味だ。無力化できる！」

「げ。そういうのあるの⁉　それは勘弁――うおわ！」

バケツが驚愕し、逃れようとして失敗した。

その足元に、細長く黄色い何かが絡みついている。蛇だ。大型で、瞳のない蛇。自立型の感染性ワーム。リンジャーの部下が生成した使い魔だった。本来ならこの蛇は牙から魔術的な毒を注入するものだが、この妙な男が相手では効果は薄いだろう。

だが、足止めには十分だ。

「行け」

リンジャーの言葉に、《偽造聖剣》が起動する。力を引きずり出されるような感覚とともに、人工精霊が定められた魔術を演算する。青い光が刃を生み、バケツを両断――する前に、リンジャーは自分が倒れていることに気づいた。

踏み込む一瞬、唐突に視界が暗転した気がする。思考の動きが鈍い。

（なんだ？）

リンジャーは疑問を口にしようとして、声が出せないことに気づく。体も動かない。痺れたようになっている。

『しばらく、動かないでくださいね』

誰かの声が聞こえる。頭の中で響くようだ。

『バケツくんが危ないところでした』

かろうじて動く眼球の端で、リンジャーは見た。半透明の青白い影が、自分の背中を押さえつけていた。眼鏡《めがね》をかけた男、だろうか。その手の先が、半ばまで深く沈み込んでいる。

（魔族？　不死属《アンデッド》……ゴースト型か？）

彼らが得意とするのは、他者の精神や肉体に直接作用する攻性呪詛《こうせいじゅそ》クラッカーだ。体がまるで動かない。だが、奇妙だ。彼らの魔術は『記憶』によって媒介される。他人の中にある自分たちの『記憶』を使って魔術を行使する。

（自分のことを知らない相手には無力。そういう連中だったはずだ……！）

ならば、自分はこの男を知っているというのだろうか。しかも、肉体を完全に縛るほどの呪詛が可能となると、よほど強力に記憶に刻まれた人物ではないか。自分でさえ、心のどこかで恐れているほどの――そんな存在は、それこそ勇者のような英雄でしかありえない――

「あっ。課長！」

バケツは足元の大蛇を摑んで引きちぎると、それを手旗のように振ってみせた。

「何やってたんですか？　遅いっすよ！」

『何って、下の方を片づけてたんですよ。バケツくんが勝手に突っ込んでいくから……』

下の方、と、その眼鏡の亡霊は言った。

混沌秘宮《こんとんひきゅう》の下層、あるいは駅舎の周辺には、リンジャーの手配した部隊が潜んでいるはずだった。それを片づけた、と彼は言った。つまり、全員が——確実に大多数の人間が、この男のことを知っていたことになる。

（誰だ、こいつは）

という、リンジャーの思考を、眼鏡《めがね》の男は感じ取ったらしい。おぼろげな顔に、気弱な笑みに近い表情が浮かぶ。

『あの、《鎧蛇《よろいへび》》の傭兵部隊の方ですね。三年前の事件ではお世話になりました。後詰《ごづ》めを担当していただいたようで、我々が全滅した後も円滑に後始末ができたと聞いています』

その言葉で、リンジャーは理解した。この男の顔。たしかに、見たことがある——記憶を探れば、可能性が浮かび上がってくる。

（そうか。三年前。グリーシュ動乱の……派出騎士の《鉄雨《てつさめ》》部隊か！）

それならば、この場の誰もが知っていることもうなずける。命を賭してグリーシュの暴走を止め、魔王都市の抗争を止め、人類だけでなく魔族の命さえ守った指揮官。この街においては、その人物の名は、勇者に匹敵する。

「ヒルクルト・イルガム……！」

そういう名前だったはずだ。不敗の指揮官、《見えざる旗手》のイルガム。

リンジャーは眼球を必死で動かして周囲を観察する。すでに彼と同様、完全に四肢を硬直させたまま、倒れている者がいる。彼の部下たちだった。

『忘れないでいてくれて、嬉《うれ》しいですね』

課長と呼ばれた男は、少し安心したように見えた。

『私はあのときたくさん部下を死なせちゃいましたけど、それでも、無駄じゃなかったな……』

あのとき殉職した特別機動部隊は五十名。人類史上もっとも精強な精霊兵装《せいれいへいそう》の使い手たちだったはずだ。中でも指揮官のイルガムは、部下たちが血路を開いた中でグリーシュと対峙し、差し違える形で一撃を見舞った。その後ろ姿だけは、リンジャーの目にも焼きついている。

（くそっ。体が動かん）

指一本さえ自由にならない。リンジャーは痙攣《けいれん》することしかできない。

「どうなっているんだ！」

幹部の誰かが怒鳴っている。青白い顔の参謀に詰め寄り、その襟首を掴む。

「待機させておいた、魔族の軍勢はまだか！　こちらの状況がわからんのか！」

「い、いえ——すでに連絡しています。もうすぐ増援が」

「無意味だ。残念だが、それは来ない」

低い、獣のような唸り声。それは予想外の場所から聞こえた。

バケツの頭上だ。その赤い髪の毛の上に、小柄な獣が乗っていた。ハムスター。外見上はそう見えたが、額に角があるところを見ると、魔族だ。おまけに片目には眼帯。

「俺が全員殺した」

耳を疑うような言葉とともに、ハムスターは腕を組んだ。

「つまらん連中だった」

「あ。センセイ、もう終わったんですか。超速いですね！」

「貴様らが遅すぎる」

吐き捨てるように言って、ハムスターは消えた。正確には、跳んだのだろう。それでもリンジャーの目には消えたようにしか見えなかった。

次の瞬間、バケツの背後から忍び寄り、《偽造聖剣》を叩き込もうとしていた男の額に穴が開いていた。その結果を見れば、何をされたのかは明白だった。眼帯のハムスターの放った正拳突き——のような一撃が、その破壊を生じさせたのだ。

「おまけに、隙《すき》だらけでもある」

ハムスターは着地と同時、その小さな爪先で床を擦《こす》った。半円形の傷が床面に刻まれる。

「この程度の連中にどれだけ時間をかけている？　これ以上、もう俺は手伝わんぞ。外の魔族を片づけた分で終わりだ」

「う——嘘をつくな！」

青白い顔の参謀が、大声で糾弾《きゅうだん》した。たしか名前をヴィロスといったか。

「大戦時代からの精鋭だ。たった一匹の獣牙属《ワーウルフ》に、どうやって全滅させることができる？」

ヴィロスの言葉は正しい。魔族が二百も揃えば、僭主七王《せんじゆしちおう》の會《かい》、一つ分の戦闘部隊には匹敵する。人間の派出騎士が総出でも壊滅《かいめつ》は不可能だろう。そのはずだ。

だが、ハムスターはつまらなさそうに鼻を鳴らした。

「どうやって？　簡単なことだ。やつらには鍛錬《たんれん》が足りなかった。ただそれだけだ」

「そうそう。オレらのセンセイ、超強いから。あんたらの軍隊、弱すぎるって」

「な……何がセンセイだ！」

バケツの言葉に、ヴィロスは明らかに混乱していた。リンジャー自身も大差はない。なにか理不尽なことに出くわしている気がする。

「単独で二百もの軍隊を撃滅できる魔族など、いったいどこにいる？」

「何柱かはいるでしょ。ええと……《夜の君》イオフィッテとか、《鋼帝《こうてい》》ミゼちゃんとか」

「それは僭主七王だろう！　例外中の例外――」

「あ、そうそう！　そうなんです。こちらのセンセイこそ、その例外」

バケツは腕を組む『センセイ』とやらを抱え上げた。捧げるように前へ出す。

「僭主七王の一柱、さまよえるクルルヴォとはこの方のことだ！　てめえら全員頭が高い！」

およそ、これまででもっとも信じられない台詞《せりふ》を聞いた気がする。

さまよえるクルルヴォ。領地を持たない僭主七王。彼がそう呼ばれるに至った経緯は、極めて独特だ。そもそもクルルヴォは自ら會を組織してもいない。ただ圧倒的に強く、その彼の強さを慕う者たちが《金剛會《アルトゥ》》を名乗っている。

そのために、僭主七王《せんじゆしちおう》と呼ばれる魔族だった。彼自身、魔王の座そのものには興味がないと言う。それが、まさか。

（こいつが？）

こんな小さなハムスターのような見た目の獣牙属《ワーウルフ》だとは。

「いや……そんな、おかしいでしょう……」

ヴィロス。あの顔色の悪い参謀は頭を抱えていた。頭痛でも覚えたのかもしれない。

「なぜ、さまよえるクルルヴォが？　人間の派出騎士の……味方を……」

「別に味方ではない。弟子を鍛えるためだ」

「で。……で、弟子？　鍛えるって、なぜです？」

「いいか、俺には好敵手がいない。魔王ニルガラが去ってから、退屈を持て余していた。僭主七王、と名乗るやつらも、俺の求める強さを持っていなかった。だから……」

センセイは、片手で差し招くような仕草をしてみせる。

「俺に伍する素養のある連中を鍛えているというわけだ。貴様らの中に志願者がいれば喜んで試してやろう。誰か、挑んでくる者はいないか？」

「へへへへ！　と、いうわけです！」

バケツは大声を張り上げ、広間の全員に聞こえるように呼びかけた。

「全員、束になって抵抗しても無駄なんで、諦めてください！　大人しくすれば、両手両足の骨をへし折るだけで済ませてあげるんで！」

絶望的だ、とリンジャーは思った。派出騎士局四課。この連中によって、本当に《万魔會《パンデモニウム》》は壊滅《かいめつ》させられてしまう。たったの一晩も必要ない。一網打尽だ。

（なぜ、こんなことになった？）

答えは出ない。誰もその余裕はない。自衛のために、《万魔會《パンデモニウム》》の幹部連中が後退し、そろって精霊兵装《せいれいへいそう》を構えるのが見えた。しかし無理だろう。リンジャーは傭兵として、敵の力量を量る能力に長けている。

その直感が告げている。おそらく、彼らには勝てない。

事実、精霊兵装による攻撃はバケツを負傷させることができず、『課長』とやらは一人ずつその肉体の動きを奪っていく。それどころか――リンジャーは自分の体が動き出すのを感じた。ぎこちなく立ち上がり、腕が《偽造聖剣》を構える。

（魔術だ。神経性の侵蝕呪詛クラッカー）

ゴースト型の不死属《アンデッド》が得意とする魔術だった。相手を麻痺させ、神経から呪詛を流し込み、身体《からだ》の操作権を奪う。リンジャーは自分の肉体が乗っ取られていることを自覚した。冷たく不愉快な感覚。

『あの、大変申し訳ないのですが』

と、『課長』の声が聞こえた。

『テロリストの鎮圧にご協力ください』

リンジャーは抵抗しようとした。だが、ここまで呪詛に侵食されてしてしまっては、なすすべがない。結界フィルタの展開もすでに遅すぎた。

(最悪だ)

ただ一つ、自分たちの何が失敗だったのか、という点は理解できる。

こんな連中に目をつけられてしまったという、ただその一点だ。この連中との衝突を何よりも回避するべきだったのだ。通常の魔族や人間の組織と違い、交渉する余地がまったくない。

「ふざけるな！　どうにかしろ！」

幹部の誰かが怒鳴り続けている。

「ヴィロス！　装甲精霊獣を出せ、ここを離脱する時間を稼げ！」

「すでに起動しています。間もなくこちらに――」

階下で咆哮《ほうこう》があがっている。精霊獣とは、人工精霊を連結し、疑似的な自我を持たせた精霊《せいれい》兵装《へいそう》のことだ。《紫電會《バルス》》が開発した最新型の兵器であり、《万魔會《パンデモニウム》》にとっても大金を投入した切り札でもある。およそ一騎で、魔族の小隊二つ分の戦力を発揮するとされている。

だが、リンジャーはその精霊獣を投入したとしても、この場を切り抜けることは難しいと冷静に推測していた。あまりにも規格外の連中すぎる。

（これで終わりなのか。本当に）

呆然と、目の前で吹き荒れる暴力を眺めるしかない。この場をどうにかできるのは、一人だけだろう。先ほどから、リンジャーは必死でその相手を探していた――しかし、見つからない。

（議長はどこだ？　あの男がいれば、まだ……）

その姿がない。逃げたのか。信じられない――あの男でもどうにもならないと判断したのだろうか？　それとも、単に彼らを見捨てたのか。

いずれにしても、もう終わりということだ。リンジャーは絶望的な思いに襲われた。

◆

混沌秘宮《こんとんひきゅう》の頂点には、吹きさらしの空の下に一つ、そびえる玉座《ぎょくざ》がある。鋼核属《ゴーレム》の遺骸である鋼から作られた、漆黒の玉座だった。

この玉座が雨や風にさらされることはない。ニルガラの施した強力な結界が、玉座の周囲を覆って保護しているからだ。例え主が不在でも、魔王の玉座は常に圧倒的な威容をもってそこから街を睥睨《へいげい》している。

その玉座に、近づく影が一つ。

謁見《えっけん》の間から、螺旋《らせん》状の階段をのぼって辿り着いた者がいる。どうやら男だ。大きく息を吐いて、玉座《ぎょくざ》と、そして夜空を見上げる。東の空がわずかに白んできているだろうか。

淡い光が彼を照らしたのは、そのときだった。

「……そうだな。必ずここへ来ると思っていた」

少女の声。アルサリサが、玉座の影から一歩を踏み出した。片手の刃が光を放っている。

「脱出するなら、ここしかないからな。階下は四課が押さえている」

「勇者の娘、か」

光に照らされ、片手で顔を覆ったのは、謁見《えっけん》の間にいた男だった。

やや肥満気味な体型——《万魔會《パンデモニウム》》の議長。いま、その顔には柔和な微笑みもなく、焦燥もない。いかなる表情も浮かんでいない。その声音も、単調で無機質に響く。

「どうやってここまで？」

「登ってきた。私の精霊兵装《せいれいへいそう》は機動力に優れる」

アルサリサはクェンジンを片手で一振りする。《不滅工房《ふめつこうぼう》》が鍛造《たんぞう》した、次世代型の《聖剣》——その完成形の一つだ。《聖剣》が持っていた弱点を補う形で、消費魔力と使用者への負荷を引き下げ、移動と拘束を可能とする。出力を下げた分、汎用的な動きができる。

鎖を駅舎の外壁に打ち込み、ここまで登ることもそう難しくはなかった。

「意外だったな」

片手で顔を覆ったまま、男は呻《うめ》くように言った。

「派出騎士局四課は、人類の秘匿《ひとく》戦力だったのか？　あんな異常な制圧力を持っているとは、初めて知った。キード・マーロゥ。あの男はどこにいる？　そもそも、何者だ？　ヴェルネ・カルサリエと同様、《不滅工房》が送り込んだ別の捜査官か？」

「あの男については、私もよく知らない。正直、驚いている」

アルサリサは距離を詰めない。玉座の傍らから離れず、十五歩分の距離にいる。

「だが、『敵』の居場所さえ確実にわかっていれば、どんな敵対者だろうと殲滅《せんめつ》できる。そういう能力を持つ集団だと、あの男は言った。だから私は信じることにした」

「そうか。ぜひ私も、彼の素性を問い詰めたいところだな……」

喋《しゃべ》りながらも男はゆっくりと、アルサリサから距離を取るように後退する。当然、アルサリサはそれを追うように、一歩だけ距離を詰める。

「そこから逃げるな。大人しくすれば危害は加えない」

「逃げる？　この状況で、私がどうやって逃げると？　私には翼もない」

「いい加減に、くだらない演技を続けるな。――《天輪》《てんりん》ハドライン。ここで終わりだ」

すでに、断定できる。それだけの証拠を集めた。決定的だったのは、いまこの場に、こうして現れたことだった。

「ソロモンを殺し、《月紅會》《スカーレット》と《白星會》《アルブム》の対立を煽った。結果、街全体を巻き込む抗争を企てたな。その罪を、償ってもらう」

「は」

アルサリサの言葉に、肥満気味の男は破顔した。引きつるような声だった。

「はは！　わかるんだね。それならたしかに、もう……偽装の必要がない」

その顔が、全身が、溶けるように変化する。金色の髪の毛。どこか虚ろな、絵画のように整った顔。そして均整の取れた長身。背中には翼――三対、六枚の翼がある。アルサリサはその姿を知っていた。見たことがある。昼間、昏睡《こんすい》したように横たわる姿で。

しかし、いまは何もかもが違う。

まったく無傷のハドラインが、そこに出現していた。

「空間を自在に移動できるという貴様でも、ここからの脱出はそう簡単ではないらしいな。僭《せん》主七王《じゅしちおう》はこの街でも頂点といっていい実力者だが、例外はある。魔王による結界だ」

この混沌秘宮《こんとんひきゅう》に出入りするには、正しい順序が必要だ。ハドラインがたとえ瞬間移動できるとしても、魔術では魔王の結界をすり抜けることはできない――結果、直接に飛翔して逃げるしかないとアルサリサは予測した。

どうやらそれは正しいことが証明された。

「ハドライン。いつから《万魔會《パンデモニウム》》の議長に成り済ましていた？」

「私が計画を始めたのは三年前だったな……当時の議長を、殺して成り代わったよ」

ハドラインは事もなげに言う。彼にとっては、造作もなかったに違いない。この男は他者の命を奪うことを、悪事だと認識さえしていない。アルサリサは嫌悪感を強めた。

「ならば、残念だったな。貴様がそそのかして、動かしていた《万魔會》《パンデモニウム》は壊滅《かいめつ》する」

「ああ。彼らは残念だろうね。ただ、この局面に至ればもう……さほど必要はない。もともと滅びるべき連中だった」

ハドラインの声に、わずかな怒りのようなものが滲《にじ》んだ。奇妙に思う。この男は大戦を引き起こし、その頂点に君臨するために《万魔會》《パンデモニウム》を利用していたのではなかったのか？　ただ、その疑問に対する答えをまとめる暇がない。

「一応、私からもきみに質問しておこうか」

ハドラインは無機質な笑みを崩さない。

「次回以降の参考にしたい。ソロモンを殺し、この事態を主導したのが私だときみは気づいたんだね？　なぜ、その結論に至ったんだろう？　容疑者は無数にいたと思うがね」

「単純な消去法だ」

ソロモンの殺害を起点に考えると、容疑者は絞られる。誰がソロモンを殺せたのか？　それが最初の一歩だった。

「ソロモンを殺すのは、ヴェルネ先輩でも不可能だった。あの《偽造聖剣》には、常時起動して魔術を無効化する仕掛けはない。そうなると、ソロモンの未来予知を覆して殺せるほどの実力者は、僭主七王の中の誰かだと断定できる。ソロモンが殺害され、残る六名の誰かだ」

そうでなければ、魔王本人か、死んだはずの勇者か。

あるいはそれ以外の何者か――アルサリサの想像もつかない存在か。それらの可能性は外した。考えても意味がない。現実にあり得る存在を最優先に考えるべきだった。

「この中から、私は最初から三名まで容疑者を絞り込んでいた。お前か、イオフィッテ。あるいは正体不明の、さまよえるクルルヴォ」

「興味深いね。なぜその三名を？」

「死体が残されていたからだ。不死属《アンデッド》どもの王たる《冥府の貌《めいふのかお》》ロフノースの犯行なら、強力無比な資源であるソロモンの死体を回収しないはずがない。《鋼帝《こうてい》》ミゼも同様だ。嬉々として死体の改造を試みるだろう」

「……なるほど。そして、《絶嘯者《ぜっしょうしゃ》》ギダンでもないだろうね」

「真竜属《ドラゴン》である彼ならば《偽造聖剣》に頼らずソロモンを殺せるだろうし、その場合、街並みごと破壊されている。逆に彼にとって、《偽造聖剣》での斬殺《ざんさつ》の方が不可能だ」

よって、最有力の容疑者は三名。イオフィッテか、ハドラインか。それとも、姿すらわからないクルルヴォ。

「そして、イオフィッテは私たちの目の前で襲撃された。ヴェルネ先輩はあえて姿を見せたのだと、いまならわかる。手がかりだ。そして我々がイオフィッテに殺されかけていたところを助けたものだった」

「ああ！」

ハドラインは何かに気づいたように唸った。

「わざわざ姿を晒《さら》したのか。彼女は。ずいぶん手を焼かされたな……では、そのときから私だと確信していたのかな？」

「いや。最後まで混乱させられたのがクルルヴォの存在だったが――」

首を振る。軽い頭痛を覚えたからだ。あまりにも予想外の方法で、容疑者の名は一つに絞られることになった。

「クルルヴォではありえない、ということも確定した。だから、ハドライン。消去法でお前だけが残った。状況証拠も揃っていた」

たとえばそれは、ソロモンの殺害現場。栄光橋で足跡が途絶えていたのは、空を飛んだと考えれば説明がつく。

あるいはソロモンの下から流出した違法薬物。品薄になっていたはずのそれが、ハドラインの領域では大量に扱われていた。《常磐會《ヴェール》》の残党が『セフィロト』で暴れているのも、この男が手配したのだろう。

「あとは、それらの疑惑に対する確実な証拠があればよかった」

アルサリサは、粗末な革の鞄を突き出した。

「ヴェルネ先輩が残してくれていた。この玉座《ぎょくざ》の裏に、魔術による迷彩偽装で隠されていた」

鞄の中は、単なる書類の束でしかない。しかし、重要な証拠だった。ソロモンの死を起点とした、金と違法な品物の流れがそこに記されていた。

「ソロモンが死んだ後、彼の領域から流出した違法薬物の流れを調べ上げてある。《万魔會《パンデモニウム》》がその流通の手助けをしていたようだな。そして《万魔會《パンデモニウム》》から、《白星會《アルブム》》へ資金が流れていることもよくわかる」

ヴェルネ・カルサリエは回りくどいことを嫌う。彼女が『魔王の玉座《ぎょくざ》』と言ったのだから、それは暗号でもなんでもない。ただ、玉座にすべての答えがあるということを意味する。

アルサリサはそれを知っていた。ただ、疑問は残る。

「魔王の玉座に、証拠を隠すというのは盲点だったのか？」

尋ねても、ハドラインは沈黙している。なぜ、この場所を隠し場所に選んだのか。ハドラインが近づくはずがない場所として、ヴェルネはこの証拠を隠した。その理由は気になったが、ハドラインには答えるつもりがないらしい。

（それならそれでいい）

ただ、ヴェルネのやろうとしていたことを完遂しなければならない。この男を捕らえ、馬鹿げた大戦の火種を消し止める。

（ヴェルネ先輩の仕事を終わらせるのは、自分の役目だ）

アルサリサは心臓の奥に焦げつくような痛みを感じた。

「……ヴェルネ先輩は、捜査の秘訣を語っていた。推理や証拠集めは、結局のところ、補助的な要素にすぎない……」

アルサリサは、クェンジンの先端を持ち上げた。ハドラインに向ける。ヴェルネ・カルサリエが語っていた、身も蓋もないような彼女の捜査の秘訣を、いまさら思い出す。

「どれだけ推論を並べようが、怪しいやつを誘《おび》き出《だ》して、片っ端から捕えてしまうのが一番だ。抵抗するなら叩きのめす。これに尽きる」

「はは！　ヴェルネ・カルサリエは優秀な捜査官だったね。あのとき、きみたちも一緒に殺しておくべきだったな……まあ、仕方ない。クルルヴォとの戦いは、避けるべきだった」

やはり、あのとき、竜骸洞《りゅうがいどう》でヴェルネを殺したのはこの男だ。竜の骸《むくろ》による魔術阻害を貫通して、頭上から狙撃できるだけの魔術の使い手。

アルサリサは唇を噛んだ。その一瞬の感情の揺らぎこそが、アルサリサの見せた隙《すき》だった。

「お前だけは許さない。お前は、ヴェルネ先輩を――」

無論、それはあえて晒《さら》した隙だ。ハドラインがその瞬間、わずかに重心を移した。翼を開いて飛ぼうとしたかもしれない。あるいは魔術を演算しようとしたか。

その瞬間に、アルサリサはクェンジンから鎖を放っている。

「捕らえろ、クェンジン！」

輝く金の鎖が四本。宙を走った。

それはいずれも蛇のように高速でしなり、ハドラインの足と翼を捕らえかけ——その直前で、放ったうちの三本は標的を失って虚空を貫いている。

(転移魔術!)

ハドラインが得手とする、瞬間的な移動魔術。アルサリサには演算の瞬間を見ることもできなかった。空間を歪めるというが、その前兆さえ掴めない。ざあっ、と、ハドラインの全身が波打つようにして消えた。空気が揺れる。背後からだ。

(予想通りだ……!)

ハドラインはそこに転移した——だから、当たる。

放った鎖の四本目は、もともとハドラインを狙っていない。真逆の方向に飛び、外壁から、一人の男を引き上げる。別の鎖で吊り下げられ、待機していた男だ。

「やれ、キード!」

「やっと引き上げてくれた。ひでえ待遇でした」

呟《つぶや》きと同時、赤錆《あかさび》色のマフラーが翻《ひるがえ》った。

「あんたはここで脱落だ。ハドライン」

キードはハドラインに向けて、フロナッジを放っている。

「頭を砕け、フロナッジ」

どんな魔術が使われたにしても、アルサリサの背後を取る形での、転移の直後。そこなら当てられる。フロナッジの追尾性能があれば、どれだけ逃れようとしたところで必ず捉えることができる。

　そのはずだった。

「うそ。マジで？」

　キードの慌てた声が不吉に響いた。

　たしかにフロナッジは銀色の軌跡を描いて、ハドラインを狙っていた。その頭部をたしかに砕いた、と思った瞬間に、それは空を切っている。ばちっ、とかすかな音が響いた気がする。ハドラインの頭部が爆《は》ぜたように見えたが、おそらくそれは錯覚だろう。

　その姿は掻き消えて、フロナッジは標的を見失ったように曖昧に空中で揺れたからだ。

「無敵かよ、こいつ！　意識の外からの不意打ちまで効かねえのか……！」

　キードが顔を歪める。アルサリサも似たようなことを思った。完全な不意打ちも効かないほどの、高速の魔術演算。まさに瞬間移動だというのか。

　だが、それも一瞬のことだ。アルサリサは羽ばたきと、どこか澄んだ声を聞いた。

「……ここまでにしようか。アルサリサ、きみがここに辿り着くまでのことを……」

　頭に衝撃があった。

「私が予想していなかったと思うかな？　むしろ、それを期待していたよ」

　殴られた——それも、強烈な勢いで。

目の裏に火花が散る。鼻から血が噴き出すのがわかる。倒れ込みかけて、クェンジンで体を支えた。奇跡的だ。それが幸運だったかどうかは、わからない。

攻撃されていた。ハドラインの魔術だ。一撃で殺さなかった理由を思考しかけて、本能がそれを止めた。クェンジンを振るう。そうだ。まずは反撃。七つの鎖がアルサリサを守るように渦を巻く。

それは視界の端に見えたハドラインを薙《な》ぎ払う軌道だったが、やはり当たらない。体を捕まえたと思った瞬間には転移している。影をかすめただけだ。キードは再びフロナッジを放ったようだが、これも無意味だった。

瞬きの後、ハドラインは翼を羽ばたかせ、空に浮いていた。

「私と対峙できさえすれば、どうにかなると思っていたのなら心外だね」

ある種、神々しくさえある。夜空に浮かび上がる彼の姿は、うっすらと輝いて見えた。気に入らない、と、アルサリサは思った。これではハドラインを見上げ、謁見《えっけん》しているようだ。

(なるほど、強い。だが)

アルサリサはクェンジンを握りしめた。小声で囁《ささや》く。キードには聞こえるだろう。

「キード。これから私は思考する」

違和感がある。こういう直感を無視するべきではなかった。

「時間を稼ぎたい。協力しろ」

「そりゃもちろん。なんとかできそうですかね？」

「やつの正体を突き止める。何か種がある。なんとかする方法は、お前が用意しろ」

「うお。ひでえな。そりゃまあ、やりますけどね」

横暴なことを言っている、と我ながら自嘲《じちょう》したが、思えばずっとそうだった。アルサリサが事態の真相を見つけ出す。そうすれば、キードは必ず解決策を用意する。

たとえそれが反社会的な方法でも、何をすればいいのか明白であれば、キードにはできる。アルサリサはそう信じることにした。仲間を信じることができなければ、その人間には、一人分の仕事しかできない。

人類は群れでこそ強力な生き物だ。

「――ハドライン」

アルサリサは顔を上げた。クェンジンを構えて、ハドラインに向ける。彼にとって興味ある話題。彼が喋《しゃべ》りたくなる質問をしなければならない。

それはもちろん、たった一つだろう。

「貴様の目的……そうだ……貴様の目的を、聞いておこう。人類と魔族の大戦を、再び起こそうとしたのか？」

「ふ」

ハドラインは軽く息を吐く。やった、とアルサリサは思った。会話させることができる。

「第一の目的は、当然それだよ。この街におけるすべての勢力を争わせ、もう一度、あの大戦を蘇らせる。地獄を作るんだ。そうすれば、きっと戻ってくるだろう?」

「……誰がだ?」

「決まっている。魔王ニルガラ。偉大な陛下だよ」

ハドラインは、祈るように空を見上げた。ニルガラの名を口にするときだけ、彼の顔には表情らしきものがよぎった気がする。とても神聖な言葉を語るときのようだった。

「我々が窮地《きゆうち》に陥ったとき、必ず魔王陛下は救いに来てくれる。《万魔會《パンデモニウム》》の連中は、結局何もわかっていないんだ。再びの大戦が勃発《ぼつぱつ》するならば、必ず陛下は降臨される」

「お前は——」

目眩《めまい》がした。アルサリサは首を振る。

呆然とする言葉だった。再び大戦が起きれば、失踪した魔王が戻ってくる。まるで子供のような考え方ではないか。子供が、わざと危険ないたずらをして、親の注意を引くような。

「では、お前は……魔王ニルガラを、呼び戻すためにこんなことをしたのか?」

「陛下の名を軽々しく呼ぶな」

ハドラインの表情がまた消えた。鋼のような温度のない視線がアルサリサを睥睨《へいげい》する。

「私は誰よりも強く陛下を崇敬《すうけい》している。あの御方はあえて姿を消すことで、我々に試練を与えているんだ。乗り越えれば、きっと戻って来てくれる。……かつて私を救ったように」

「魔王が、お前を救った？」

「私はかつて、本当に貧弱な魔族でね。クズ同然の扱いだった——魔族というのはそういうものさ。陛下がいなければ、善性のない獣の群れにすぎない。特に、大戦の頃はひどかった」

黒い雲が空を満たしつつある。風が湿って重たい。それはハドラインの精神状態を反映したものかもしれない。彼ほど強大な魔族であれば、その気分が天候に影響を及ぼすのだろうか。

「同じように力の弱い同胞たちと、最前線に送り込まれてね。私たちのような者は、みんな使い捨ての駒だよ。中には戦場に送られることさえなく、娯楽の一環として上官から殺される者もいた……魔王陛下が降臨されたのは、そんな地獄の只中だった」

ハドラインが貧弱な魔族だったとは、本当のことなのだろうか。魔王が彼を変えたのか？　たしかに魔王ニルガラが最初に頭角を現したのは、人間ともっとも過酷な戦いを繰り広げていた、最前線の小隊の指揮官としてだったとされている。

「魔王陛下だけが、私たちのような弱者を顧みてくれた。我々を救い、率いて束ね、戦う力を与えてくれた。輝かしい栄光の日々だった。魔王陛下とともに戦った、あの混沌の戦場こそが……私の楽園だ。あの場所に、もう一度、帰ることができれば……」

「……もう一度、そんな地獄を作れば、魔王が戻ってくる。そのために、あんたは自分の會《かい》を巻き込んだのか？」

キードの声は呆れていた。あるいは、かすかな苛立《いらだ》ち。彼が苛立っているのは珍しい。

「《白星會《アルブム》》の連中は、あんたの目的を知ってるのか？　このままじゃ《月紅會《スカーレット》》と《常磐會《ヴェール》》を巻き込んで壊滅《かいめつ》するぞ」

おそらく、その予測は間違いないだろう。このままでは全面戦争になる。人類との大戦に発展する、その過程で全滅に近いことになるはずだ。

「あいつらは、あんたがこの街を支配すると思ってる。だから戦ってるんだ。あいつらはどうでもいいっていうのか？　それがあんたの『慈愛』かよ……！」

「ああ——もちろん！　それは悲しい。本当に、我が身を切り刻まれるよりも辛い……」

唐突に、ハドラインの顔が歪んだ。泣いている。そう見えた。

「《白星會《アルブム》》こそは、我が家族。愛すべき者たちだ……彼らを傷つけるのは本当に辛い。かつての大戦で消えて行った同胞たちを見ているようだ。だが、だからこそ、意味がある」

「……何を言ってやがる。なんの意味があるって？」

「自分自身を傷つけられるよりも苦しい存在。すなわち家族。それを犠牲にすることこそが、自己犠牲よりも尊い『慈愛』の究極だ。私は自分よりも大事な、《白星會《アルブム》》の家族を生贄《いけにえ》とする」

演説でもするように両手を広げ、ハドラインの目にはたしかに涙が浮かんでいた。

「それが陛下に捧げる私の『慈愛』。自分よりも大事な存在を作っておいて本当に良かったよ」

アルサリサは啞然とした。自分よりも大事な『家族』という存在を作り、それを進んで捧げること。それが彼の『慈愛』だというのか。かける言葉が見つからない。

これには、どうやらキードも同じ感想を持ったようだった。

「……まったく、魔族ってやつらの考え方は、人間からするとクソカスばっかりで困るね……どうかしてる。あんたは……本当にそんなんで魔王陛下が戻ってくると思ってるのか？」

「もちろん、それだけではまだ足りない。当然のことだ。重要なものが欠けている。私がこの事件を引き起こした、もう一つの目的は」

ハドラインは、アルサリサを指差していた。

「勇者の娘を殺すこと。可能な限りの苦痛と、最悪の汚点を与える形で、だ」

「……やはり、そうだろうな」

その可能性には気づいていた。

ヴェルネ・カルサリエを使って自分を魔王都市まで誘《おび》き出《だ》したこと。孤立させ、罪を着せるような計画。すべての要素が、自分を標的にしていたとしか思えない。だが――。

「なぜだ？」

動機がいまひとつわからない。

「個人的な怨恨か？」

「きみ自身が気づいていないとすれば、それはさらに罪深い。魔王陛下を殺害しようとした、勇者ヴィンクリフ・タイディウスの娘。父の犯した罪は、きみに償ってもらいたい」

ハドラインは唇を歪めた。笑ったのか。そういう表情の動きが、なぜだか、ひどく人間離れしているような気がする。

「魔王陛下の殺害を企てるなど、許されることではない！　ましてやどんな卑劣な手段を使ったのか、陛下は勇者を『盟友』などと称されていた。我々のような弱き者の命を盾に、高潔なる陛下を脅迫したに決まっている――魔王陛下に並ぶべき者など存在してはならない！」

どうやらその一点こそが、彼にとって致命的な問題らしかった。ハドラインの感情の高ぶりに応じるように稲妻が閃き、虚空で爆《は》ぜた。

「ニルガラ陛下がお戻りになられないのは、きっとそれも原因なんだ。『なぜ、お前たちは勇者の係累《けいるい》を根絶やしにしないのか』。そう仰《おつしや》っている声が、私には聞こえるよ」

「……貴様は、自分こそ魔王ニルガラの忠臣だと言いたいのか」

「まさしく。陛下が失踪されてから、私は行方を知るために手を尽くした。あらゆる方法を試した。けれど、そのどれもが失敗した」

アルサリサの質問に、ハドラインの答えは淀みがない。誇らしげに告げる。

「それも当然のことだった。陛下は我々を試しているのだから。陛下がそう決定された以上、我らに陛下の行方を知ることなどできない。陛下の所有されていた、全知の王冠も失われた」

ニルガラが失踪してからというもの、その行方については様々な噂が流れている。ハドラインの主張は、その中でもっとも有力なものだった。

最強にして最悪の暴君は、自分たちを試している。どこか遠くからこの街の狂騒を見て呆れながら、正しく秩序が戻るまで待っているのだ、と。

「私は確信したよ。特に罪深いのは《万魔會《パンデモニウム》》の連中だ。彼らは陛下から信任されたにもかかわらず、無気力で、怠惰で、内部の利権争いに汲々《きゅうきゅう》としていた……憂慮《ゆうりょ》すべき愚かさだ！」

再び、虚空に放電が走った。ハドラインの握った拳が震えていた。

「《万魔會《パンデモニウム》》に対して、ソロモンの殺害から始まる計画を提案したのは、最後の『慈愛』だよ。あのとき私を罵倒し、陛下のために反旗を翻《ひるがえ》す者がいればね……」

彼の計画では、最後には《万魔會《パンデモニウム》》もすべて滅ぼすつもりだったのだろう。ヴェルネと同時に他の《ギルド》の刺客をすべて狙撃したのも、つまりはそういうことだ。

「それに僭主七王《せんじゆしちおう》も同罪だ。《世界樹》ソロモンは——ひどい嘘つきだった。レプリカでさえない、偽物の未来予知もどきの魔術を使っていただけだ。実に許しがたい。だからこそ、最初に処罰を下す必要があった」

動機がようやくわかった気がする。すべてを解決して、地獄のような大戦を再び始めれば、魔王ニルガラは戻ってくる。ハドラインの世界ではそのような論理になっているのだ。ならば、どうやってそれを否定できるだろうか？　何も思いつかない。

それでもただ一つ、アルサリサには言うべきことがある。

「……ヴェルネ先輩は、そんなことのために殺されたのか」

「ああ。きみもまた、大事な人を失っているね。ならば理解できるだろう」

「理解？　なにを……理解しろと言いたい？」

「『慈愛』の心だよ。私は自分よりも大切な家族を捧げる。それは自己犠牲よりも尊く、ずっと美しい——大戦のきっかけとなって散る《白星會《アルブム》》の存在は、残された我々の心の中で永遠に輝き続けるんだ。そう……」

ハドラインは優しく微笑んだ。

「きみにとってのヴェルネ・カルサリエも同じように。きっときみの中で、忘れられない大切な輝きになったんだろうね。素晴らしいことだと思わないか？」

アルサリサは言葉を返さなかった。ひどい罵倒を口にしそうだったからだ。

怒りは後回しだ。暴力的な衝動を抑え込む。ハドラインを力の限り切り裂いてやりたい——その憎悪は、胸の奥底で燃やす。原動力でさえあればいい。

「貴様のやり方は……許容できない。ソロモンを殺し、多くの魔族や人を傷つけ、危険に晒《さら》している。騒乱扇動罪にもあたる」

アルサリサは言葉を選ぶ。焦らず、冷静に、仕掛けを打つ。ヴェルネ・カルサリエのように非情になる。アルサリサは意識から余分な感情を追い出した。喋《しゃべ》りながら思考を回転させる。

ハドラインの魔術には違和感がある。その正体を摑まなくてはならない。

（何かが奇妙だ。考えろ。この男が魔術を使うとき、いつも違和感があった）

結論を導き出す。自分にならできる。ヴェルネがそう信じていたからだ。

深く吸って吐く。呼吸を落ち着ける。

ヴェルネ・カルサリエ。彼女のために――いや。彼女はそんなことを望まないだろう。法と、秩序のために。やるべきことを、やり終える必要がある。彼を止める。罪を犯した者は裁かれなければならないからだ。そう信じている。

だからまっすぐ背を伸ばし、アルサリサは宣言する。

「貴様は法に背いている」

勝利のためには、常に二つの手を用意すること。第二の手は、アルサリサ自身だ。

「即座にその行いを中止し、罪を償え。ハドライン」

「幼稚な論理だね。法にどんな意味がある？　魔王陛下がいない、この世界の法にどれだけの価値があるんだ？　そして、きみにそれを執行する力はない」

ハドラインは聞き分けのない子供をあやすように言う。

「私に勝てると思っているとしたら、それは憂慮《ゆうりょ》すべき愚かさだ。降服するなら、苦痛のない速やかな死を約束する」

「断る」

アルサリサは体の内に残った魔力をかき集める。まだやれる。

「それでは正義を証明できない。私は、必ず、貴様を裁きの場に引き立てる」

「では、仕方がないな。勇者の娘、アルサリサ・タイディウス。私の方こそ、きみに罰を与えよう。それが達成されれば、きっと陛下の凱旋《がいせん》は大いに近づくだろう」

「……こいつは本物のアホだな。どうかしてるよ、ハドライン」

横からキードが口を挟む。彼も必死で時間を稼ごうとしている。そのために、何かの切り札を切ろうとしているのが、いまから冗談を言うようなその表情でわかった。

彼はふざけているときほど真剣なのだ。

「俺が何度でも言ってやる。魔王が戻ってくるなんて、それだけはあり得ないぜ。何をしたところで意味がない」

「……やけに断定的なことを言うんだね。ええと……キード・マーロゥ、だったかな」

小さな虫を見るように、ハドラインの視線が動いた。少しずつ這うようにして移動していたらしい。キードはすでにアルサリサの足元近くにいた。

「きみは勇者の娘とは違う。ただの人間だ。見逃してあげようと思っていたんだ。あまりにも無意味で、無価値だからね。これも『慈愛』の表現だ」

「あんたの言ってることは……要するに、アルサリサどのを見捨ててさっさと逃げろって？　いやあ、それはできないな」

キードは頼りなく笑った。まったく躊躇《ちゆうちょ》もなく。

「俺は案内係を引き受けた。ここで退いたら仁義が通らない。魔王陛下もそう言うだろうよ」

「不愉快だね……もう少し、注意して発言するといい。仁義とは、魔王陛下のお言葉だ」

ハドラインは冷酷に告げる。その周囲の大気が緩やかに動き始めている。風が流れる。

「陛下について、きみが何を知っている？　ただの人間が、舐《な》めた口を叩くな」

「そうでもない。よく知ってるよ。なにしろ、俺は」

赤錆《あかさび》色のマフラーがはためき、一瞬だけキードの表情を隠した。そのように見えた。

「魔王ニルガラの、最後の舎弟だからな。あの世界一アホな親父の死体を焼いて、埋葬《まいそう》したのも俺だ。不死属《アンデッド》として蘇ることさえない」

それを聞いたとき、ハドラインの顔から表情が消えた。ごう、と、風が渦巻く。なんらかの魔術が行使されたのがわかった。それはハドラインの感情の高ぶりによるものか。無意識の魔術の暴発。

（……そうか）

それと同時に、アルサリサは違和感の正体に気づいた。

四　混沌秘宮破砕事件　3

「あの親父がよく言ってたことだ。どんなときでも仁義を通せ。謙虚に、誠実に、公平に……勇気と克己心を持ち、慈愛と正義を忘れるな」

キードは立ち上がるふりをして、よろめき、さらに二歩分を移動した。アルサリサに近づくように。あと少し。

(相手は冗談みたいな瞬間移動の使い手だ。勝ち目があるとすれば——)

ハドラインの顔からは表情が消えている。何を考えているのか、まったくわからない。

「『棺桶通り』だ。俺はそこで育った。ニルガラもそこの生まれでね——俺らの中で一番年食ってたから、親父って呼ばれてた。実際、親父代わりだったからな」

キードはハドラインの反応を凝視《ぎょうし》する。動揺しているだろうか。表情はやはり動かないが、喋《しゃべ》り続けるしかない。時間を稼ぐ。

「魔王陛下が、棺桶通りの生まれだと? 侮辱的なことを言うね……」

「だけど本当だ。俺はあの親父の秘密を知ってたよ。そう長くは生きられないこと、とかな。ちょっとした事情があってね。魔族を統一するための戦いで、もう体はボロボロだった」

「私は、それを聞いていない」

ハドラインの声は平坦で、冷たく響いた。

「側近であった私に、なぜそれを言わなかった？」

「弱みを見せたら、せっかく達成しかけてた人類との共存計画はどうなる？　いまだに仁義の欠片《かけら》も理解できてねえ部下だって同じことだ。お前みたいに暴走する馬鹿もいる」

「そんなはずはない……愚かなことを言うな。あの方が死ぬことはない」

「いや、死ぬよ。勇者と対峙した段階で限界だった。勇者ヴィンクリフを説得して、和解に持ち込んだのは、一世一代の大博打《ばくち》だったと思う。よくできたもんだ。あの変な親父がやった仕事にしては大成功だったな」

「無意味な嘘をつくな。陛下は死んでなどいないよ。そんなことはありえない」

「残念だけど、死んだ。俺の目の前でな。不死属《アンデッド》にされないように、遺体を焼いて埋葬《まいそう》した。骨も残ってない」

「嘘だ。そんな証拠がどこにある……！」

「おいおい。さてはあんた、見たことがないのか？　それでも親父の側近か？」

キードは片手でフロナッジを放り投げた。銀色の円盤。それを自らの頭上にかざして、できるだけ陰険に笑う。

「魔王が作った精霊兵装《せいれいへいそう》。全知の王冠はこんな形をしていたんだ。この円盤はすべてを知る。射程距離内の、使い手が指示したものを正確に指し示す。ニルガラの親父は、俺に託した……頭《ず》が高ぇぞ、ハドライン。後継者が目の前にいるんだ、跪《ひざまず》きやがれ」

時間稼ぎは果たした。アルサリサはキードの顔を見てうなずいた。

「もう一度言っとくぜ。魔王は死んだ。もう戻ってこない」

「嘘を」

ハドラインは無表情のまま、片手を振る。

「つくな！」

周囲に風が渦巻いた。攻撃が来る。その直前、キードはアルサリサの手を摑み、引いた。

「玉座《ぎょくざ》の裏に隠れろ！　――フロナッジ、俺への攻撃を防げ！」

雷が走り、フロナッジはそれを防いだ。これがフロナッジの本領だ。全知の王冠、と呼ばれる理由はここにある。使い手が指示したものに対して、絶対的に、正確に着弾する。たとえ稲妻のような攻撃であっても防御が間に合う。

ぱん、と、乾いた破裂音が連鎖する。

「クェンジン！」

アルサリサもまた、この瞬間にキードの言葉の意味を察していた。クェンジンを振るえば鎖が放たれ、二人分の体を引き上げる。漆黒の玉座の裏へと転がりこませる。

追撃が来るか――万が一のそれに備えていたが、ハドラインの声が聞こえた。

「そこを離れろ」

抑制された声だった。怒りを抑えているのがわかる。

「それは陛下の玉座だ。きみたちが触れていいものではないんだよ」

そうだろうな、とキードは思う。ハドラインはこの玉座を巻き込む可能性のある攻撃は使えない。少なくとも、躊躇《ちゅうちょ》している。

推測は当たっていた。ヴェルネがこの魔王の玉座に証拠の書類を隠した理由もわかる。ここはハドラインの聖域であり、意識の盲点だ。神聖で触れることのできない、唯一安全な証拠の隠し場所だった。

つまり、いま、玉座への攻撃を躊躇《ためら》っているこのわずかな猶予《ゆうよ》を利用して、やつを攻略する方法を考える必要があるということだ。ほとんど完全にさえ思える瞬間移動の魔術。フロナッジを着弾させても、当たったと思ったときには移動している。

（そんなもん、どうやって殺せるっていうんだ）

その手がかりさえ、キードには思いつかない。

「キード」

アルサリサが囁《ささや》く。

「いま、お前が言ったことは本当か？　お前が、魔王の舎弟であるというのは」

「え、そこの確認からですか？　時間ないんですけど」

「ならば、お前の話が本当だという前提で進める。ハドラインを逮捕するから協力しろ。あいつの正体がわかった」

「さすが」

キードは思わず笑った。予想通りだ。それと同時にフロナッジを放つ——ハドラインによる狙撃のような稲妻の矢を、正確に弾《はじ》き飛ばす。

こういう繊細な攻撃ならば、十分に防げる。

「ハドラインの瞬間移動、正直めちゃくちゃ厄介じゃないですか。どうにかできます?」

「そこだ。結論から言うと、やつの魔術は瞬間移動などではない」

「え」

「お前の話が本当ならば、フロナッジ。その精霊兵装《せいれいへいそう》は標的を確実に追尾する。だが、先ほどお前はハドラインを名指ししたにもかかわらず、対象を見つけ出せなかった」

「そりゃそうですが」

キードは思い出す。フロナッジがあんな挙動を示したのは、初めて見る。曖昧に揺れるような動きだった。

フロナッジ。魔王ニルガラの作り出した全知の王冠。たとえ相手が瞬間移動で逃れようとしても、どこまでも追尾し、頭部を狙い撃てるはずだった。キードが考えていた、ハドラインに対する切り札の一つ。

「正確には、お前はあのときハドラインの頭部を対象に指定した。つまり結論は単純だ。ハドラインには頭部と呼ぶべきものが存在しなかった」

理屈では、そうなるのかもしれない。だとすると、それはどういう意味か？

キードが考えを進めようとしたとき、強い突風が吹きつけた。これもハドラインが演算した魔術だろう。防性結界フィルタの一種。これで二人を玉座《ぎょくざ》から引きはがせると考えたのか——しかし、根本的なところで間違えている。

これは魔王ニルガラの玉座だ。雨や風に対する結界がいまでも機能している。風は影響を大きく減退され、背もたれに捕まるキードとアルサリサにとってはそよ風に近い。その旋風に紛れて飛来する黒い触手のような影も、キードのフロナッジならば簡単に迎撃できた。

まだ持つ。あと数秒か、数十秒程度は。

「最初は幻覚のようなものだと考えた。それとも光学的な幻か。負傷を装うこともそれなら容易であり、自身の見た目を偽ることもできる。ただし……それが正解だとしたら、お前のフロナッジで本体を攻撃できるはずだ。よって、これも違う」

アルサリサは早口に告げて、キードの思考の何倍もの速さで推論に至る。

「だから、ハドラインにそもそも頭部はないのだ。なくすことができる」

回答は一つだ。ここまで来ればキードにもわかった。

「つまり——やつは、凝膠属《スライム》だ」

アルサリサは、玉座の背もたれに寄りかかるようにして立ち上がる。

「周囲に遍在《へんざい》し、自在に疑似的な肉体を形成する。だから、あたかも瞬間的に移動しているように見える。唱翼属《ハーピー》ではなく凝膠属《スライム》」

アルサリサの目が、床を見ていた。キードとアルサリサの周囲が、濡れたようになっている。薄く広がる膜のように。

それと同じものを、キードも見たことがあった。昼間の食堂、はぐれ者の凝膠属《スライム》。

「これがハドラインの正体だ」

「……なるほど」

キードはいくつかの反論を思いつきかけて、やめた。アルサリサならば、キードが気づいていないさらに多くの手がかりから、そう判断したのだろう。たとえば異様な無表情。魔術を演算する時に、角が光った瞬間さえ見えないこと。攻撃を受けたときの反応——いくらでもある。

そういうことなら、あらゆる勢力の構成員を装って抗争を煽ることもできた。あの病室で眠っていたハドラインと、その傍らにいた医師も怪しい。どちらもハドラインの擬態であったのかもしれない。凝膠属《スライム》ならそれができる。

(それなら、集中しろ。仕掛けはアルサリサが解いた。次は俺の番だ)

瞬間移動の種は、これで割れた。決してハドラインは無敵ではないが、瞬間移動の魔術があると見せかけることで、本当の強みを隠していたことになる。実際、アルサリサはひどく緊張した顔でキードを見た。

「瞬時に肉体を形成し、攻撃と防御を行う。瞬間移動とは違うが、これも強力な特性だ。どうにかできるか、キード」

「できるか、と聞かれりゃあ、それは――」

キードは玉座《ぎょくざ》から顔を出し、ハドラインを見る。

彼は宙を舞い、炎をまとっているように見えた。そういう魔術だ。かなり広範囲を焼き尽くす炎の魔術。もはや決意したのだろう。たとえ玉座を破壊することになっても、こちらを殺す。そういう決意を。

「陛下が帰還なされたときのために、玉座を傷つけたくはなかったよ」

ハドラインの嘆息。白熱した火球が、広げた腕の中で輝いている。

「この罪は、戻られた魔王陛下の御手《みて》により、直々《じきじき》に罰していただくことにする」

「仕方のねえやつだな」

キードは大きく息を吸い、また吐いた。やるべきことは明白だ。とはいえそれを実行に移すには、一度だけでいい。あれを防ぐ方法が必要だ。

「アルサリサどの、防御をお願いできますか？　一度だけ」

「……仮にも僭主七王《せんじゆしちおう》の魔術だ。クェンジンで凌《しの》ぎきれるかはわからない」

「なんとかできます。俺にも奥の手があるんで。信じてもらえますかね？」

「わかった」

意外にも、アルサリサはほとんど迷わなかった。それどころか、少し微笑んだ気さえする。

彼女の笑顔など、初めて見た。

「信じる。この状況で逃げ出さないような馬鹿げた男だ、その価値がある」

「だったら大丈夫。その間にあいつをぶち殺します」

「殺すな。逮捕だ。法は私刑を禁じている」

「さすが」

こんなときまで、アルサリサは法を優先する。そういう少女だ。キードはフロナッジを放り投げた。そして思い切り床を蹴る。赤錆《あかさび》色のマフラーを翻《ひるがえ》して、跳ぶように走る。

「じゃ、よろしくお願いします」

「お前も」

しくじるな。

と、そう念を押そうとしたのかもしれないが、そこまでは聞こえなかった。ハドラインの放つ炎が視界を埋め、吹きつける暴風が聴覚を圧していた。

キードとアルサリサに標的が分かれたとき、ハドラインは迷いなくキードを狙っていた。

(ここまで挑発したんだ。そうじゃなきゃ困る)

それに、ハドラインならば玉座《ぎょくざ》から離れた者を標的にする。その確信はあった。あの男の魔王ニルガラに対する忠誠は本物だ。

「クェンジン。渦巻け」

アルサリサの声。

黄金の鎖がキードを守るように螺旋《らせん》を描いて放たれる。その数は二十。いや、さらに多い。三十はあっただろうか。渦を巻いた炎と風は、その鎖によって防がれた――ハドラインの表情は変わらないが、一瞬、攻撃の手を止めたことから、警戒を強めたことはわかった。

魔族の魔術。それも僭主七王《せんじゅしちおう》と呼ばれるほどの使い手の魔術が、人工精霊に防がれた。

（そんなこと、普通はあり得ない。だろう？）

たとえ《不滅工房《ふめつこうぼう》》の生み出した最新の精霊兵装《せいれいへいそう》を、勇者の娘が使っていたとしても、あり得ることではない。

「どういうことだ」

ハドラインの呟《つぶや》き。その声は、四方から聞こえた。ハドラインはその姿を増やしている――八つ、いや、九つはあっただろうか。ハドラインの影が、一斉にキードを指差した。

指先からは、白い矢が放たれる。

（まさに本気、って感じだな！）

凝膠属《スライム》は、己の肉体を媒介に魔術を演算する。その性質上、最大威力となる魔術は、己の肉体の直接投射に外ならない。白い矢はハドラインの肉体そのものであり、先ほどの炎や風とは一線を画す威力を持つだろう。

キードはそれを待っていた。すでにフロナッジの投擲《とうてき》に入っている。防御は考えない。

「ハドライン」

囁《ささや》く。

「の、角」

銀の円盤は宙を走った。凝膠属《スライム》といえども、魔族である限り角はある。魔術を使う瞬間ならばもっとも無防備になる。

問題は、ハドラインの使う魔術だったが、それを防ぐ方法はすでに備えていた。アルサリサの鎖はさらに意志を持ったように、多頭の蛇のように動く。一瞬、視界の端に見えたアルサリサの顔は、少し驚いているように見えた。

封印保護プロトコルの一種にすぎない鎖を、まるで使い魔のように動かせる。それは本来ならばクェンジンにはない機能なのだろう。

(でも、俺にはできる)

キードは頭の片隅に熱を感じている。痛みがあった。視界が歪む。その歪んだ光景の中で、クェンジンの鎖はハドラインの放つ白い矢をすべて防いでいた。これもハドラインにとってはあり得ない事態だっただろう。

その次に起きたことも、想定外だったに違いない。

「キード・マーロゥ！」

ハドラインの叫びは、悲鳴に似ていた。キードの放ったフロナッジが、九つのハドラインの影のうち、一体を貫いている。その胸部。ぱん、と、乾いた破裂音が遅れて響いた。

八つの影が崩れ落ち、胸を穿《うが》たれたハドラインは膝をつく。

「悪いね。ハドライン、俺はちょっと……特別なんだ」

キードは戻ってくるフロナッジに手を伸ばす。

ひどい疲労と、頭痛を感じている。足を引きずるようにしてハドラインに近づく――その直前に気づいた。

(この野郎)

ハドラインが《偽造聖剣》を手にしている。青く冴えた刃。なるほど。角が折れても、人間と同じように精霊兵装《せいれいへいそう》は使える。青く冴えた刃が振り上げられる。やけに時間の流れるのが遅く感じた。

切断のための魔術が演算される。

「キード。きみの存在は、きみだけは、許せない。ひどい嘘だ。魔王陛下を侮辱した……」

ハドラインの目は憎悪に満ちていた。

「なんとしても、裁く。陛下に謝罪しろ！」

絞り出すような叫びとともに、青白い刃が振るわれた瞬間だった。キードは背後で軽い跳《ちょう》躍《やく》の足音と、低く唸るような少女の声を聞いた。

「なんとしても裁く……だと。馬鹿なことを」

キードとハドラインの間に割り込んでくる。白銀色の髪が風に流れた。

「それはこっちの台詞《せりふ》だ、ハドライン！」

クェンジンを振るい、高々と告げる。世界中に轟《とどろ》くように。

「ヴェルネ先輩を殺したこと。その罪を償ってもらう！」

黄金色の鎖が放たれる。

それは速やかにハドラインの腕を捕えていた。軌道がずれる。青く輝く《偽造聖剣》の刃は、結果としてアルサリサの右腕をわずかに抉《えぐ》ったにすぎない。

そうして、一撃。獣のように俊敏に、アルサリサはクェンジンを振るう。それは魔術ではなかった。精霊兵装《せいれいへいそう》であるクェンジンを、単なる剣として使っていた。ハドラインの手にある《偽造聖剣》に叩きつけるように。

「偽の《聖剣》で勇者の娘に挑むのは、無謀だったな」

アルサリサの呟《つぶや》き。かぁん、と、突き抜けたような音が響いていた。

引き起こされた結果は単純だった。ただ一撃で、クェンジンの刃は《偽造聖剣》を根元からへし折っている。《偽造聖剣》を破壊するとしたら、その物理的な衝撃こそが必要だった。

「すべてが上手くいくと思っている相手を叩きのめすのは……ヴェルネ先輩……」

アルサリサはクェンジンを突きつける。

「……たしかに、ほんの少しだけ愉快ですね。ここまでだ、ハドライン」

「ありえない」

ハドラインはどこか虚《うつ》ろな声をあげ、それでも逃れようとした――が、横ざまに飛ぼうとして失敗し、無様に転がる。

それも当然のことだ。角がない。魔族はその状態に慣れていない。ましてや凝膠属《スライム》は、肉体の構築と操作のために、無意識に魔術を行使している種族だ。

（だから、簡単に捕まえられる）

キードがハドラインの背中を踏みつけた。

「なあ……聞けよ、ハドライン。あんたの忠誠に免じて、魔王の秘密を教えてやろう」

キードは自分の髪の毛を掻きむしるようにして、その頭部を見せつけた。髪の隙間から見える頭皮に、かすかに輝く何かがある。

ごく小さなものだが、それはたしかに『角』だった。

ハドラインの全身がぎこちなく蠢《うごめ》き、いくつもの眼球を形作る。凝《ぎょう》視《し》している。

「キード・マーロゥ……まさか。きみは、魔族なのか？」

「半分はね。混血ってやつだよ。魔族と、人類との」

キードはアルサリサの視線も感じている。見られている。仕方がない。いずれにしても彼女ならば、ここまでの手がかりからキードの秘密に気づいただろう。

「魔王ニルガラの強力な魔術の秘密が、これだ。混血の魔族は魔術を演算できない。でも先天

的に魔力はあるし、角もある。だから魔力器官の同調――『角を貸す』ってことができる」

他者の魔術に干渉し、強制的な同調を発生させれば、大抵の場合は暴走する。それゆえに迫害されることも多かった。棺桶通りにいたのは、そういう子供たちばかりで――そして魔王ニルガラは、もっとも強力な混血だった。

「俺はニルガラの親父ほどじゃないからさ。あんな無茶苦茶な増幅はできない。その代わりに、制御は一番得意だったんだ。暴走も強化も、自由にできる」

キードは頭を押さえた。燐光《りんこう》を発する角を隠すように。それから振り返る。

「ってわけで……アルサリサどの、びっくりしました？」

「お前のことは、魔族かもしれないと考えていた。クェンジンの性能が飛躍的に向上した瞬間が何度かあり、よって容疑者からぎりぎりまで外せなかった。だが、まさか混血とはな」

「わかってもらえたでしょ。うんざりしてるんですよ、この街にも、この世の中にも。俺たちみたいなやつらの居場所がない」

嘘をついているつもりはない。本当のことだ。

魔族と人類の溝が深まれば深まるほど、混血の者たちの居場所はなくなる。あまりにも面倒なことが多すぎた。自分のような存在が気楽に生きるには、何かを変える必要がある。

魔王ニルガラは、その点で革新的だった。自分を殺すために乗り込んできた勇者を説得し、和解するという理解不能なくらいの離れ業をやってのけた。おそらく、勇者ヴィンクリフも相当におかしな男だったのだろう。

　この街は、そういう連中が作り出した、奇跡的な都市だった。

「誰かがなんとかしなくちゃいけない。……そうだろ、ハドライン？」

「……できるはずがない」

　ハドラインの声は、憎悪とも嘆きともつかない。

「人類も魔族も、みんな愚かで、弱い。……陛下だけが希望だったんだよ。陛下だけが……」

「そう思ってる限り、あんたに魔王の跡目は務まらねえな。いいか、ハドライン。魔王ってのは王なんだ。でかい責任がある。ついてくる連中の面倒を見てやらなきゃならない」

　屈《かが》みこみ、うずくまるハドラインの胸倉を摑む。その顔を強制的に上向かせる。

「あんたがやったことを振り返ってみろ。あんたについてきた《白星會《アルブム》》の連中も、《万魔會《パンデモニウム》》の連中も騙《だま》して、裏切って、切り捨てた。それが王様のやることか？　ああ？」

「……王になるつもりなどない。私はただ、忠実な、陛下の家臣であればよかった。そのためにはどんな手段でも使う……！　それだけだ。我が忠誠のために！」

「馬鹿が」

　ハドラインの横面を、キードは思い切り殴りつけた。すでに形質変化を含む魔術の演算能力を失った以上、凝膠属《スライム》にもこれは効く。拳に重たい手ごたえがあった。

「それなら、なおさら失格だ。そんな臣下はいらねえよ——てめえは所詮《しょせん》、ただ他人に残酷なだけの、三流のチンピラだ」

そうして突き倒すように、キードはハドラインの胸倉を解放した。

「ニルガラの親父はもういない。あとは、俺たちでやってかなきゃならねえんだよ」

「……私は信じない。絶対に嘘だ。陛下が、死ぬはずがない」

「心配するな」

キードは嘲笑《あざわら》った。

「魔王ニルガラは、お前の心の中で永遠に輝き続けるよ。素晴らしいだろ?」

ハドラインは沈黙した。もはや答えるだけの気力もない。ハドラインのような手合いを始末していくのも、魔王ニルガラがやり残したことの一つだ。

「それじゃ、アルサリサどの」

キードは東の空を見た。もう、白み始めている。

「午前四時四十七分です。例のやつ、お願いできますか?」

「ああ。……午前四時四十七分。《天輪《てんりん》》ハドライン・シルファート」

アルサリサは血の滴《したた》る右腕でクェンジンを振った。その鎖はあまりにもたやすくハドラインを捕らえる。

「ソロモンの殺害をはじめ、あらゆる罪の容疑で貴様を逮捕する」

五一 報告書 ソロモンの死について

アルサリサが傷を癒《い》やすには、人間用の、非魔術的な医療を行う病院が必要だった。ラザンツ・マティッカ施療院《せりょういん》。

魔王都市においても珍しい、人間専門の病院だった。この施設では、魔術に頼らない治療の方法が研鑽《けんさん》されている。魔族よりも個体差の少ない人間に対してだけ通用する技術だ。《偽造聖剣》によって負傷したのだから、これも当然のことではある。勇者の娘としての治癒《ちゆ》能力もこの傷にはあまり有効ではない。何針かを縫うことになり、結局、数日は絶対安静ということになった。

病院の天井は退屈だったが、窓の外の風景はいつも騒がしい。ソロモンの死に端を発する一連の事件が終息しても、毎日のように事件は起きている。それに、《不滅工房《ふめつこうぼう》》に提出する報告書も書かなければならないし、伝えるべきことは山ほどあった。

「それでは、一連の事件は《万魔會《パンデモニウム》》が——いや。それを煽動していたハドラインによって引き起こされたものだった。そういうことか?」

そんな風にアルサリサに尋ねたのは、赤毛の派出騎士だった。たしか、ジリカと名乗っていただろうか。どこか底冷えのするような目で見つめてくる女だった。

彼女が直々《じきじき》に、アルサリサからの報告事項を受け取りに来た。

「間違いありません」

アルサリサは簡潔に断言した。《不滅工房》の正規魔導騎士と、派出騎士との間には、明白な上下関係は存在しない。命令系統がまったく異なるためだ。ただ、実力による互いの敬意は存在する。

このジリカという女は、魔王都市で派出騎士局一課を主導している。そこには敬意を払うべきだと、アルサリサは考える。

「《万魔會《パンデモニウム》》は、《ギルド》と名乗って破壊行為を働いていた危険組織です」

「由々しき事態だな」

ジリカ――派出騎士局一課の課長は、わずかにため息をついた。

「《万魔會《パンデモニウム》》は仮にも人類と魔族の統合議会であり、行政機関でもあった。それが崩壊したということは、両種族間における最大の交渉窓口が途絶えたということだ」

「はい。早急に暫定《ざんてい》臨時議会を立ち上げる必要があるでしょう」

「そうだな。僭主七王《せんじゆしちおう》もそのために動いている。いま、即座に人類との大戦を行うのは、誰にとっても不利益と認識しているのだろう。後で目を通してもらいたいが、これは現状の各組織の動向報告だ」

ジリカは枕元のテーブルに、資料の束を載せた。

「まず、《月紅會《スカーレット》》は活動を再開した。イオフィッテが復帰している。彼女は《白星會《アルブム》》の縄張りを大きく削り取り、勢力を拡張した。もっとも強大な派閥になりつつある」

「と、いうことは……《白星會《アルブム》》のすべてを奪ったわけではないのでしょうか？」

「《白星會《アルブム》》は主を失って壊滅《かいめつ》状態だが、同じ地区にまた別の勢力が台頭しつつある。ボスは幻影属《デーモン》の男らしいが、正体はわからない。新たな僭主七王《せんじゅしちおう》を名乗るつもりらしいが」

組織のボスがいなくなれば、それに取って代わろうとする者が現れる。だが、あまりにも速すぎないだろうか。誰かがこの事態を狙っていたというのだろうか？

混沌都市の状況は、いまだに不透明だ。

「そして《常磐會《ヴェール》》にも、ソロモンの娘を名乗る二代目が現れた。状況はさらに悪化すると見て間違いない」

「混沌都市は変わらず、ということですか」

アルサリサは窓の外に目をやる。途切れがちな雲の隙間から、鮮烈な太陽光が降り注いでいる。いくぶん崩壊した混沌秘宮《こんとんひきゅう》も見えた。

あの駅舎を破壊したことで、四課のバケツという青年が処分を受けそうになったが、今回の功績と相殺することにより、謹慎処分だけで済むことになったらしい。ただし、当の本人は納得いかないと喚《わめ》いており、どうも余計にひどいことになりそうだ。

——と、キード・マーロゥは軽薄に笑いながら言っていた。

「そうだ。つまり、我々には膨大な後始末が残っている。今後の対処も必要になる。よって、アルサリサ・タイディウス捜査官。提案がある」

名を呼ばれ、アルサリサはジリカに視線を戻す。

「きみに対して、正式に《不滅工房《ふめつこうぼう》》から辞令をあずかっている」

ジリカは白い封筒を掲げてみせた。封蠟《ふうろう》が施してある。三つの星を見上げる獅子の紋章――

アルサリサは少し口の端が緩むのを自覚した。

こう来ると思っていた。むしろ待っていた気がする。

「この辞令によれば、今回の功績をたたえ、きみには選択権が与えられる。本部に戻って別の任務に就くか。それとも」

「後者を選択します」

最後まで聞く必要はなかった。アルサリサは迷いなく選択した。

「この街に残り、事態の収拾に努めます。《偽造聖剣》の設計図を回収して、製造工場を破壊する。それは私の役目でしょう。本来ならヴェルネ先輩が担うべき仕事だったはずの」

「……見事な推察だ」

ジリカは封筒を引っ込めた。冷淡にうなずく。

「ならば、私から付け足すことは何もないな。他に質問は？」

「こちらから、ご依頼したいことならあります」

「聞こう。正規魔導騎士の依頼なら、可能な限り便宜を図る」

「キード・マーロゥを、引き続き案内役――いや、補佐役として私につけていただきたい」

アルサリサの言葉に、ジリカはかすかに瞳を細めた。果たしてどういう感想を抱いたのかはわからない。ただ、彼女の顔に感情らしきものが浮かんだのは初めてだった。

「……理由を聞いても?」

「あの男は使えます」

望まれた通り、アルサリサは端的に説明した。

「何かと無茶なことをしますが、どんな状況においても解決策を作り出せる男です。言動や態度には問題がありますが、事実、ハドラインさえ打倒できた。ああいう人間が必要です」

「必要、というのは。この街の治安の維持に?」

「いえ。私の考える、《不滅工房《ふめつこうぼう》》の中枢に」

おそらくは、荒唐無稽な妄言として受け取られるだろう。そのくらい、アルサリサは覚悟している。たとえ勇者の娘であっても、まだ力が足りない。何もかもが足りない。

だからこそ、いま必要なことだ。

「私には夢があります」

「それは」

一瞬、ジリカは考え込むような気配を見せた。

「……どのような夢か、聞いておこう」

「《不滅工房》の頂点」

単純な答えを、アルサリサは返した。やはり、それだけが唯一の手段と思えた。

「組織を掌握し、法と秩序の下に、魔族と拮抗《きっこう》できるまでに人類の力を高めたい。そうでなければ共存など望めません」

「そのために、キード・マーロゥが必要だと？」

「笑わないのですか、ジリカ課長」

「当然」

アルサリサも呆れるほど怜悧《れいり》な目で、ジリカは首肯《しゅこう》した。

「私も、似たようなことを考えている。勇者の娘も同様であれば、心強くはあるな」

「……ええ」

アルサリサは笑った。

「ぜひお願いします。キード・マーロゥが拒否しても、首に縄をつけてでも連れて来ていただきたい」

◆

ラザンツ・マティッカ施療院《せりょういん》の裏には、暗い影が落ちている。

たとえ昼でもひときわ暗い。

その路地の片隅で、キード・マーロゥは待っていた。やるべきことは山ほどある——相変わらず混沌都市ニルガ・タイドの情勢は混沌としている。新しい頭痛の種は消えない。ハドラインが消えてその状況は加速した。

それでも今日ばかりは、待たなくてはならなかった。勇者の娘、アルサリサ・タイディウスとの面会がようやく許可され、その目的を果たしてきた人物と会う必要があったからだ。

そうして待っていた当の相手——赤毛の女が施療院《せりょういん》の裏口から歩み出てくるのを見て、キードは片手を上げた。

「どうも。……ジリカ、どうだった?」

「予想した通り。彼女はこの街に残るようです。そして——」

ジリカは答えた。怜悧《れいり》な瞳と、無機質な口調はそのままに。

「我が王。キード・マーロゥ」

と、ジリカはそう呼んだ。その目はキードを真正面から凝視《ぎょうし》している。

「あなたを、引き続き補佐役に指名したいと。そう申し上げていました」

「ああ。そりゃ良かった」

キードは安堵《あんど》のため息をついた。

「おかげで、もう少し状況を進められそうだ」

「それは――」

何かを言いかけて、ジリカは数秒沈黙した。逡巡《しゅんじゅん》したのかもしれない。キードにとっても珍しいものを見た気がする。

「我が王。質問をしてもよろしいでしょうか？」

「どうぞ。お伺いしますよ、課長」

「あまり冗談を言うのはやめていただきたいのですが」

「悪かった。で、質問は？」

「あの少女は、それほどあなたの進める計画に必要なものでしょうか？　勇者の娘、というのは利用価値がありますが、危険でもあります。アルサリサ・タイディウスは非常に野心的です――《不滅工房《ふめつこうぼう》》の中枢を掌握しようと考えています」

「そういうことなら、俺も野心的だよ」

キードは言葉が皮肉っぽくなるのを自覚した。

「俺が何を目指してるか知ってる？」

「当然です」

「そう。ニルガラの親父がやり残したことを終わらせる」

もう少し気楽に生きることのできる世界が欲しかった。だから、誰かが変えるしかない。

魔王ニルガラと勇者ヴィンクリフが遺した、この奇跡的な都市を守り、世界中に広げていくには気の遠くなるような道のりが必要かもしれない。

それでも、一歩を踏み出さなければ始まらないし、終わらない。

「俺は魔王になるよ」

口に出して言うと、余計に馬鹿げた響きに聞こえる。すべてはニルガラのせいだ。あの男がこんな大仰な名乗りさえしなければ、もう少しマシな呼び名があり得たかもしれない。

「……そのためには人材が必要だ。アルサリサ・タイディウスは使える。勇者の娘だろうが、そうじゃなかろうが、あいつの頭と度胸は本物だよ。部下に欲しい」

「承知しました」

「あんまり納得してないな？」

「我が王の言葉に、疑義を抱くことはありません」

「やっぱり納得してないな……まあ、いいや。それはともかく」

キードは足元に視線を移した。暗い路地裏の片隅に、一人の男が横向きに転がされている。

額に小さな角がある。魔族だ。体表にある褐色の鱗《うろこ》を見る限りは邪眼属《バジリスク》であるようだが、その両目はすでに潰《つぶ》されていた。

先ほど捕えた、《万魔會《バンデモニウム》》の議員の一人だった。あのとき、バケツと課長が踏み込んだ現場から逃げ出した者が、一人だけいた。大騒動のどさくさだった。

「お前ら、舐《な》めた真似してくれたよな……ホントにさ」

キードは、邪眼属《バジリスク》の男の頭を踏みつけた。眼球を破壊された邪眼属《バジリスク》には、もはや魔術を演算することもできない。

「ハドラインなんかに踊らされやがって。しかも人類と魔族の戦争を再開させようだなんて、そんなの、仁義が通らないだろ？　親父が生きてたらお前、だいぶ愉快な方法で殺されてるよ」

邪眼属《バジリスク》の男は何事かを唸った。口の中に、布の包みを突っ込まれているせいだ。その中には大量の釘を詰めてある。

「まあ、俺は親父みたいに面白いやつじゃないからさ。愉快なやり方はしない」

安心させるようにうなずいてから、ジリカを振り返る。

「カダルを連れてきてくれるか？　死体の始末が必要になる」

「承知しました」

足元の男の唸り声が激しくなったが、ジリカは表情を変えずにうなずいた。

「本当は、魔王が自分から拷問《ごうもん》するとか、よくないんだけどね。こういうのバケツくんとかに任せたいな。荒事の専門家がもう少し欲しいよ」

「四課の彼らには、まだ打ち明けないのですか」

「もうちょい信頼関係ってやつが必要だ。《不滅工房《ふめつこうぼう》》もそろそろ俺らを疑い始めてもおかしくないからさ。最初はアルサリサどのも、査察のために来たのかと思ったよ。だいぶ怖かった」

キードは邪眼属《バジリスク》の男の頬を踏んだ。そうすることで布の内側にある釘が、彼の頬を内側から刺す。唸り声が強まった。

「やることはいっぱいある。人材確保は最優先だし、魔王都市は新しい火種で満載だ。僭主七王《せんじゅしちおう》にも一人ずつ退場してもらいたい」

緩やかに、足の裏に体重をかける。男の口内を釘がずたずたにしていく。

「まったく、先は長いね」

キードは頼りなく笑って空を見上げ、男の顔面を力いっぱい踏みつける。

雲の隙間、鮮やかな陽光が、ほんの一瞬だけ路地裏を照らした。

【あとがき】

お世話になっております。ロケット商会です。

此度は「魔王都市」というタイトルに興味を示していただき、誠にありがとうございます。

魔王都市は治安がものすごく悪い都市ですが、今日は私の理想の都市計画についてお話させていただきたいと思います。もしも私が絶対的な権限を持ち、あらゆる法律を無視できる究極市長であったなら、どんな街を作りたいかという話です。


まず市内に絶対に必要なものは、デス・ゲーム会場と暗黒闘技場です。この二つの柱によって外貨を獲得し、恐怖政治の根幹とさせていただこうと考えています。世界初の試みであると同時に善良な市民のみなさまのための娯楽でありながら、犯罪に対する抑止効果も期待でき、一石二鳥どころか三鳥も見込める完璧な施設です。

もちろん、この会場の地下には、重大な犯罪者に対する懲罰《ちょうばつ》施設として、人力エネルギー発電所も設置する所存です。巨大な木の棒をみんなでぐるぐる回す、健康的かつ世のため人のためになる、最高のクリーンエネルギーといっても過言ではないでしょう。発電成績が優秀な方には、模範エネルギー生成スタッフとして、自分の回す木の棒を好きな色に塗ることができる特権を差し上げたいです。

このような施策によって人心を掌握し、自分が回す木の棒を好きな色に塗りたいと言う人間の根源的な欲求を刺激することで、安定した都市インフラの維持を確約します。

また、社会福祉の一環として、常に市民の皆様の位置を把握できるチップのインプラントの義務化も検討しています。もちろんこのチップには何よりも大切な市民の皆様の命を守るため、いざというときにはものすごい電流を発生させる機能を持たせます。これにより、市民の皆様が危険行為に及ぶ可能性をゼロに近づけ、また最高に幸福なこの都市から外に出ようとする方の発生も皆無とすることができる見込みです。

他にも私の考えた無敵サイボーグヌンチャクピエロを市内巡回させるなど、市民の皆様の安全と幸福を第一に考え、徹底的な取り締まりを行っていく所存です。私は街の中央にあるロケット商会デビル・タワーから皆様を常に見守っておりますので、ご意見・ご指摘ある場合はいつでもお越しいただいても構いません。悪夢の防衛装置が皆様をお待ちしております。

以上を持ちまして、私の究極市長立候補演説兼あとがきとさせていただきます。

魔王都市という世界観を魅力的に描き出してくださったＲｙｏｔａ《リョータ》－Ｈ《エイチ》様、企画立案から全面的にご支援いただいた担当編集様、およびこの本を手に取っていただいた皆様に感謝の言葉を捧げます。

CHARACTER
アルサリサ・タイディウス
キード・マーロウ
センセイ
課長
バケツ

イオフィッテ
ラズィカ・クルディィエラ
大魔王ニルガラ
ハドライン・シルファート
タリドゥ・ロフィニ

GAGAGAGAGAGAGAGAGA

ガガガ文庫7月刊

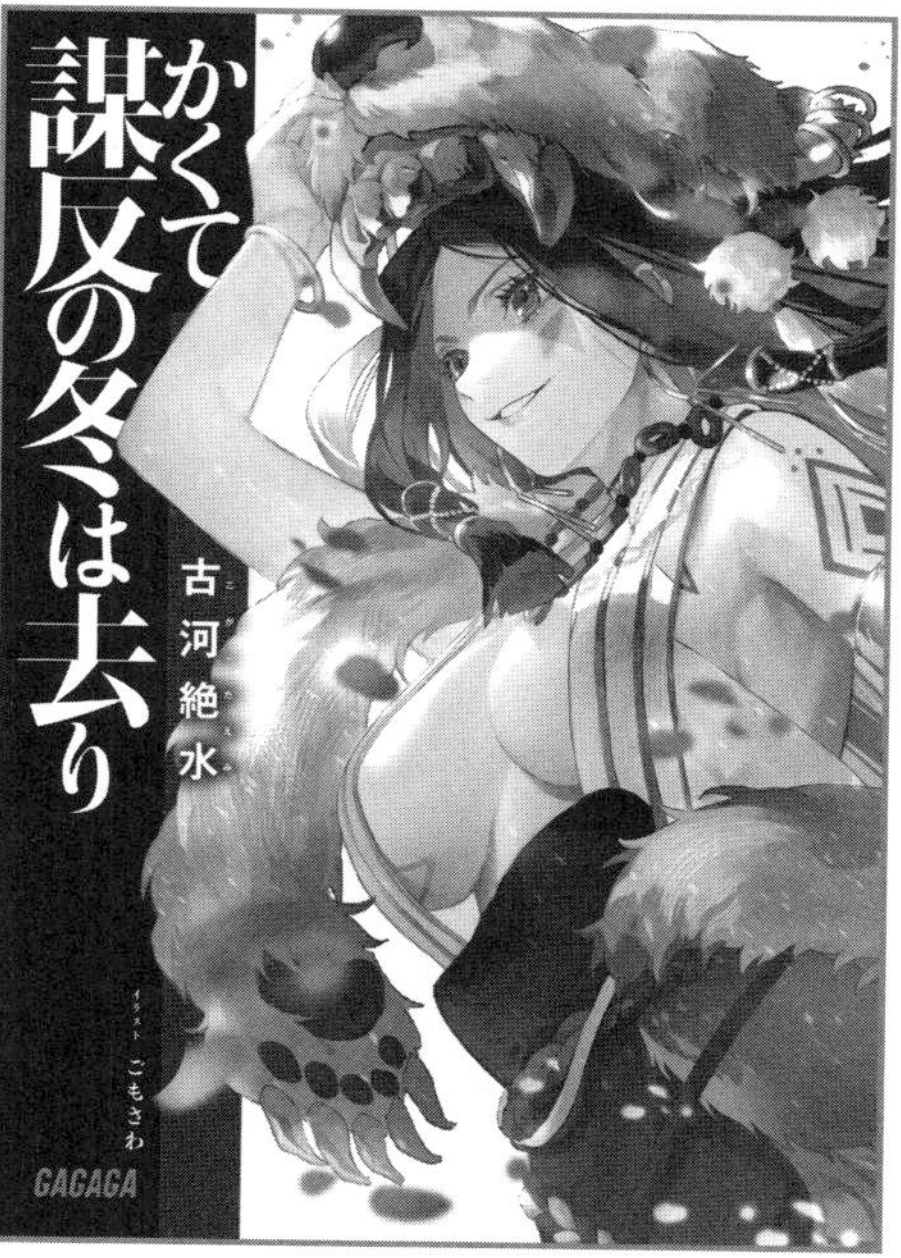

かくて謀反の冬は去り

著／古河絶水《こがたえみ》

イラスト／ごもさわ
定価 891 円（税込）

“足曲がりの王子”奇智彦と、“異国の熊巫女”アラメ。
二人が出会うとき、王国を揺るがす政変の風が吹く！
奇智湧くがごとく、血煙まとうスペクタクル宮廷陰謀劇！

GAGAGA

ガガガ文庫

魔王都市 -空白の玉座と七柱の偽王-

ロケット商会

発行　2023年7月24日　初版第1刷発行

発行人　鳥光 裕

編集人　星野博規

編集　渡部 純

発行所　株式会社小学館
〒101-8001 東京都千代田区一ツ橋2-3-1
[編集]03-3230-9343　[販売]03-5281-3556

カバー印刷　株式会社美松堂

印刷・製本　図書印刷株式会社

Printed in Japan　ISBN978-4-09-453138-1